金春屋ゴメス

こんぱるや

西條奈加
Saijo Naka

新潮社

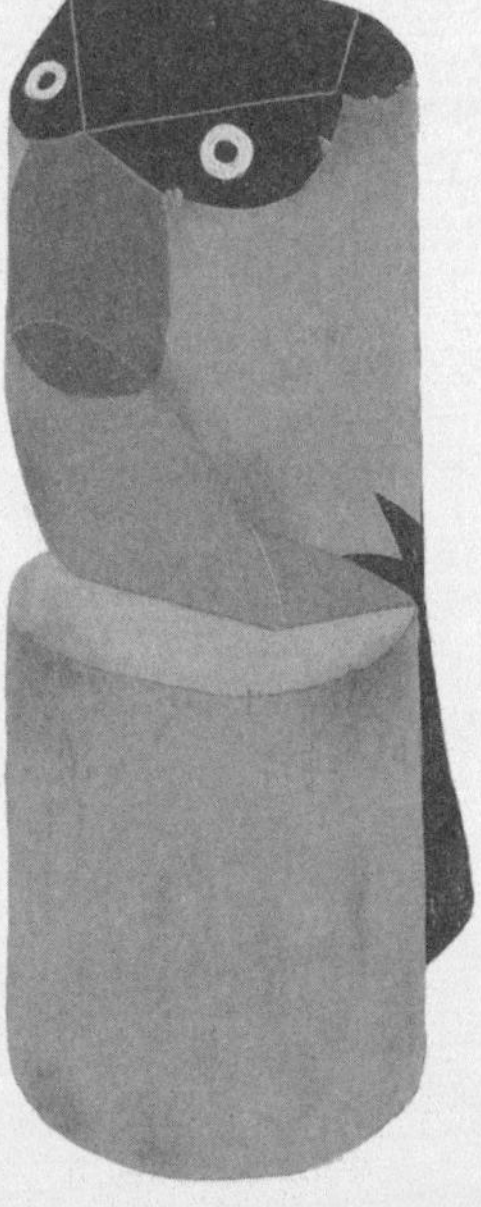

金春屋ゴメス

装画　村田涼平
装幀　新潮社装幀室

十三夜の月に照らされた濡れ縁に、黒いしみが浮いていた。

また煙管の灰を落としたか、と眺めているとしみが小さく揺れて存外大きな音で鳴き始めた。

「蟋蟀か」と縁に座した影が、口の中で呟いた。

その一匹と競い合うかのように、ふくらんだ虫の音が庭を包み込んだ。夏のあいだ伸びるにまかせた雑草が生い茂り、さながら廃墟か化け物屋敷のような荒れ果てた庭だったが、秋の深まったいまは、草むらに点在する桔梗や藤袴が風に揺れ、それなりに風情があった。

廊下をこちらに向かってくる小さな足音に、縁側の蟋蟀がぴたりと翅の震えをとめた。

「お飲みになりませんか、親分」

壮年の男が、一升徳利を軽く持ち上げてみせた。

「気がきくじゃねえか」野太い声が応じた。

庭に向かってどっしりと胡座をかいたその輪郭は、小山のようだった。身の丈六尺六寸、目方四十六貫の体軀は、中肉中背といった背格好の手下が並ぶと、その大きさがいっそう際立った。

手下が茶碗に注いだ酒を一息であおり、いかにも旨そうに酒臭い息を吐いた。大ぶりの湯呑みが、その手の中では妙にちんまりと猪口のように見える。すかさず徳利に手を伸ばした手下を制し、手酌でなみなみと茶碗に注いだ。

「例の件はどうだ」庭に目を据えたまま、親分が訊ねた。

「みなにあたらせてはおりますが、まだ目鼻が付きません」手下が低く言った。

「おめえの在所のつてはどうした」

「弟に調べさせてはいますが、おそらく無駄でしょう。ですが」

手下は口を付けようとしていた茶碗をおろし、わずかに身を乗り出した。

「探していた男が見つかりました。せんに話した奴なんですが、覚えていますか」

一呼吸おいて、親分が答えた。

「十四、五年前に江戸をずらかって、行き方知れずになったって男のことか」

「そうです。最初のうちは便りが来ていたんですが、かみさんと別れた後はぷっつり途絶えて十年以上も音沙汰がありませんでした。かみさんは四年前に亡くなったようです」

「ふん、で、何かわかったのか」

手下が首を横に振った。「いえ、新しいことは何も出て来ませんでした」

「昔おめえが聞いた通りか」親分の口からため息がもれた。

「はい、ただ……」手下がためらいを見せた。「奴の倅が役に立つのではないかと申しておりま
す。倅を江戸に入れてお役に立てて欲しいというのが、奴の願いです」

顔をしかめた親分が、どてらの襟に埋もれた短い首の裏をぼりぼりと掻いた。

「その倅は使えねえって、おめえが言ったんだぜ」

「おっしゃる通りです。奴の一家が江戸を出たとき倅は数えの七つでしたが、江戸にいた頃のこ

とはまるで覚えていないと、奴が手紙で嘆いてました」

「それじゃ、まるきり使えねえじゃねえか」親分がそっぽを向いた。

手下が膝に置いた茶碗に目を落とした。茶碗の中で、酒に映った月が揺れていた。

「その男は、長の酒がたたって肝の臓をやられ、長くないということです。自分が無理なら、せめて倅に……」

「いい加減にしねえか」親分が面倒臭そうに手下の言葉を遮った。

「おれにお涙頂戴は通用しねえってわかってんだろ。いまのご時世じゃその倅の江戸入りが叶うのは、難儀なことだ。並のやり方じゃ、江戸に入るまで何年もかかっちまう」

「それは奴も承知しております。何とか急ぎの江戸入りをお頼みできないかと……」

「与太ぁ飛ばすんじゃねえ。役立たずに便宜をはかれってのか」

その声には、苛立ちがはっきりと現れていた。

「江戸へ来れば、在所に連れて行けば、思い出すかもしれません」

縁に手をついて、手下が食い下がった。

いつにないしつこさに腹が立ち、怒鳴りつけるつもりで親分が手下を振り向いた。が、口を真一文字に結んでこちらを見上げる手下の目の中に、強い光を認めると、珍しいものを見たというふうに細い目をぱちぱちと瞬かせた。怒気を含んでひとまわりふくらんでいた巨体が、風船の息がもれるように急速に萎んでゆく。

「おめえ、何むきになってんだ」

手下は黙って顔を伏せた。常には温厚で実直、何か起これば冷静に事にあたる、一の子分であった。めったに感情を表に出さぬこの男には、ひどく珍しいことだった。

「おめえのわけなんかに興味はねえがな」視線をまた庭に戻すと、親分は丸太のような腕を煙草盆に伸ばした。くわえた長煙管を一息深く吸い込んで、豪快に煙を吐く。風はほとんど感じられないのに、白い煙は左に流れて行く。

「わかったよ、倅を江戸に入れるよう手をまわしてやる」

仕方がねえな、といった口調だった。

手下は、「恩にきます」とだけ言って、深々と頭を下げた。

「言っとくがな、穀潰しにゃ用はねえ。その倅が忘れたって言うなら、殴ってでも思い出させろ。七つなら何か覚えてていいはずだ。それで駄目ならまた江戸から叩き出すからな」

「それでようございます」手下がまた平伏した。

煙管に叩かれた竹筒が、カン、と鳴り、灰がぽそりと中に落ちた。

風が出てきたのか、木々の高い梢が騒ぎ、月に薄く雲がかかった。

それまで黙り込んでいた蟋蟀が、親分の膝先でまた鳴き始めた。

「そういや、あすこへ行ったおめえの妹は、達者か」

しばらくのあいだ流れて行く雲を見送っていた親分が、月を顎でしゃくってみせた。

「正月に賀状が来たっきりで。まあ、なんとかやってるみたいです」

言われて手下も空を仰いだ。二人の背にある障子戸に、大きな影と小さな影が並んで映っていた。

「あのお月さんに人が住んでるなんて、嘘みたいな話ですね」

「おめえの妹が行った頃はまだハシリだったがな、ここんとこ弾みがついて、人も物もどんどん流れてるそうだ。近頃じゃ、地球の裏側へ行くより早いって評判よ」

「ずいぶんとお手軽になりましたな。妹から初めて聞いたときには、よくあんなところに住む気になるもんだとあきれましたが」手下が感心する。

「最新設備の安心快適空間が売り文句だ」

「なんだかまがい物くさい話ですね」

「いまの時代、この江戸のほうがまがい物なんだろう」

苦いものでも噛んだように、親分が呟いた。

風がいちだんと強くなってきた。萩の細い枝が風にあおられ、真横になびいた。

流れて来た大きな雲が月を遮り、庭全体が闇に沈んだ。

モニターをつけるといきなり、七三分け、黒縁メガネの男のアップだった。最近やたらと見かけるレトロ趣味だが、寝起きに見たい代物ではない。

「佐藤辰次郎様でいらっしゃいますか」

営業用の、つるんとした妙に甲高い声だ。

「そうですが……」

迷惑コール防止装置はつけていたはずだが、と考えながら、辰次郎はうさんくさいものを見る目付きで男を眺めた。何のセールスかと構えていたが、男は高い声をさらに半オクターブほど上げて、こう言った。

「おめでとうございます。このたび江戸への入国が許可されました」

「えっ、うそっ！」思わず口から出てしまった。

「信じられないのも無理はありません、なにしろ三百倍の競争率ですからね。ですが正真正銘、佐藤様の永住ビザが発行されました」

ほらこの通り、というように、七三男は自分の顔の前に広げてみせた。

「……それ、何て書いてあるんすか」

Ａ４を横にしたくらいの紙に縦書きに、コンビニでよく見るヒジキサラダの切れっ端が踊っている。およそビザというイメージにはほど遠い。

「すみません、私も読めないんです」だらしのない答えが返ってきた。

「江戸の人でも読めないいんですか？」

休みの朝に叩き起こされた腹いせに、辰次郎はわかりやすい皮肉を言ってやった。

だが男はすまして言った。「私は江戸人ではありません。江戸の入出国の際、こちら側の一切の事務手続きを任されている管理局の者でして、正真正銘の日本人です」

どうも正真正銘が好きな奴らしい。

「江戸へ入国する際には、いくつか条件がございまして……」

「ちょ、ちょっと待って」

辰次郎は慌てて遮った。淀みなく同じペースでしゃべる、こういう奴は苦手だった。口をはさむきっかけが摑めず、いつまでも相手の話を拝聴することになる。

調子を乱されて、七三はちょっと気分を削がれたらしい。右眉の内側に一本皺が寄った。

「なにか」

「あの、永住ってことは、ずっと住むってことですよね」

「そういうことです」広辞苑をひいてから出直して来いというような、冷淡な口ぶりだ。

「向こうに行ったら、なかなか帰って来られないと」

「最低滞在期間の六ヶ月を過ぎれば、原則として江戸から日本へ戻るのは自由です。ただし一度戻ると再入国はできませんのでご注意ください」

「どうして？」

「江戸への入国は、一度だけしか許されておりません。それが江戸の規則です」

『規則』には納得が行かないが、一つだけわかったことがあった。

江戸生まれの辰次郎は入国できても、江戸を出てきた日本人の父は二度と江戸には入れないということだ。

「でも、なんで一回なんすか？」

「やはり江戸が鎖国を敷いているためでしょう。一般人が気軽に行き来しては鎖国の意味がありませんから。ビジネスや観光目的の短期入国も許可されておりません」

ちなみに、と言いおいて、七三は言葉を続けた。

「江戸と日本の出入国人数は、ほぼ同数になるよう調整されております。最近は江戸からの出国者が少ないために、その分新規入国者はかなり制限されて、希望者の数に比べるとほんの僅かな人数です。競争率は自然と宝くじ的な倍率になりますので、今回佐藤様が永住ビザを取得されたのは、ラッキーとしか言いようがありません」

七三は、この素晴らしい幸運に手放しで喜ばない辰次郎が不満のようだ。

江戸生まれの者は、出国後五年以内はこの抽選が免除されるらしいが、出国して十五年の自分は、自動的に『新規入国者』に組み込まれるのだろう、と辰次郎は解釈した。

「あのー、国籍はどうなるんでしょう」辰次郎がおずおずと訊ねた。

「国籍はもちろん、日本国籍のままですが」七三は怪訝な表情で辰次郎を見た。

「ひょっとして、そのあたりのこともご存知ありませんか」大げさにあきれてみせる。

「ええ、まったく」

七三の露骨な態度にムカッ腹を押さえるのは、努力が要った。

「江戸は三十年前、独立国家を宣言致しましたが、国際的には認められておりません。いまどき鎖国を敷く専制君主国家など、世界が承認する筈はございませんから。現在は日本の属領の扱いに留まっております。江戸を国として扱っているのは、あくまでも日本側の好意です。ですから江戸人は皆、国際的には日本国籍を持った日本人というわけです」

「はあ、なるほど」

辰次郎は間抜けな相槌を打ちながら、そういえば中学か高校の歴史の教科書に、『江戸は日本の属領です』と書いてあったのを、ぼんやりと思い出した。

ようやく黙った辰次郎に、これ幸いと七三は本題に戻った。

「永住ビザの権利は一ヶ月有効です。その間によくお考えください。江戸への入国時期は、三月の予定です。お仕事のことなどもあるでしょうし……ああ、佐藤様は大学の二年生でしたね。休学・退学の手続きは、こちらでさせていただきますのでご心配なく」

手続きのことなど、別に『ご心配』はしていない。それより祖父母のことが気がかりだった。とりわけ祖父の反対は目に見えている。自分の江戸行きで祖父の寿命を縮めるのは、辰次郎としても寝覚めが悪い。

「もちろん権利放棄はご自由です。権利の売買はできませんので、念のため。ここまでで何かご質問はございますか？」

質問というより相談に乗って欲しいところだが、七三に話すくらいなら自販機相手のほうがまだましだ。少なくとも飲み物はサービスされる。

「江戸入国の際には、色々と注意事項がございまして」と七三は黒縁メガネのフレームを持ち上げた。本題に戻ってほっとした表情が窺える。

「まず荷物は基本的には、洋服も含めて持ち込み禁止です」

「裸で行くわけ？」

「日本の出国ゲートで着物に着替えていただきます。洋服ではいけないわけですから」

「あ、そういうことですか」

「金銭も不可です。江戸では日本の通貨は一切使えませんので。日本円はこちらの銀行口座に預けておけばいいでしょう」

「向こうで無一文で暮らせっての？」

「あちらで当面のあいだ、仕事と衣食住は全て世話をしてもらえるそうです」

ホーム・ステイか、ワーキング・ホリデーと考えればいいのだろうか。

「携帯は？」

辰次郎の必須アイテムだ。これで一人用の娯楽はたいがいカバーできる。

「もちろんいけません。なにより電化製品は一切使用できません。電気が通っていませんから」

いまどき地球上にそんな場所があるなんて、信じられない。

ゲーム、マンガ、映像ソフトに音楽データ。思いつくまま並べたてた娯楽グッズは、七三にことごとく却下された。半分やけになって、辰次郎はできる限りの抵抗を試みた。

「食い物は？　ポテチとかカップラーメン、フリーズドライのハンバーガー」

「いけません。江戸の法令にひっかかります」

「薬は？　胃腸薬とか」七三はそれも駄目だと言う。「病気になったらどうすれば……」

「江戸にも一応医者はいます。といっても最新設備はありませんから気休め程度でしょう。東洋医学や本草学が盛んなようですが、平たく言えば自然治癒が基本ということです」

他人事だと思って、恐ろしいことを平気で言う。

「ただ一つの応募条件がウイルスチェックなのですから、医療については期待できないということでしょう」

七三が言うように、確かに応募の際に義務づけられていたのは、数十種ものウイルスに関するオールフリーの証明書だけだった。一方で通常の健康診断書は不要なのだから、そのあたりの感覚は理解できない。

「そうだ、コンタクト。これがなきゃ何も見えない」

「それも不可です。出発前にレーザー治療を行ってください。あと歯医者も忘れずに行って、虫歯は全て治療したほうがいいでしょう。虫歯菌除去剤もオススメです」

愛用の枕は、思いついたが言うのをやめた。辰次郎もさすがに疲れてきた。

「友達との映像メモリ」

「だから電化製品は……」

「せめて写真くらい」

「江戸には写真もありません」

辰次郎は、なんだかだんだん切なくなってきた。

「おふくろの形見も……だめですか」

七三ののっぺり顔が、初めてかすかに動いた。

「そうですね……品物にもよりますが、小さくて、自然素材の物であればあるいは……」

「そうだ！　木でできた鳥のオモチャならどうですか」

本当は木彫りの鳥のことなど、いまのいままで忘れていた。おそらく七三に対して意地になっていたのだろう。万策尽きて最後に残ったのが、それだった。

「……申し訳ありませんが、いまの日本の木製製品は、ほとんど全て合成木材ですので、おそらく難しいかと」

黒縁メガネの奥の目が、本当に申し訳なさそうにこちらを見ている。格好のせいでだいぶ老けて見えていたが、七三は案外若いのかもしれない。二十代前半といったところか。年が近いと思ったら、多少親しみが涌(わ)いた。

「合成ではない筈です。おふくろが江戸から持ち帰ったものだから」

「というと……」

「おれと両親は昔、正真正銘の江戸人でした」

狐につままれたような七三の顔を見て、辰次郎は少しだけ溜飲(りゅういん)が下がった。

辰次郎は、七三から転送されてきた「江戸入国のしおり」をパソコンで開いた。最初のページに載っている、「江戸のプロフィール」をプリントアウトする。

江戸は、北関東と東北にまたがる一万平方キロメートル足らずの領土を持ち、これは東京、千葉、神奈川を合わせたくらいの広さだった。御府内(ごふない)と呼ばれる中心部は、十九世紀初頭の江戸を忠実に再現している。人口七百万人のうち、百万人がこの御府内に生活していた。

元首は、当然のことながら代々『徳川』を名乗る『将軍』で、現在は三代目になる。

「しおり」には、その程度のことしか書かれていなかった。あとは七三がまくし立てていた、注意書きがほとんどだ。辰次郎は、今度はネットで情報を検索した。

江戸国の前身は、二十一世紀初頭、ある実業家が始めた老人タウンだったらしい。

その男は趣味と実益を兼ね、巨費を投じて江戸を再現した町並みを造り始めた。そのうち何人かの素封家がこれに賛同し、この辺りから工事は一気に大がかりなものとなる。山を削り海を埋め立て、江戸の海岸線を再現し、川や堀を巡らせ、江戸城も築かれた。ただし房総半島だけは再現のしようがなかったので、『江戸湾』だけは作られていない。

この頃は人口も急激に増えた。当初の目的の年寄ばかりでなく、江戸情緒に惹かれる若者や、自然に根差した生活を求めるナチュラリストたちが大勢移り住んだ。人口増加に伴い、人々の生活範囲は次第に御府内から外へ外へと広がって行った。

そしてタウン建設開始から足かけ九年後、江戸を創設した実業家は、自ら初代将軍を名乗り、日本からの独立を宣言する。しかし七三が言ったように、専制君主と鎖国の二点が各国から反感を招き、結局、日本の属領ということで落ち着いた。

おかしなことに、いちばん腹を立てていい筈の日本は、どういうわけか弱腰だった。江戸の完全な自治権を不承不承ながら認め、強硬に開国を迫ることもなかった。国際的には属領となった江戸を、国内的には国として遇した。この理由については、大枚の金が渡ったとか大物政治家からのプレッシャーだとか、色々と噂はあるが確かなことはわからない。

辰次郎と同じ世代の日本人にとって、江戸は最初から、韓国や中国と同じ『外国』だった。おまけに観光もできず、テレビにもそのようすが映らないから親しみもない。『建国』以来、諸外国と大きな問題を起こすこともなかったから印象も薄い。

「近くて遠い国」、「変わり者が住む国」、といった悪口も囁かれるが、正直なところ辰次郎には興味も関心もない場所だった。「行きたい国は？」と聞かれたら、五十番目くらいに名前をあげるところだ。

そんな場所で生活しようかどうか本気で迷っているのだから、人生はわからないものだ。

二月に入った冬晴れの午後、辰次郎は父の入院する病院へ足を向けた。

目を閉じてベッドに横たわる父の姿は、朽ちた棒っきれのようだった。痩せ細った体、削げた頬と窪んだ目。肝臓病にありがちな黄疸は現れていないが、全身の皮膚には病の色がはっきりと浮き出ていた。十一年前に別れたときの父の面影は、どこにも見えなかった。

「来ていたのか」

ふと目を開けて脇に立つ辰次郎に気付くと、父の辰衛は、弱々しい笑顔を浮かべた。

「うん、元気そうだね」丸椅子に腰かけながら辰次郎は気休めを口にしたが、二ヶ月前に初めて見舞いに訪れた頃より、さらにひとまわり縮んだように感じた。

「江戸の入国許可、下りたんだ」

とたんに父の顔が、ぱっ、と明るくなった。電灯のスイッチをつけたように、表情に生気が灯り、黄色く濁った瞳に光がさした。江戸という場所が、いまの父にとってただ一つの明かりなのだと、辰次郎はあらためて思った。

「それで、おまえ、行けるのか」

余命半年と言われた父親の、最後の頼みを断わる勇気を、辰次郎は持ち合わせていない。

大学に入学して二年間、遊び中心に時間を費やし、その生活にもそろそろ飽きが来ていた。多少の興味と好奇心もあった。

「うん、行ってみるよ」

「そうか……ありがとう、ありがとうな」

まともに礼を言われて、辰次郎はどぎまぎした。「いいさ、別に」と素っ気なく言って、潤んだような父の視線から目をそらした。わざと音をたててポケットを探り、手にしたものを父に渡した。

「これって、江戸のものだろ」

七三に勢いで話した、木彫りの鳥の玩具だった。と言っても、一見して鳥とはわかり辛い形をしている。円柱の台の上に、かなりデフォルメされた丸っちい生きものが鎮座している。頭に描かれた丸い目で、どうにかそれが鳥だと識別できるような代物だった。

「これは鷽替え（うそかえ）の木鷽（きうそ）だ。利保（りほ）はずっと持っていたのか」

懐かしそうに言って、黒と赤で塗られた鳥の頭をそっと撫でた。凶事をうそにして幸運に替えると言われる天神様のお守りだよ、と辰衛は説明した。

「江戸を離れる半年前に、おまえと母さんと三人で、初めて亀戸天神（かめいどてんじん）にお参りに行ったときのものだ。次の年に、前の年の鷽を返して新しいものととり替える習わしでな、来年も行こうと話していたんだが……」寂しそうな表情だった。

「なんで江戸を出たんだよ」辰次郎が訊ねた。

辰衛の顔に、わずかな動揺が走った。

「日本生まれの父さんや母さんは、いったん江戸を出たら戻れないって知ってたんだろ」

「いろいろ、事情があったんだ」

辰次郎には納得のいかない答えだった。

「おまえはやっぱり、江戸のことは何も思い出さないか」

「ぜんぜん」首を横に振り、軽い調子で辰次郎は答えた。

自分が江戸生まれで、満五歳のときに日本に来たということさえ、この前父から聞いて初めて知ったのだ。小学校へ入学する前くらいからの記憶はあったから、辰次郎は何の疑問も感じずに、日本でふつうに生まれ育ったものと思っていた。

「母さんも、じいちゃんばあちゃんも、何も言ってくれなかったし」

「おまえが江戸のことを忘れてしまっていたから、あえて言わなかったんだろう。お義父(とう)さんはどう言ってる。さぞかし反対しただろう」

祖父の父嫌いはかなりのものだから、それを心配したのだろう。

「それほどでもなかった。ばあちゃんの説得が効いたみたいだ」

それは本当だった。猛反対を覚悟で辰次郎が江戸行きを切り出すと、祖父は不機嫌を満面に出しつつも、あっさりと引き下がった。辰次郎はかえって気味が悪くなり、一時は行くのをやめようかと本気で考えたくらいだ。辰次郎から前もって聞かされていた祖母が、一週間がかりで祖父を説き伏せた成果だった。

『辰衛さんが黙って辰次郎を渡してくれたから、私たちはあの子と十年以上も一緒に暮らせたんですよ』と祖母に諭(さと)され、頑固者の祖父が、ぐうの音も出なかったらしい。

「そうか、お義母(かあ)さんが……」にこりと笑って、辰次郎の手に木鷽を返した。

「これを、江戸の亀戸天神に納めて来てくれないか」

東京にも亀戸天神はあるのに、と辰次郎は思ったが、口には出さなかった。

「ほかには？　おれに江戸でして欲しいこと、ほかにもあるだろ」

「あとは、江戸へ行けばわかるよ」

はぐらかすように言うと、話し疲れたのか、辰衛は目を閉じた。辰次郎はそのまましばらく父の横で、窓外の冬晴れの空を眺めていた。

曇りや雨の日にここに来るのは気鬱(きうつ)だった。わざわざ快晴を選んで来たのだったが、こうして死にかけた父を前にすると、明るい外との対比が妙に悲しかった。

「行ってくるよ。からだ、大事にしろよ」
やがて立ち上がった辰次郎は、それだけ言って病室を後にした。

桜前線もとうに過ぎ去った三月下旬、辰次郎は浜松町で電車を降りて、竹芝埠頭へ向かった。空は穏やかに晴れ渡り、空気は暖かい。温暖化のために年々開花時期が早くなるソメイヨシノは、すっかり葉桜になっていた。

ビルが途切れて視界が開けると、埠頭に横付けされた高速飛行艇が見えた。水面すれすれをモーターボートのように走行し、それから空に飛び上がるこのタイプは、伊豆七島への観光客に人気があった。

飛行艇乗場の白い建物の奥に、江戸入国管理局のブースがあった。手荷物検査、身体検査、出国手続きと、着替えがある以外は、成田から海外へ行くときとほとんど変わらない。

江戸行きの船があるという岸壁まで行くあいだ、着替えた着物の袖を引っ張ったり、襟をなおしたりしてみたが、着慣れないせいかどうもしっくりこない。

辰次郎の視界に、船の舳先が見えた。人工岩石をぐるりとまわった向こう側に、港から隠れるように一艘の船が係留されていた。

「これかよ！」辰次郎は思わず叫んでいた。

レトロやアンティークを通り越した代物だった。辰次郎がイメージする昔の船というと、白い帆のたくさんついた外国の帆船だった。だが目の前にあるこの船は、笹の葉形の薄っぺらい船体に、太い帆柱が一本、にょっきりと立っているだけだ。船体はすべて茶褐色に変色した木造で、ところどころまっ白に塩が吹いている。波にあおられたらバラバラに壊れてしまいそうだ。東京湾を出たとたん、絶対沈む。辰次郎はそう確信した。

「江戸入りの者か」

ふいにどこかで声がした。首を巡らすと船の上に人影があった。立っていたのは一人の武士だった。辰次郎が頷くと、その武士は乗船するよう促した。

「長崎奉行所同心、竹内朔之介だ」と武士が名乗った。

(本物の侍だ……ちょん髷だ……)

その格好が珍しくて、失礼だとわかっていても、つい上から下まで眺めてしまう。三つ紋の黒羽織に鼠色の袴、左腰には二本の刀をさしている。特に、ひたいから青々と剃り上げられ、髷をのせた頭から目が離せない。

(すげえ、かつらじゃないや。この頭、毎日剃ってんのかな)

辰次郎の無遠慮な視線をまともに受けて、武士が苦笑した。

「そんなに珍しいか」

二十五、六歳くらいの、若い武士だった。彫りの浅い柔和な顔で、目許が涼しい。

「その刀、本物ですか」好奇心を抑えきれず、辰次郎は訊ねた。

「いちおう本物だ。腕がおぼつかないから、あまり役に立たぬがな」

鷹揚に笑うと、船の後部に向かって声をあげた。

「船頭、最後の者が乗った。船出の用意をしろ」

赤銅色の船頭が顔を出し、へい、と威勢よく応じた。

船には、辰次郎と同じく日本から江戸入りする者が二人いた。

辰次郎が挨拶すると、歯切れのいい、さっぱりとした応えが返って来た。

「あたし奈美、よろしく」

奈美は髪を高く結い上げ、萌黄に濃緑の葉をあしらった着物姿だが、それが板に付いていないのは、辰次郎同様、着慣れていないからだろう。逆にもう一人の男は、鼠色の着物を尻っ端折りした格好が、ぴたりとはまっている。

「おれぁ松吉ってんだ」名乗る口調は、えらく調子がいい。

「松吉って本名？」二重の大きな目をくりくりさせて、奈美が訊ねた。目鼻立ちは悪くないのだが、日焼けなのか地なのか、とにかく色が黒い。

「いや、江戸に合う名前に変えたんだ」

「本名は？」奈美も辰次郎も本名だった。

「そういうことをいちいち訊くのが無粋ってんだ」松吉が口を尖らせる。

「でも、なんで松吉？」重ねて訊ねる奈美は、変な名前、と言わんばかりだ。

「おれももちっといい名前を考えたんだけど、六つ出したうち、最初の五つは撥ねられちまったんだ。その五つが本命だったのに」松吉は、イタチ系の動物を連想させる顔だが、くるくると変わる表情や軽い口吻に、人の好さが現われていた。

「その五つてのは、こういう名前か」三人の脇に立つ竹内が言った。「平蔵、平次、半七、忠治、紋次郎……」

「その通りです！」目を丸くした松吉の顔を見て、竹内が吹き出した。

「おまえ、名前を全部時代劇からとっただろ」

「いけませんでしたか」

「おまえのような時代劇かぶれは存外多くてな、町人にはその手の名前が掃いて捨てるほどいるよ。おれのじいさんの世代は特に多い。おかげで親父は武士に最も多い主水(もんど)って名だ」

「おおっ、『必殺』ですかい！」松吉の小さな黒目がちの目が、たちまち輝いた。

「いや、じいさんは早乙女(さおとめ)主水之介から名付けたということだ」

「『旗本退屈男』とは、渋いっすねえ」

松吉と竹内は盛り上がっているが、辰次郎と奈美には何のことやらさっぱりわからない。

「そういえば、竹内の旦那は、長崎奉行のご配下でしたよね」

「おまえと話してると、日本人という感じがしないな」竹内はいささかあきれ顔だ。

「江戸に長崎奉行があるってのは、ぴんと来ないんですが」

「ああ、もちろん、いまの日本の長崎とは何の関係もないがな、昔の江戸にあった長崎奉行とそっくり同じような役目を任されている」

なるほど、と一人で納得した松吉が、辰次郎と奈美への説明を引き受けた。

「鎖国を行っていた昔の江戸で、唯一の貿易港として開かれたのが長崎港だ。長崎奉行はこの長崎に置かれた、いわば外務省ってとこでぃ。幕府御老中支配のもと、海外との交易の監督や、唐人、蘭人の監視、諸外国の動静を探ったりしてたお役所よ」

松吉は、べらんべらんの江戸弁でまくし立てた。辰次郎には松吉の講釈の半分もわからなかったが、外務省の一言で何となく飲み込めた。

「時代劇オタクも、ここまで来れば立派ね」奈美はあっけにとられている。

「いいじゃねえか、おれのオタクっぷりも、江戸では存分に役に立つってもんだ」

「確かにその通りだな」辰次郎は素直に認めた。自分がまるきり江戸に無知なことが、いまさらのように不安になってきた。

「そういうおめえらは、何だって江戸へ来る気になったんだ？」

「おれは……えーと、社会勉強」辰次郎はそう答えた。

「何だい、そりゃ」と松吉は不満そうだが、父親の頼みで、と言うのも情けない。

反対に奈美の答えはすっきりとしたものだった。

「あたしは世界中の国を全部まわるつもり。江戸が二十九ヶ国目なんだ。先月まで南米にいたの。あっちは真夏で暑かったわあ」どうりでよく焼けているはずだ。「最低滞在期間の六ヶ月が過ぎたら出国して、また別の国をまわる予定なんだ」

「自分だって旅行マニアじゃねえか」松吉が混ぜっ返す。

「江戸は最大の難関だったんだけど、あたって良かったあ。九回目の応募でようやくよ」

「おれなんて二十七回だぜ」と松吉。

「そんなに！」辰次郎は驚いた。倍率三百倍はダテではないのだ。

「おめえは？」

「……一回……」松吉に訊ねられ、辰次郎は申し訳なさそうに下を向いた。

「かーっ！　いるんだよなあ、こういう奴が！」松吉が天を仰いで大袈裟（おおげさ）に叫ぶ。

「ほんとすごい。私も十回以内なら充分ラッキー、って言われたけど」

二人に口々に言われると、ものすごく悪いことをしているような気分になる。父の頼みが動機とはいえ、改めて自分が何の気なしに江戸へ行こうとしているのだと実感する。松吉のように夢中になる趣味もなく、奈美のような確固たる目的もない。賑やかに江戸での抱負を語り合う二人を、辰次郎はどこかうらやましく思った。

「錨を上げろお！」船頭が声を張り上げた。

水夫たちが四本の錨を上げげた。錨は地図の港マークの形ではなく、鉄棒の先に十字型に四本の爪がついている。四爪錨というらしい。

「これじゃ船というよりボートよね……」

奈美がたった一本の帆を見上げて、不安そうに眉を寄せた。

「千石船だっていうから、心配ねえだろ」そう言いながら松吉も、表情は暗い。

「これで千石？」辰次郎は千石がどの程度の量か知らないが、千石船というと客船くらいの大きさを想像していた。

「この船、長さはそこそこ……二十メートルってとこか。でも厚みがまるでないからな」

辰次郎が言うと、間髪を入れず松吉が待ったをかけた。

「江戸は尺貫法なんだから、メートルで言うなよ」

概算で、尺が三十センチ、寸が三センチ、分が三ミリだと、松吉が講釈した。

「全部三がつくから、インチやヤードよりは覚えやすいかもね。でも尺の上は何？　数十メートルも三十センチで表すわけ？」

「……えっと、それはだな……」奈美に突っ込まれて松吉が口ごもる。

「尺の十倍は丈だ。それにこの船は確かに千石船だよ」竹内が横から口を添える。

これは弁財船という船で、満杯に載せれば千石以上は充分積める、と竹内が請け合った。

この船には客室らしいものも見あたらない。観光遊覧船でさえ三、四層のフロアはあるものだが、この船には船底と甲板の二層しかない。甲板の後半分に、ちょうど背の低い平屋をのせたように屋根がついていたが、その扉のない出入り口を水夫らが忙しく往復しているところを見ると、客室ではなさそうだ。

「沈んだらどうしよう」出航が近付き、奈美が真顔で心配する。

「縁起の悪いこと言うんじゃねえよ！　おれ、泳げねえんだから」松吉が噛みつく。

「あたしは泳げるけど、人を助ける余裕はないな、悪いけど」

「……わかったよ、松吉はおれが助けるよ……」

「おっ、そうか、悪いな。おめえいい奴じゃん、っとこれは江戸弁じゃねえや」

結構本気で船の性能に不安を感じているからこそ、三人は軽口で気を紛らわせていた。

「帆を張れえ！」船頭の号令に、長い帆柱の先端から船の後部に向かって、扇形に張られた二本の太い綱が、ぎりぎりと帆を持ち上げ始めた。

「屋倉に轆轤仕掛けが二機入っていてな、それを四人でまわして帆が上がる仕掛けだ」

竹内が船の後部の平屋部分をさして言った。

「帆はこれ一枚だけですか？」奈美が訊ねた。

「舳先側に弥帆という小さな帆はついているがな、船を走らせるのは、ほとんどあの大きな一枚の帆だけだ」

「エンジンは……ついてませんよね」

もうほとんど帆柱を覆い隠し、風を孕み始めた帆を見上げて、辰次郎が言った。風が順風ならよしとして、横風や逆風ならどうやって走るのかわからなかったのだ。

「まあ、見ておいで」竹内はにこりと笑って腕を組み、船の進行方向に目を向けた。

船がするすると動き出した。風が着物の裾をあおる。振り向くと、竹芝埠頭がだんだん遠ざかって行き、その後ろに高層ビルが見えた。ビルが霞んで見えなくなった頃、竹内が三人を屋倉に入るよう促した。

「慣れるまで何かに摑まっていろ」竹内はそう言って、自分は屋倉の外に出た。

それを待っていたかのように、いきなり船が加速した。

「うわっ！」油断していた松吉は、屋倉の反対側の壁にごろごろところがった。船体が左側に傾いているのだ。

「速いっ！」辰次郎と奈美も、信じられないスピードに顔を見合わせた。屋倉から首だけ突き出すと、さっきまで真正面に向かっていた帆が、大きく斜めに傾いている。帆の左側が船尾の辺りにあり、逆に右側が大きく前に出ている状態だ。

「そうか、アビームね！」奈美が叫んだ。

奈美は、海外で何度かヨットに乗ったことがあるという。アビームとは横風のことで、ヨットは順風よりこのアビームで最も速く走るのだ、と説明した。

「そのとおり。この弁財船も、順風の真帆よりも横風を受けた片帆のほうが速い。逆風でもそこそこ走ることができるんだ」屋倉外に立つ竹内が、頭を出した三人に晴れやかに笑いかけた。

ぼうぼうと吹いてくる海風に、高く結ってあった奈美の髪が一束ほつれ、真横に流れた。船は小気味良いほどの速さで、海を渡って行った。


――辰次郎……、辰次郎……

(誰かおれを呼んでる……この声……母さん……?)

――辰次郎……しっかりしろ……

(父さん……?)

父と母の声が交互に響く。大丈夫、と言おうとしても声が出ない。体中が鉛を詰めたように重い。胸がムカムカする。吐きたい。吐きたい……。と、口の中が苦いもので一杯になった。なんだ、この味。気持ち悪い。すごく気持ちの悪い味……。また吐き気がこみあげる。吐いても吐いても口の中に嫌な味が残る。

――辰次郎、大丈夫か、辰次郎!

辰次郎ははっとして目を覚ました。起きた瞬間、自分がどこにいるのかわからなかった。波の音がする。船だ。顔を上げると、向かい側に体育座りの格好で松吉が眠っていた。規則正しく上下する松吉の肩を見て、ようやく江戸湊(えどみなと)行きの船の中だと思い出した。

辰次郎は大きく息を吐いた。脇の下が汗で冷たく、口の中が変に苦い。

(あれ?)夢の中の嫌な味が、口の中に残っていた。

(これ、何だっけ……、この味)

思い出そうとすればするほど、記憶はたよりなく遠ざかって行く。

「よお、大丈夫か」いつの間にか目を覚ました松吉が、声をかけた。持ち前の元気は見る影もなく、ぐったりしている。

「眠ってちょっとすっきりしたみたいだ。そっちは？」

「何とかな」松吉は口の端で笑ってみせた。もともと色の白い顔が、ことさら青白い。

辰次郎と松吉は、途中から船酔いにおそわれたのだった。小さな弁財船は、時折上下にはげしく揺れた。出国ゲートで係員に飲まされた酔止薬のおかげか、吐くほどひどくはならなかったが、途中から二人とも屋倉にこもってダウンしていたのだ。

辰次郎はいつの間にか、屋倉の壁に背をもたせかけ眠っていたらしい。起き上がろうとすると板張りの上に直に座っていた尻が痛い。

「寝ているあいだ、おれのこと呼んだかな」辰次郎は松吉に訊いてみた。松吉の呼びかけが、夢の中で両親にすりかわったのかと思ったのだ。

「いや、おれはいま目が覚めたばかりだ」

「そうか……。おれ、少し風にあたってくるよ」

松吉に言い置いて甲板に出ると、奈美が船縁の欄干に張り付いて海を見ていた。海の向こうに陸地が見え、船はそこへ向かってまっすぐに進んで行く。少し減速しているようだ。

「あら、具合どお？」辰次郎に気付いた奈美が振り向いた。奈美一人がぴんぴんしている。

「どうにか。さすがに二十八ヶ国で鳴らしただけあるね」

奈美は、まあね、とかるくいなした。

「江戸に、着いたのか」松吉もふらふらしながら屋倉から這い出してきた。

「あの岬をこえたら、江戸だって」奈美が正面に見える陸地を指さした。

船首のほうから竹内が歩いて来た。辰次郎と松吉を見ると、「あと四半刻で江戸湊に入るから、辛抱しろよ」と声をかけた。

「四半刻って?」辰次郎が訊ねる。

「三十分と覚えとけばいい」松吉が答えた。

「いま何時くらいかな。眠ってたから時間の感覚が全然ないや」

「江戸は不定時法だから、あんまし時間を気にしないほうがいいぞ」

不定時法とは、日の出、日の入を基準に、一日の時間を区分したものだ。したがって、夏と冬では一刻の長さが違い、春分の日に近いこの時期は、一刻はほぼ二時間と考えていい、と松吉が教えてくれた。何かと便利な奴だ。

気にするなと言いながらも、松吉は講釈を続けた。「だいたいの目安で言うと、日本の十二時は、江戸では九つってんだ。そこから一刻進むたびに、八つ、七つとなって、六つは日本の六時に相当する。朝が明六つ、夕が暮六つだ」

「そこだけわかりやすいな」辰次郎に理解できたのは、その六つだけだ。

「どうして時間が進むごとに、九、八、七、と数字は下がるわけ? 理解に苦しむわ」奈美が文句をつける。これには辰次郎も同感だ。

「そんなこと知るかよ」松吉がむくれる。「それより、いま江戸は二月だから」

「そんなに時差があるわけ?」奈美がびっくりして声をあげる。

「時差じゃねえよ。陰暦を使ってるから、日本のような太陽暦に比べて半月から一月半ずれるんだ。ほら、中国でもいまだに旧正月は祝うだろ」説明する口調にまだ勢いはないものの、江戸豆知識を披露しているうちに、松吉は少し調子を取り戻したようだ。

「東京は三月なのに、二月に逆戻りってなんか変ね」

　同意を求めるように、奈美が辰次郎を見上げる。百七十七センチ、いや五尺九寸の辰次郎より、奈美は頭一つ分低い。松吉は二人のちょうど中間くらいだ。

「兄ちゃんたちは、江戸での落ち着き先はどこだい」屋倉から出て来た船頭が訊ねた。赤銅色に焼けた顔は、奈美よりもさらに黒い。続いて顔を出した、二人の水夫も同様だ。

　辰次郎たちは無言で顔を見合わせた。入国管理局からは、何も聞いていなかった。

「ああ、三人ともそれぞれ請け人が決まっている。江戸湊に迎えに来るはずだ」代わって竹内が答えた。

「おれ、どこに住むんすか？」松吉が勢い込む。

「えっと、おまえは確か」と竹内が懐から帳面をとり出した。風にあおられて開くのにてこずっている。「深川材木町弥太郎長屋だ。差配の儀平が請け人だ」

「おおっ！　深川材木町！」松吉が喜びの声をあげる。船酔いからすっかり回復したようだ。

「どんなところか知ってるの？」奈美が訊ねると、

「いや、でも時代劇に出て来る町名だ」と松吉はすまして答えた。

「奈美は……神田藤堂町、高田屋泰蔵方。請け人は同人」

「神田に藤堂町なんてありましたかね？」松吉が口をはさんだ。

「昔の江戸では、藤堂姓の武家屋敷があった場所だそうだ。それにしても、よく知っているなあ」竹内は感心しながらも半分あきれている。「昔の江戸に比べ領土に限りがある分、大名も藩士も数が少ない。その分町屋が多くなっているんだ」と竹内が説明した。

「あたしは、その高田屋さんて方の家に居候するんですか？」

「高田屋は織屋、つまり機織職人を抱えて織物を業としている。とりあえずそこで働いてみないか、ということだ」

「機織……」難しい顔で、奈美が考え込んでいる。

「高田屋なら、おれの遠縁の娘も田舎から出てきて働いてるが、同い年くらいの若い娘が何人もいて、楽しいって言ってたぞ」

奈美を元気づけるかのように、水夫の一人が日焼けした顔いっぱいに笑顔を浮かべた。

「二十五は江戸では年増だけどな」

松吉がぼそりと言って、奈美に思いきり睨まれている。

辰次郎は二人とも同じ年くらいかと見ていたが、松吉が四つ、奈美が五つ上だった。

「で、この兄ちゃんは、どこに行くんだい」辰次郎の横に立つ船頭だった。

「請け人は芝露月町、金春屋喜平だ」竹内は帳面も見ずにさらりと答えた。

ほおーっ！　という声が水夫たちからあがった。

「何ですか、金春屋って」

「金春屋は一膳飯屋でなあ、安くて旨いんで評判なんだ」辰次郎の問いに、水夫が答える。

「しかし喜平さんとこで人手が要るんかね、あすこは親子三代でずっとやってきただろうが」年嵩の水夫が竹内に言った。

「いや、働き口は飯屋じゃなくて、裏のほうだ」

「裏って、裏金春か！」とたんに水夫らの顔が、みるみるうちに曇った。何かに怯えたようにそろって口をつぐみ、辰次郎をちらちらと見る。

「……飯屋の裏ってことは、調理場で働くってことですか？」

まわりの不穏な空気に首をかしげながら、辰次郎は竹内に訊ねた。

「いや、裏金春というのはな……」言いかけた竹内の言葉を遮って、船頭が厳かに告げた。

「あそこにはな、ゴメス大明神様がいらっしゃる」

竹内が、あきれたように船頭を見た。二人の水夫も顔を見合わせたが、船頭の目の中に茶目っ気を見てとると、心得たとばかりに大真面目な顔で話を合わせた。

「そうそう、裏金春に御本尊様がおられるんだ」

「ゴメス大明神なんて、聞いたことねえな。何の神様すか？」松吉が首をひねる。

「神様というより、魔除けという感じだな」

それまで船頭たちを困惑ぎみに眺めていた竹内が、この水夫の言葉に、喉の奥でおかしな声を出した。吹き出すのを堪えたのだということは、江戸入りの三人は気付かなかった。

「だがな、霊験はあらたかだから、よっく拝んどいたほうがいいぞ」

「はあ。じゃあ、裏金春って神社なんですか？」

「いや、神社じゃない。裏金春は裏金春だ」船頭は謎かけのように辰次郎に言うと、「そら、あの向こうが江戸湊だ」と船の前方をさし示した。

船頭の指の先に、海に鋭角に突き出した低い岬が見えた。

三人の注意がそちらにそれると、船頭は竹内におかしそうに目配せを送り、湊入りの準備のため、二人の水夫とともに持ち場へ去った。竹内は困った奴らだという顔をしてみせたが、何も言わなかった。

船が岬に近付いた。岬を覆う松林の隙間(すきま)から、ちらちらと白い帆がいくつも見え隠れする。その突端をまわると、いきなり展望が開けた。

三人がいっせいに歓声をあげた。眼前に広がる光景は、別世界だった。

何十艘もの一枚帆の船が、青い海に浮かぶ姿は壮観だった。海面すれすれに飛びかう鳥の群れが光に乱反射し、流れるような弧を描きながら、河口付近に浮かぶ中州に舞い下りた。岸に近付くたびに船の数は増え、大小の帆船のあいだを縫うように、笠を被った船頭の櫂(かい)に操られた小舟が行き来する。

遠くに見えた岸辺が近付くにつれ、ずらりと並んだ倉のまぶしいほどの白壁や、河口から見える川に掛かった弓型の橋、玩具のような木と紙でできた町屋などが臨まれた。精緻に作られたテーマパークのようでいて、そこにはやはり人が生活する、厚みが感じられた。自分が本当に時を溯(さかのぼ)り、二百五十年前の江戸時代に来てしまったような錯覚に陥る。

目の前の江戸湊の風景は、ゆったりと美しかった。

ふと見ると、隣に立つ松吉の目が潤んでいた。辰次郎の視線に気付くと、照れたように鼻をすりあげ、「やっと、来れた」とぽつりと呟いた。

病室の辰衛の顔が、脳裏に浮かんだ。ここに二度と戻れない父の無念が胸に迫り、辰次郎を捕えた。

江戸湊で入国の手続きをすませると、すでに陽は傾きかけていた。

「おまえの請け人の金春屋喜平だ」竹内は、辰次郎を小柄な老人に引き合わせた。

「おまえさんが辰次郎か、よく来たな」

細長い顔は、ひたいが広く顎(あご)が長い。そのせいか、どこか間延びしたようなとぼけた雰囲気があり、辰次郎は少しほっとした。松吉も奈美も、すでに請け人と一緒に行ってしまった後であり、薄暗さが増すにつれ、心細さを感じていたのだった。

竹内は後を喜平に任せると、辰次郎に向かって「じゃあ、またな」と言って、すたすた去って行った。夕闇に溶け込んでゆく竹内の後姿を追いながら、辰次郎は首をかしげた。松吉や奈美には「達者でな」だったのが、なぜ自分だけ「じゃあ、またな」なのだろう。

「わしらも行くか」喜平が歩き始めた。瘦せぎすだが、腰はぴんと伸びている。足取りが意外なほど早い。辰次郎はあわてて後を追い、喜平の背中に話しかけた。

「あのう、金春屋にゴメス大明神の御本尊があるって聞いたんですけど」

「何だと?」立ち止まった喜平が、怪訝な顔で振り向いた。

「船でそう聞きました。ようく拝んでおけって」

喜平が吹き出した。

「ああ、あるとも。うちの裏手にな、御本尊がある。なんなら拝んで行くかい」

「やめときます。夜の神様ってなんか恐いから」

何がうけたものか、喜平のくすくす笑いはなかなかやまなかった。

湊に面したその界隈から一、二本入ると、両脇にずらりと店が立ち並ぶ広い通りに出た。品川へ抜ける東海道だ、と喜平が言った。東海道といえば新幹線のことだと思っている辰次郎にはぴんと来ない。

「うちはこの道を、五町ほど行ったところにある」骨張った指で、通りの北を示した。

陽は落ちていたが、残照に低い家並みと行き交う人々の姿が、影絵のように浮かび上がる。

軒先で立ち話に興じる女の笑い声、母親の背でむずかる赤ん坊の泣き声、尻っ端折りの威勢のいい男が隠居と交わす挨拶、雑多な喧騒の中の一場面が、初めて見るものなのにどこか懐かしい。

人通りが結構多い。物売りが天秤棒で担ぐ荷台に肩を小突かれた。脇を駆け抜けようとした子供は辰次郎の腰にぶつかり、「ごめんよ」と叫んで走り去った。一軒の店から出てきた女が軒先の行灯に灯を入れると、ぶら下がった丸い看板がぼんやり見えた。

「あれは？」

「床屋だ。髷を結った頭を真上から見た形だよ」

これは唐辛子の商い、ここは火打鉄屋、こっちがどぶろく屋、と喜平は面倒くさがりもせず、辰次郎の求めに応じ答えてくれた。潮の香りに混じって、どこからか醤油の焦げる旨そうな匂いが漂ってくる。辰次郎の腹の虫が、ぐうと鳴った。

「船の上で、昼飯食べ損ねたもんで」辰次郎は頭をかいた。昼飯の握り飯にありついたのは、船酔い知らずの奈美だけだ。

「うちは一膳飯屋だから、食い物だけはたんとある。食って行きな」

喜平は東海道を左に折れて、次の四辻の角で足を止めた。

「ここだよ。さ、入んな」

喜平に促され、辰次郎は紺地に白く「金春屋」と染め抜かれた暖簾をくぐった。

間口二間半、奥行三間の店内には、びっしりと卓が並べられ、その八割ほどが埋まっていた。中は薄暗く、所々に吊るされた行灯の灯が、辰次郎には路地裏の酒場を連想させる。しかし酒と飯に興じる客の騒々しさには、居酒屋の雰囲気があった。

「お春、ここにも飯だ」

正面奥のあいた卓に辰次郎を座らせると、喜平は声を張り上げた。

金春屋はよく繁盛している店のようだ。お春と呼ばれた娘ともう一人の女が客あしらいを一手に引き受け、奥の板場には、湯気だか煙だかがもうもうと立ちのぼっているのが、脇の格子越しに見えた。

「あのう、おれも手伝います。今日からここで働くんですよね。正直言って料理は苦手だけど、皿下げるくらいならおれもできます」

一瞬きょとんと目の前の若者を見つめて、喜平は腹の底から笑い出した。

「そうか、すまなかったな、おまえさんの問いに答えるのに忙しくて、肝心のことを話していなかった」とひとまず詫びた。「竹内の旦那からは、何も聞いてないのかい」

大明神に話がそれて、結局、大事なことは何も聞かずじまいだった。

「おまえさんの働き口はここじゃあない。うちは人手は足りてるからな」

この一膳飯屋は、喜平が仕入と勘定を賄い、娘婿と孫息子が板場を仕切り、孫娘の春と、孫息子の嫁のお駒が、客を引き受けていた。喜平の妻と娘は、すでに他界していた。

「おじいちゃん、乾物屋の瀬戸屋さんが来月の仕入のことで勝手口に来ていなさるわ」お春が角盆を辰次郎の前に置いた。あいよ、と応えて喜平が板場へ姿を消した。

盆の上には湯気をたてたみそ汁と丼一杯のご飯、煮魚に、木の芽をのせた小鉢が添えられている。烏賊と筍の木の芽和えで魚は目張だという。祖母は洋食やエスニックが得意だったから、こういう純和風な食事を前にすると、辰次郎はなんだかにやにやしてしまう。

「裏金春へ来た人でしょ。今日外から江戸入りしたっていう」

辰次郎は名を名乗り、よろしく、と頭を下げた。

「裏金春って、何？」

「あら、聞いてないの？　ほんとは畏れ多いんだけど、うちの裏手で地続きになっているからそう呼ばれてるの」

お春は丸い顔に、黒目がちの目とぽってりとした口元が愛らしい、十六、七の娘だ。

「そこって何を……うめえ！」

蜆のみそ汁を一口すすって思わず叫ぶと、働き口のことなどどこかへ行ってしまった。空腹だったこともあり、辰次郎は夢中で食べた。出汁の利いた薄味の煮魚とさわやかな木の芽みそのとり合わせも絶妙だが、とりわけ米の飯が旨かった。口に含むとなんともいえない良い香りがする。

「あのう、お代わりは……」

丼がからになったところで、やっと目の前にお春が突っ立っていることに気が付いた。間髪入れずに突き出された丼を、お春がふっくらした手で受け取った。

「あら、お仲間が来たわ」

お代わりを辰次郎の前に置いたお春の視線を追うと、入口のあたりに三人の男が立っていた。席はあらかた塞がっており、空席を物色しているようだ。

「甚三さん」

お春に手招きされ、どことなく崩れた雰囲気の三人が、だらだらと歩み寄って来る。

「今日から裏のお雇いになった、辰次郎さん」

「新入り？」いちばん前にいた男が、切れ長の目でじろりと睨んだ。すらりとした長身の、整った顔立ちだが、いかんせん目つきが悪い。後ろの二人も、長身の男の陰から、値踏みするようにじろじろと辰次郎を眺め回した。

「兄貴分の甚三さんと、木亮さんに寛治さん」

三人並ぶと、大、中、小、といったところだ。寛治がいちばん背が低く、豆粒の目の下に小さなだんごの鼻をつけたようで、太めの鼠を連想させる。反対に木亮は、顔の部品が全て大きく、ぎょろりとした両の目のあいだがひどく狭い、険のある人相だ。

「なんだ、挨拶もなしかよ」

辰次郎はあわてて立ち上がり、「よろしくお願いします！」と頭を下げた。

三人がどっと笑った。「こりゃ、礼儀作法から教えてやらなけりゃいけねえな」

辰次郎と同じ卓に、あたりまえのように席を占める。

「半鐘泥棒みたいに、いつまでも突っ立ってんじゃねえよ」

言われて辰次郎も、鼠の寛治の横に座る。三人が酒と肴を注文した。

「なんだ、食わないのか？」

二杯目の飯を前にして、箸をとらない辰次郎の手元を、甚三が見ていた。

「飯の食い方まで教える必要があるのかねえ」ぎょろ目の木亮が嫌みたらしく言う。

「今日、日本から着いたばかりなんだから、あんまり苛めないの」

冷酒を入れた徳利と猪口、煮込みの鉢やらを、お春がてきぱきと卓に並べる。

「江戸入り者だと？」

「聞いてないの？」

「近いうちに一人増えるかもしれねえって話は、地蔵の頭から聞きましたけどね」

「そうだったか？」

「あとで親分のとこに連れて行ってあげてね、甚三さん」

「おう、まかせとけ。木亮、おめえ連れてってやれ」

「えっ、やっぱりこういうことは、兄いが……」

「おれは今日すでに二回も親分に御目見えしてるんだ。これ以上は体にさわる」

「おいらは昨日今日と続けて張り倒されてるんすよ。寛治、おめえが行けよ」

「やなこった、おめえが頼まれたんだろ、木亮」

辰次郎は箸を宙に据えたまま、じっと聞き耳を立てていた。親分、地蔵の頭、兄いと続き、張り倒すと来れば、この三人の柄の悪さを考え合わすと答えは一つだ。頭から血の気が引いた。これまでの二十年、清廉潔白とはいかないが、補導の経験さえない辰次郎だ。不良も暴走族も通り越して、いきなりジャパニーズ・マフィアとは、冗談がキツイ。

「いいかげんにしておあげよ。恐がってるじゃないか」

びっくりするほど大きな声で、お春の義姉のお駒が割って入った。お春よりさらにふたまわりほどふっくらしている。

「そうよ、ここで脅してどうすんのよ」すでに顔面蒼白な辰次郎に、お春もあわてている。

「あのう、働き口って、裏金春って、ヤクザ……すか」

思い切って口にしたが、情けないことに声がうわずっていた。ちょうど猪口をあおった甚三が、ぶっ！　と酒を吹き出し、それをはずみに、どっと笑いが起きた。

「ほらごらん、みなであんまり脅かすから」

お駒とお春は盆を胸に抱いたまま、体を折り曲げて苦しそうに笑いころげている。

「裏金春って言われたし、なんか後ろ暗いものを想像しちゃって……」

「まあ、ある意味、ヤクザみたようなとこもあるがな」

涙を流して笑う甚三たちを眺めて、辰次郎は憮然とした表情でもごもごと呟いた。

「裏金春ってのはね、長崎奉行様の出張所のことよ」

「はあ？」ヤクザの次に奉行所と言われても、頭がついていかない。

「間抜けな返事を返すんじゃねえよ。おれたちは間違いなくお奉行様の雇い人だ」

お春の言葉を、木亮が請け合った。

「長崎奉行ってたしか、船にいた竹内ってお侍が……」

「ああ、竹内の旦那に会ったのか。あの方はふだんは出島のお役所にいなさるが、ここにもちょくちょく顔を出す」

「じゃあ、おれは今日から、竹内さんの同僚になるんだ」

いったん落ち着いた座が、またどっと涌いた。

「とんでもねえ、竹内の旦那はお武家だから御上(おかみ)お抱えだが、おれたちは小者とか手先とか言われる、いわばお奉行の雑役(ざつえき)や下働きだ」

国家公務員と、役所の臨時雇いのバイトということか、と辰次郎は解釈した。

「お、新入りが入ったってこたぁ、おれは晴れて飯運びから解放だ」

「おお、寛治、それは目出度え」

「新入り、おれの大事なお役目は、今日からおめえと良太に任せる」

「良太ってのぁ、半年前に入った、裏金春ではいっち若い奴でな」

「おい、ありゃ、良太じゃねえか、間がいいってのぁ、このことだ」

その言葉通り、転がり込むように入って来た若い男が、甚三のもとにまっしぐらに駆け寄った。ニキビを散らした頬の輪郭がふっくらとまだ幼いが、その表情は険しい。

「甚兄い、とりこもりだ！」

甚三の顔が、さっと引き締まった。椅子を蹴倒して立ち上がる。「どこだ」

「日本橋長谷川町だ。蠟燭(ろうそく)屋の旦那の妾宅(しょうたく)で、旦那を人質にこもりやがった。がら九(く)の親分が、一家総出で囲んでいるらしい」

「がら九といえば、南の旦那の配下だろう」ぎょろ目を良太に向け、木亮が即座に応じる。

「よくわからねえが、とにかくうちから人を出してくれってことだ。頭が甚兄いに、あとは任せるって」

「良太、確かにおれが承知したと伝えろ」

合点、と叫んでまた飛び出そうとする良太を、木亮が呼び止めた。

「長谷川町はどのあたりだ」

「稲荷(いなり)の真裏だ」

よしっ！　と言いざま、甚三が店を走り出た。木亮と寛治が後に続くと、辰次郎もあわてて駆け出した。何ということはない、条件反射のようなもので、体が勝手に動いてしまった。不謹慎だが、胸の内がどこかわくわくしていた。

後ろからひたひたとついて来る足音に気付き、寛治が途中で振り返った。

「兄い！」

呼ばれた甚三が振り返り、辰次郎を認めたが、何も言わなかった。辰次郎はそれを了承と受けとり、ひたすら寛治の背を追った。

通りにはほとんど人影がなく、四人が土を踏みしめる音だけが、はたはたと響く。

それにしても、と辰次郎は内心で舌を巻いていた。三人とも足が疾(はや)い。辰次郎は足には自信があった。このところ運動不足ぎみとはいえ、決して遅くはないはずだった。その自分が全力で走って、ついて行くのがやっとの有り様だ。

調子が出ないのには理由もあった。履き慣れない草履のせいもあるが、何よりいちばん厄介なのが道の暗さだった。所々に店先の行灯や常夜灯が灯ってはいるが、明かりというには程遠い。東京のどんな薄暗い路地裏よりも、ずっと闇が深かった。

どれくらい走ったろうか、木亮がふいに方向を変えた。

「兄い、長谷川町ならこっちのほうが近道だ」

　脇道に入った三人に続いて、辰次郎も板塀を右に曲がったとたん、「うわっ！」と思わず、大声をあげて立ち止まった。

「どうした」寛治の声がして、止まってくれた気配がする。が、辰次郎には何も見えなかった。それまでうっすらと見えていた地面が消えて、真っ暗な空間になった。いきなり目を塞がれたかのように、上下の感覚さえなくなった。辰次郎は一歩も踏み出せず、呆然と立ち尽くしていた。

「おい、どうしたんだ」

　甚三の声がして、こちらへ戻る草履の音が、少し離れたところから聞こえる。

　右腕をいきなり摑まれ、「わっ！」とまた声が出た。

「大丈夫かよ」その声で、右腕を摑んでいるのが寛治だとわかった。

「すいません、暗くて」声が震えていた。急に足を止めたためにどっと吹き出した汗が、変に冷たい。「……何も、見えなくて……」

「おめえ、鳥目か？」木亮の声だ。

「とりめ？」

「夜、目が見えない病気だ」

「いや、そんなはずは……」

「日本の夜は明るいって言うからな。江戸入りしてすぐは、夜道はしんどいんだろ」

　甚三が口を添えた。

「どうしやす？　ここに置いて行きますか」木亮が薄情なことを言う。

「まあ、ここまでついて来たんだからな」

「しょうがねえ、こいつを持ってな」

寛治が薄い木綿を辰次郎に握らせた。これで手を引いてくれるというのだろう。

「すみません」

「ちゃんと息合わせて走ってくれよ」

右手の中の手拭が強く引かれ、そのはずみに足が前へ出た。走り出すと、それまで体にからみついていた恐怖は嘘みたいに剝がれ、後ろに飛んで行った。


寛治の伴走は、実際はたいした距離ではなかったが、辰次郎には長く感じられた。長谷川町の稲荷裏に着いたときには、顎が上がりかけていた。

甚三らの到着を聞き、がら九の親分が板塀の外に出て来た。

「おう、裏金春の、わざわざすまねえな」

「がら九」の謂れである、特徴のあるひどい濁声で労った。

「空き巣狙いが見つかって、騒がれた揚句のとりこもりだ。人質は妾の旦那の和倉屋惣右衛門だ。旦那に万一のことがあっちゃならねえって、和倉屋の番頭から釘をさされて踏み込むこともできねえ」

「また、どじな空き巣だな」

「いや、運が悪かったんだ。賊も、旦那もな」

空き巣に入った賊は、あらかじめこの家に目星を付けていたらしい。妾と手伝いの小女が二人とも出掛ける、日暮れ時のほんの僅かな隙を狙って侵入した。ところが、たまたま妾宅に出向いた旦那に出くわし、賊は刃物を抜いた。そこへ小女が戻り、外へ知らせてこの騒ぎとなった、とがら九が事の顛末（てんまつ）を説明した。

「旦那は何だって、たまたま出向いたんでしょうねえ」

「んなこたあ、関わりねえだろ」

寛治は誰に問うでもなく何気なく口にしたのだが、たちまち木亮にぎろりと睨まれた。

「いや、それがそうでもねえ。こっから先がおめえらに関わってくることだ」

がら九は腕を組み、猪首をさらにめりこませるようにして、甚三たちに顔を寄せた。

「和倉屋は刀鍔（かたなつば）の収集にかけちゃ名が知れていてな、それを妾宅に溜めこんでるんだ。今日も手に入れた刀鍔をここへ収めに来て、賊と出くわしたというわけだ」

「なるほど、刀鍔か」甚三が舌で上唇を嘗めた。

「もう一つある。おれが手札を受けてる南町の倉田（くらた）の旦那が、賊の説得にあたってるんだが、とりあえず賊の申し出に応じて和倉屋を取り返そうって算段をした。その申し出ってのがな、奴に盗品と人質をつけて堀から大川へ放せというもんだ。しかも人質は江戸湊へ出てから返すと言ってる」

「ほお、江戸湊ねえ」提灯（ちょうちん）に照らされた甚三の顔に、心なしか朱がさしたように見えた。

「刀鍔をそのまま江戸から持ち出して、奴も一緒にずらかる心積もりじゃねえかと、おれたちはそう睨んでいる」

「おそらく間違いねえな」

「そうなれば長崎奉行に絡んでもらうのが、いちばんてっとり早い。賊の申し出を飲むふりをして時間を稼ぐから、そのあいだに裏金春を引っ張って来いとの旦那のお指図だ」

「わかりやした」甚三が即座に請け合った。

　南町同心の倉田は、裏庭から、障子一枚隔てた座敷にこもる賊と対峙していた。賊との長丁場に疲れたのだろう、背を丸め庭石に腰を降ろしていたが、がら九の後ろに甚三らの一行を認めると、ほっとしたように立ち上がった。

「九作から聞いてくれたか」

「はい、旦那のおっしゃる通り、賊は盗んだ品物を外へ抜け売りするつもりでしょう。刀鍔は、外国では特に高値で売れるそうですから」

　倉田の前に身を屈めた甚三は、小声で言った。

「やはりそうか」倉田は能吏らしい引き締まった顔で、大きく頷いた。

　ひたいを寄せ合うようにして、倉田、がら九、甚三の三人が、手配の確認をする。

「これから、踏み込むんですか?」興奮を抑えきれず、辰次郎は寛治の耳元に屈み込んで囁いた。

寛治が答えるより早く、木亮が目の前にあった辰次郎の頭を小突く。

「なに頓馬なこと言ってんだ。いま踏み込んだら旦那の苦労が水の泡だ。そんな荒っぽいことするもんか」

「違うんすか?　刀抜いたり、御用だ御用だ、とかしないんですか」

「そりゃ、講談か芝居の見過ぎだ。毎度大捕物をやらかすような同心がいたら、いい笑いもんだ」

　事件に対し、機知と裁量でうまく事を収めることができるか否かで、町方役人の力量が試される、と木亮が説明した。派手な場面を期待していた分、辰次郎の落胆は大きい。

「がら九の親分の仕切りなら、おれたちの出番はない。まあ、黙って見てな」

話がまとまったらしい。倉田と甚三を縁側の前に残して、がら九とその子分たち、辰次郎ら三人は、庭に散って植え込みの陰に身を潜めた。

「中の者に申す。舟の仕度が整った。和倉屋とともに出て来られよ」

腹に力をこめた倉田の声が、辺りに低く響いた。障子の中からは、こそりとも音がしない。庭は無人のように静まりかえっている。池の魚か、ぽちゃんと小さな水音がした。

「本当だ。申し出通り、富沢町の堀端に用意させた」

座敷の中からくぐもった声が聞こえた。「本当に舟は用意したのか」

「大丈夫だ。おれのほかには、舟まで案内する小者しかおらぬ」

「……捕り方なんぞ、いないだろうな」

辰次郎らが見守る甚三の背は、微動だにしない。

ややあって、障子がコトリと動いた。中から外を窺うような気配があり、それからゆっくりと戸が開いた。白髪頭の和倉屋惣右衛門の首を左手でかき抱くようにして、賊が縁側に現れた。右手に逆手に持った短刀の切っ先は、惣右衛門の首筋にぴたりと当てられている。身振りで倉田を下がらせると、足袋裸足のまま人質とともに庭へ降りた。賊は、意外なほど華奢な体つきだった。

おそらく刀鍔なのだろう、菓子箱くらいの風呂敷包みを両手で胸に抱いた惣右衛門は、明らかに憔悴しきっていた。

「私がご案内させていただきます」

高い上背を小さく見せようと腰を折った甚三が、丁寧に申し出たが、賊は嫌な顔をした。

「おめえが船頭じゃなかろうな。くたばりそうな年寄の船頭にしろと言った筈だぞ」

「ご心配なく。すべて長崎奉行様が手抜かりなく、お手配致しました」

賊の肩先が、びくり、と跳ねた。ゆっくりと顔を上げた甚三が、賊と目を合わせた。

「……長崎……奉行だと」

「はい、長崎奉行馬込播磨守様で」

げっ！　と、蟇蛙のような音が、賊の喉からもれた。

「なな、なんだって、長崎奉行が出て来るんだ！　盗みなら、町方の、支配だろうが」

瘧にかかったかのように、賊の体が震え出した。

「それは、そこにお持ちの刀鍔のせいでございますよ。それがお奉行の興味をえらく惹きましてねえ、お奉行自ら馬で駆け付けておりますので、そろそろこちらに……」

「ひええええ」鶏が絞め殺されるような悲鳴を発したのは、和倉屋惣右衛門であった。勘弁してください、お許しください、とくり返し口の中で呟く。

「じょ、冗談じゃねえ！　そんなことしてみろ、いますぐこのジジイぶっ殺すぞ！」

「と申しましても、すでにこちらに向かっておりますので」

と、身を起こした甚三が、がらりと調子を変えると、どすのきいた声で叫んだ。

「金春屋ゴメスがなあ！」

「うわあああ！」賊と惣右衛門が一緒に叫び出した。

賊の後ろに忍び足で近寄っていた、がら九とふたりの子分が、それっとばかりに賊をとり押さえた。刃物を落とされた賊は、あっという間に地面に引き据えられた。

「和倉屋！　大丈夫か！」駆け寄った倉田が、怪我のないことを確かめた。だが筋張った体が細かく震え、唱えているのは経文らしい。

「じいさん、心配すんな、お奉行は来ねえ」

「……じゃあ、あたしの刀鍔のことでお咎めを受けるようなことは……」

ねえよ、と笑った甚三を、後ろ手に縛られた賊が悔しそうに睨んだ。

「倉田様、本当なら南町のお調べが済んでから、うちが引き取るのが筋なんですが……」

「うむ、こやつが渡りを付けようとした、江戸湊の船のことだな」

「はい、この野郎をうまく使えば、今夜中にも一網打尽にできるかもしれやせん」

「あいわかった、こちらの調べはその後で良い。役所にはおれから話をつけよう」

倉田と甚三が話す足元に跪いた賊は、いまはもう諦めたのか首を垂れている。提灯に照らされた賊の顔を、見るともなしに眺めていた辰次郎が「あっ！」と声をあげた。賊の唇の端から血が垂れていた。

「この野郎、舌ぁ嚙みやがった！」木亮が素早く賊の顔を仰向かせ、寛治の指示で辰次郎が両手で力一杯口をこじ開けた。賊の目から涙がこぼれた。まだ若い男だ。

「大丈夫だ、舌の先が切れただけだ。脅かしやがって」木亮が素早く男の口に手拭を嚙ませた。

甚三が跪き、男の目をまっすぐに見つめた。

「長崎奉行にだって、お慈悲はある。わかってるだろうがおめえ次第だ」

手拭の奥で、男が何か訴えた。大きく頷いた甚三の目許がやわらいだ。

「大丈夫だ、おめえのことは悪いようにはしない」

肩を落とした男の背がかすかに揺れ、すすり泣きがもれた。

木亮が出島の長崎奉行所へすっ飛んで行き、甚三は窃盗団の情報を引き出すために、近くの番屋へ賊を連れて行った。裏金春への繋ぎには、寛治と辰次郎が走ることになった。来た道を戻りながら、辰次郎が話しかけた。

「親分って、長崎奉行様のことだったんですね」

「ああ、泣く子も黙る金春屋ゴメスと言やあ、江戸で知らねえ者はいねえ」

「さっき賊に言った、長崎奉行にもお慈悲があるって、ちょっと、じんときました」

「ああ、はったりだけどな」あっさりと寛治が告げた。

「ええっ！　あれ、嘘なんすか？」

「嘘じゃねえが、奴をどうするか決めるのは、無慈悲で鳴らしたうちの親分だからな」

空き巣狙いの顔は、極悪人にはとても見えなかった。辰次郎はため息をつき、寛治と繋がった手拭を握り直した。


裏金春の入り口は、表の飯屋の角を曲がった先にあった。造作は大きいが、屋根をのせた小さな木戸にがらり戸の玄関は、屋敷というよりふつうの町屋の趣きだった。

玄関に到着した寛治が慌しく奥へ走り去ると、屋内は俄かに騒がしくなった。続いて長崎奉行所の役人だろう、黒羽織を翻した武士が二人駆け込んできた。彼らと寛治を含めた五人ほどの男たちが、またばたばたと出て行くまでのあいだ、辰次郎は玄関をくぐった広い土間に、ぽつねんと突っ立っていた。

大捕物を見たい気持ちもあり、一緒に出て行こうかとも考えたが、走り去る寛治の真剣な表情を見て辰次郎は諦めた。夜道も走れないのでは、足手まといになるだけだ。

遠くに犬の遠吠え（とおぼえ）が聞こえた。松吉には釘をさされたが、日本にいるときの癖でつい、いま何時だろう、と考えた。そのとき廊下の奥から、小さな灯が近付いてきた。やがて土間を上がった板張りの広敷に男が現れ、手にした蠟燭を辰次郎にかざした。

「おまえが辰次郎か」

「はい」

「大きくなったな」

懐かしそうに自分を眺める視線に、辰次郎は戸惑いを覚えた。どこか物悲しいような男の目に、辰次郎は檻（おり）の中からこちらを見つめる動物園の猿の目を連想した。

「おれを、知っているんですか」

「ああ、おまえが小さい頃にな。おまえの親父とは幼馴染（おさななじ）みだ」

「すいません、覚えてなくて」

男は別に気を悪くしたようすもなく、昔話をそこで打ち切ると、十助（じゅうすけ）だ、と名乗った。「地蔵の頭」と呼ばれる通り、落ち着いた柔らかい物腰の男だった。年は辰衛と同じくらい、四十半ばというところか。

「おいで、お奉行様にご挨拶だ」

十助の後ろについて、右へ左へ曲がる廊下を奥へと進みながら、辰次郎は刑場に引き立てられる罪人の気分だった。長崎奉行の恐ろしさは、甚三たちの会話からも賊の反応からも充分承知していた。十助はやがて、障子越しに灯りが見える座敷の前で跪いた。

「親分、辰次郎を連れて参りました」

「おう、入れ」

座敷に上がった辰次郎は、そのまま平伏した。体中の筋肉が、がちがちに緊張しているのがわかる。

「おめえが辰次郎か」

はい、と応(こた)えた声がかすれていた。

「江戸を逃げた奴の息子か」

「えっ」意外な言葉に思わず顔を上げたとたん、辰次郎の心臓がどんっと鳴った。

怪奇映画の中で、油断していたところにいきなり怖いものが飛び出してくる、あれと同じ感覚だった。椅子の上で、心臓と一緒に体がびくんっと跳ねてしまう、あの瞬間だ。

(すごい……)

人間離れした、怪異な風貌だった。

胡座をかいた輪郭は、さながら巨大な鏡餅(かがみもち)だった。そそけ立った髪が、鏡餅の肩をぞろりと覆う。極端に吊り上がった細い目が陰険に光り、横広がりの低い鼻が、顔の真ん中に鎮座している。顔の横一杯に広がった分厚い唇がたまらなく不快な上、鼻の右下には、極めつけのように大きなイボがあった。

行灯にぼんやりと浮かび上がったその姿を、辰次郎は口を半開きにして、ポカンと見ていた。

怖いもの見たさとはこのことだった。目を背けたいのに、どうしても目が放せない。

（まさに、怪獣……）

「おい、てめえ」

怪獣が口を開いた。

「ぼんやりしてんじゃねえっ！」

いきなり右頬を張り飛ばされ、辰次郎は座敷の左の襖まで、勢いよくふっ飛んだ。一瞬何が起きたのかわからなかった。貧血を起こしたように、目の前が霞み耳鳴りがした。

「親分、昔のことはこいつにはまだ、何も話してないんです」

「ふん、仕方ねえな、こいつのことはおめえに任せる。日切りまでにどうにかしろ」

二人のやりとりは、辰次郎の耳には届いていなかった。


十助がさし出した濡れ手拭の冷たい感触に、辰次郎はようやく我に返った。気を失ったわけではないが、動転のあまり、殴られてからいままでの記憶がはっきりしない。

「そのようすじゃ、親に殴られたこともなさそうだな」地蔵に似た、穏やかな表情だ。

「日本じゃ、家庭内暴力はご法度ですから」

むくれる辰次郎に、十助は薄く笑った。盆の上の土瓶から茶を注ぎ、冷めてから飲むように、と辰次郎の前に茶碗を置いた。

「おまえの親父の具合はどうだ」

「良くないです。あと半年もたないと言われました」

「肝の臓の病だと聞いたが」

「酒で肝臓をやられて、すでに癌になっているそうです。母と別れてから、たぶん飲んでばっかりいたんでしょうね。昔から、嫌なことを酒で紛らす癖がありましたから」

辰次郎が覚えている限り、父はむっつりと酒を飲んでいることが多かった。暴れることも怒鳴ることもない静かな酒だったが、そのぶん近寄りがたく、父がそばにいるといつも緊張していたように思う。

「強いことは強かったが、昔はそんな悪い酒を飲むような奴じゃなかった」

いかにも辛そうに、十助は眉間に深い皺を寄せた。

「父とは、ずっと連絡をとりあってたんですか」

「いや、去年の秋からだ。確かめたい用向きができてな、日本の伝手を頼って探し出してもらった」

「おれも去年の秋……十一月の終わりの頃です。いきなり父から会いたいって。電話をくれたのは病院の事務局でしたけど。十年以上も音信不通だったから驚きました。母が亡くなったことは、あっちも驚いてたけど、こっちも連絡のつけようがなかったし」

「お利保さんは、残念なことをしたな。私も長いこと知らずじまいで不義理をした」と十助は肩を落とした。

「交通事故は、日本では日常茶飯事ですけどね……」

さらりと言ったつもりが、言葉の最後が尻つぼみになった。朝元気に出かけて行った人間が、なんの前ぶれもなく、その日の晩には霊安室で冷たくなっている。あの呆然自失の感覚は、経験した者にしかわからない。大事に抱えていた何かを、横から腕ごともぎ取られたような、あれは一種の暴力だ。

「そういえば」母の話で、形見の木鷽を思い出した。「亀戸天神に鷽替えに行きたいんですが」

辰衛からの頼まれごとを話した。

「鷽替えは正月の行事だぞ」

「そうなんですか」辰次郎は拍子抜けする思いがした。

忘れかけていた右頬が、じん、と痛んだ。あてた手拭はぬるくなっている。

とり替えた新しい鷽を病院に送ってやろうかと、親孝行めいたことを考えていただけに、何だか無性に腹が立った。来年の正月までは、辰衛の体はとてももちそうにない。

「まったく、何考えてんだか」腹立ちまぎれに、声に出していた。茶碗に手を伸ばし、ごくりごくりと音をたてて飲み干した。

辰次郎が茶碗を置くのを待って、十助が居住まいを正した。

「おまえがここに来ることになったのは、おまえの親父の望みもあるが、もとはといえばここの役目にからんだ話からだ。その役目におまえが使えるかもしれないと考えたんだ」

十助は、怪訝な表情を浮かべる若者の顔を眺めた。わずかに骨張った輪郭と、しまった口許は父親ゆずりだが、一重の涼しい目は母親似だな、と十助は胸の内で呟いた。

「そのためには、おまえが江戸にいた頃のことを、思い出してもらう必要がある」

「……ひょっとして」十助の話す本筋とは別に、辰次郎は船上での会話を思い出していた。

「一度で入国許可が下りたのは……」

「私が親分に無理を言って、便宜をはかっていただいた。そうでなければおまえの江戸入りなぞ、三年かけても果たせぬところだ」当然のように、十助が言い切った。

倍率三百倍は、やはりダテではなかった。辰次郎は松吉と奈美に、心の中で謝った。

「おい、新入り、起きろ！」

頭に何かがぶつかった衝撃で、辰次郎は目が覚めた。木亮が辰次郎の頭を、足でがんがん蹴っていた。

「てめえ、おれたちよりよっぽど早く休んだくせに、何いつまで寝てやがる」

「すいません！……イテッ！」がばっと起きた拍子に、口許に痛みが走った。

「どした？」

「いや、昨日、親分に殴られて……」

「へえ、おめえもなかなかやるじゃねえか」と木亮がうれしくない褒め方をした。

「外の井戸で顔洗ったら表で飯だ。あの二人はまだ寝かせとけ。後始末が長引いてさっき帰ったばかりなんだ。あ、自分の布団は自分でたためよ」

言うだけ言うと、木亮はさっさと出て行った。

開け放した障子から燦々と降りそそぐ陽射しは昼のものだ。六畳ふた間の座敷奥には、木亮が言うように、盛り上がった掛布団が二つ見える。そのほかには見事にすっきりと何もない、まるで家具を全部運び終えた引越し後のような座敷だった。辰次郎を含めて五人が寝起きする、裏金春の手先たちの寝間だ、と昨日ここへ連れて来た十助から聞いていた。

役目の内容はまた改めて話すとのことで、結局あの後詳しいことは聞けずじまいだった。

「これじゃ、毎日が修学旅行だ」一枚きりのせんべい布団をたたみながら、ついついため息がもれる。日本なら学生寮でも個室は必須だが、そんなものは望むべくもないらしい。

昼間の金春屋は、夜と違って一膳飯屋らしい明るい活気に満ちていた。暖簾をくぐると、昨夜と同じ混み具合で、襷掛けのお駒とお春の奮闘ぶりも相変わらずだ。

辰次郎は、店の奥に木亮を見つけた。昨日店に甚三らを呼びに来た、良太という若い男と、もう一人中年の男が卓を囲んでいた。

「菰八のおやじだ。甚三兄いと同格で、みなには『おやじ』と呼ばれてる。裏金春の中で、ただ一人の所帯持ちだ」木亮が当然のように紹介役をかって出た。

菰八は日に焼けたじゃが芋のようなごつい男だが、顔中に深い皺を寄せて笑いかける表情に、愛嬌があった。

「体もでかいし体力もありそうだ。おまえならやっていけるだろう」

殴られるための体力だろうか、といまの辰次郎は思わずにいられない。

「昨日、あれからどうなりました？　うまくいったんすか？」

お春が運んできた飯をさっそくぱくつきながら、昨夜の空き巣狙いの顚末を訊ねると、「あたぼうよ」と調子のいい応えが良太から返ってきた。

「後でたっぷり話してやらあ」木亮がふんぞり返る。

「木兄いの講談は長えからな。茶菓子なぞ用意して、腰を据えてかかったほうがいいぜ」

良太がいらぬ横車を出し、ぽかりと頭を張られている。

「菰八さん、あがったよ」お駒が小さいが持ち重りのしそうな風呂敷包みを菰八に渡した。

「おう、すまねえな。ここの飯を食えば、うちの嬶（かかあ）もすぐに床上げができるってもんだ」

「食がすすむようになれば、もう心配いらないよ。ほんとに良かったよ」

お駒の大きな口が横に広がって、丸い顔いっぱいの笑顔になった。

「おやじはこの近くの長屋に住んでて、裏金春へは通いなんだ」

風呂敷包みを手に菰八が席を立つと、木亮が言った。女房とのあいだに五つと三つの女の子があるらしい。

「おせんさん、風邪で五日も寝ついちまって心配してたんだけどね。おや、その顔どうしたんだい」話の途中で、お駒が辰次郎の顔を覗き込んだ。「口んとこ腫れてるじゃないか。男前が台無しだね」

鏡がないので言われるまで気付かなかったが、紫色の痣（あざ）になっているらしい。

「甚三の兄きに比べりゃ、だいぶ落ちる男前だがな」

木亮の揶揄（やゆ）は、当たっているだけにキツイ。お駒は笑って、あがったよ、という声に応じてまた板場へ引き返して行った。

「おれのケガ、そんなにひどいすか？」

「なあに、そんな程度はケガのうちに入らねえよ。親分もずいぶん加減したとみえる」

「おめえが殴られて鼻血の海に沈んだときは、鼻の骨が折れたと大騒ぎしてたじゃねえか」

「そういう木兄いこそ、座敷から蹴り飛ばされて庭の池に落ちたとき、膝までの水ん中で溺（おぼ）れるうってわめいてたんすよね」

木亮と良太が軽口を叩き合う。実話だとすると、タフな連中だ。

「誰が言い出したんすか、ゴメスって」あまりにも的を射た名前だけに、勇気ある行動だ。

「誰かはわからねえが、その通り名は親分の名前を端折っただけだ。馬込寿々って名前の真ん中の三文字を読めばゴメスになるだろ」

木亮が湯気のたった茶をうまそうにすすり、煙草盆を引き寄せた。

「まごめすず、でゴメスか」なるほど、と辰次郎は納得した。「女みたいな名前ですね」

「……ゴメスの親分は女だぜ」爪楊枝をくわえた良太が、ぼそりと言った。

「でえええっ！」

その声で、近くの卓にいた数人の客が、椅子の上で飛び上がった。

「ばっかやろ、飯粒飛ばすんじゃねえ！」向かい側の良太が立ち上がり、辰次郎の胸倉を掴んだ。

木亮は辰次郎の大仰な驚きっぷりが面白いのだろう、にやにやしている。

良太が顔の飯粒をとり終わった頃、辰次郎がその疑問を口にした。

「お奉行って女性がなれるものなんですか？」

「いまの江戸には女の役人も、ぽつぽついるんだ。女も家督を継げるからな。奉行って名のつく役目にいる者もあれば、藩主が女ってところもある」と、木亮が煙管を一息吸って、うまそうに煙を吐き出した。白い煙が辰次郎の顔の前をゆっくりと流れて行く。

辰次郎は、何だか急に力が抜けてしまった。

「なんか、悪いことしたかな」初見の女性の、その容姿の悪さをいつまでもじろじろ眺めたとあっては、叩かれても文句は言えない。

「まあ、うちの親分の場合、男だ女だという前に、人間かどうかぎりぎりのところにいるからな、おめえが気にするこたあねえよ」

「その言い方はあんまりじゃ……」

「いいや、甘えこと言ってられるのもいまのうちだ。なんせ親分は、厚顔無恥、冷酷無比、極悪非道で誉れ高えからな」

二人の顔を見比べながら、辰次郎が小声で訊ねた。「……いいとこ、ないんですか？」

とたんに二人が、難しい顔をして考え込んだ。

「なくもねえが……」「強いて言えば……」「例えば……」

二人はしばらく首をひねっていたが、とうとう一つも出て来なかった。


「用意はいいか、最後のヤツが出てきたら、行くぞ！」

良太が緊張した面持ちで、辰次郎に目配せを送る。

「いつでもいいっす！」鼻の穴をふくらませて、辰次郎が気合を入れる。

「昨日みたいなヘマやらかしてみろ、簀巻きにして親分の座敷に放り込むぞ」

「それだけは勘弁してください。今日は大丈夫！　箸よーし、一味よーし、湯呑みよーし」

辰次郎が膳の上を指さし確認する。

「ほいっ！　汁あがったよ」金春屋喜平の孫息子、拓一が、湯気のたった大椀を膳に載せた。

脚つき膳の両脇を持って、辰次郎が腹に力をこめた。幅二尺七寸、奥行一尺八寸の巨大な膳が持ち上がった。隙間なく並んだ大皿や大鉢のために、膳はずっしりと重い。これを水平に保ち、且つできるだけ早くゴメスのいる奥座敷に運ぶのは、なかなか気骨の折れる重労働だった。板場から裏庭に抜け、裏金春まで膳をささげ持つ辰次郎の後ろを、巨大な飯櫃と十助用の膳を両手に抱えた良太がつき従う。

「親分が出島からここに移って居座っちまったのは、金春屋の飯に惚れ込んでのことだからなあ」

辰次郎にこの役目を渡し、肩の荷を降ろした寛治が言うだけのことはあって、ゴメスは朝晩の飯を何よりも楽しみにしている。それだけ執着も強いということで、汁が少しでもぬるいと椀が飛び、昨日辰次郎が箸を忘れたときは烈火のごとく怒り、湯呑みを叩きつけられた。

この緊張感溢れる「膳出し」が朝晩二度、さらに膳下げ、酒、肴、と注文が来るたびに、良太と辰次郎は金春屋の板場と奥座敷を、何度も往復するはめになる。

総髪を髷に結い、肩衣半袴を着込んだゴメスが裏金春から出て行くと、辰次郎と良太はほっと息をつく。親分が登城や寄合に出掛ける昼間だけが、憩いのひとときなのだ。

「おい、誰かいないか」十助が廊下へ向かって呼ばわった。

朝の膳下げも無事終わり、尻っ端折りで廊下の拭き掃除をしていた辰次郎は、はい、ただいま、と奥へ急いだ。

「辰次郎か、この手紙を出島のお奉行様へ届けてくれ」

十助が、和紙に包まれた書状を辰次郎に手渡した。

「え、お奉行様って、親分は奥にいますよね」

いまさっきまで、ゴメスの大鼾が廊下に響き渡っていたのだ。今日は登城日にあたらず、ほかに用もないようで、ゴメスは食後の朝寝を決めこんでいた。

「出島の粟田様にお届けするんだ」

きょとんとする辰次郎を見て、十助はようやく気が付いた。「長崎奉行は二人いらっしゃるんだ。うちの親分と、出島のお役所に詰めていなさる粟田様だ」

へええ、と辰次郎は素直に驚いた。それぞれの役所の最高責任者である奉行という役職が、複数いるとは知らなかったのだ。南北町奉行所は、各々奉行が一人ずつ。寺社奉行が二人、勘定奉行に至っては四、五人いると、話のついでに十助が説明した。

「やれやれ、ほんとに何もわかってないんだな。落ち着いたら基本から教えなければならんな」

十助がため息をつく。

「すみません」申し訳なさそうに、辰次郎が頭を下げた。「あのう、それで出島へはどう行くんでしょうか」と言って十助をさらにあきれさせたが、長崎奉行所に行くのは初めてなのだから仕方ない。

辰次郎が裏金春へ来て、今日で五日目になる。毎日兄き連中にどやされながら、大事な膳出しを始め、使いをしたり、掃除や洗濯などの下働きをしたりで、あっという間に過ぎてゆく。何しろ覚えることがあまりにも多過ぎる。というより、見るもの聞くもの全てが、辰次郎にとっては驚きの連続だった。

いまどき南米だろうがアフリカだろうが、辰次郎は実際に行ったことはないが、月でさえ、東京と同じようなものがあたりまえにある。パソコン、コンビニ、コーラにバーガー、熱いシャワーとふかふかのベッド。この江戸には、そういうものがまるっきりない。

入国前に収集した雑な情報と、この江戸の現実とは、はかり知れない落差があるのだ。言ってしまえば、あらゆるものが不便なことが江戸の特徴だった。

水道がないから井戸で水を汲む。地下鉄がないから自分の足で走る。炬燵や火鉢では、かざした手足しか温まらない。提灯や行灯に至っては、豆電球なみの暗さだ。

その一方で、そういう不便な生活を、辰次郎はどこかで楽しんでいた。

いまはまだ、珍しさが先に立っているだけかもしれないが、すくった水の手の切れそうな冷たさや、踏みしめる土の地面の感触や、どぶ川から立ちのぼる異臭、時折海から漂うねっとりとからみつくような濃い潮の香り、真っ暗な通りでふと空を見上げたときの、その重みで天球ごと落ちてきそうな星の多さは、一つ一つが新鮮な驚きだった。

眠っていた体の感覚が、次第に目覚めていくような、そんな生活だった。


裏金春から出島までは、子供の足でも四半刻とかからぬわずかな距離だった。濱御殿と築地本願寺にはさまれ、四方を海と堀に囲まれた一画で、昔の江戸では大名の中下屋敷があったという。

近世江戸の長崎にあった出島は、一ヶ所だけが陸と繋がった人工的に造られた扇形の「島」だったが、いまの江戸では長崎奉行所のあるこの区画を、出島と呼び習わしていた。

辰次郎が奉行所の門を見つけたとき、後ろから竹内に声をかけられた。

「役所に使いか」と辰次郎と肩を並べた。竹内は日に一度は裏金春に顔を出し、奥の間で探索状況を報告したり指示を受けるのが日課だった。

「ひょっとして、ここは初めてか」栗田への書状を気軽に引き受けて、竹内が訊ねた。

辰次郎が頷き、ついでに奉行が二人いることを今日まで知らなかったと話すと、竹内は笑って、「午(ひる)までなら時間があるから、良かったら中を案内しよう」と申し出た。

建物内はあまり見せられないが、と言いながら、竹内は辰次郎を連れて、時代劇で有名なお白州や、訴訟に来た人の控え室である公事人溜り、竹内らが詰める同心詰所と、敷地内をひと通りまわってくれた。

敷地の裏手にさしかかったとき、小柄な老人が建物の陰からひょこひょこと現れた。

「これは、お奉行」竹内が丁寧に辞儀をした。

そら豆にあずきの目鼻をつけたようなこぢんまりとした顔、五尺二寸の小さな体、毒も害もなさそうな枯れた雰囲気。粟田和泉守秀実(いずみのかみひでざね)は、どこをとってもゴメスとは見事なほどの対極にあった。

「こんなところで、どうされました」

「なに、時々肝試しにな、裏に来るんだ。たまには刺激がないとな」

粟田はどこか、いたずらをしてきた子供のような表情だ。

「ははあ、なるほど、馬場ですな」竹内が心得顔で頷いた。

粟田がその場を離れると、辰次郎が訊ねた。「このお役所は、そんなに刺激がないんですか？」

裏金春はゴメスの存在だけで、充分心臓に悪い。

「あれは粟田様の洒落(しゃれ)だ。まあ実際、交易の監督や唐絵目利き、通詞の派遣といった、あまり荒っぽくない職務を粟田様が管掌されているがな」

「つまり荒事は全部、うちの親分担当ってことですね」

辰次郎がゲンナリした顔をしてみせると、竹内が言い訳ぎみに否定した。

「そういうわけではない。もともとお二人の職務は、きっちり線引きがされているわけではないんだ。場合によっては、お二人で一緒に事にあたることもある」

だがあの老人では、悪党との切った張ったのやりとりなど、到底できそうにもない。

「それにな、栗田様と馬込様は、揃って長崎奉行に就任される前から昵懇の間柄でな、正反対のご気性も手伝ってか、馬が合うんだ。お二方のあいだによけいな派閥争いなぞない分、おれたち下の者はお役目がやりやすい」

いかなるときも主を立てるのは武家の習いだが、竹内の言葉には、二人の奉行に対する真摯な敬意が読みとれた。

「あっ、しまった」足を止めた竹内が、懐に手をあてて叫んだ。

「栗田様への書状を渡すのを忘れていた」

ちょっと渡して来るよ、と言い置いて竹内は駆けて行く。

失念していたのは辰次郎も同罪なのに、偉そうな役人面をしないのが竹内のいいところだ。こういう気さくな人柄や、育ちの良さからくる鷹揚さは、表裏を問わず金春屋のみなに慕われており、特にお駒とお春は竹内贔屓だった。

容姿や男気なら甚三のほうが上なのだが、甚三は玄人女には滅法受けがいいのに対し、どうも素人にはいま一息だ、とは裏金春で囁かれるネタの一つだった。

手持ち無沙汰な辰次郎は、栗田と竹内の話にあった馬場でも見ようと、ぶらぶらと敷地の裏へ歩いて行った。その辺りは白壁の蔵がずらりと並び、蔵の向こうに丸太で作られた柵が見えた。

近寄ってみると、柵はいささか大仰なほど高く頑丈な造りだった。柵の向こうが馬場らしく、さらにその向こうに海が見えた。子供が通れそうなくらいの柵の隙間から覗くと、はるか遠くにぽつんと一頭、黒い馬が見えるきりだった。

退屈になった辰次郎は、そばに落ちていた干草のかたまりを拾い上げ、丸太の隙間から腕を突っ込んだ。遠くに見える黒い馬に向かって干草を振り、おーい、と呼びかけてみた。

馬は辰次郎に気付いてくれたようだ。ゆっくりとこちらに向かって駆けて来る……、と見えたのは錯覚だった。大量の土埃を巻き上げながら、凄い勢いで突進して来る。

「げっ！」

信じられない速さだった。鼻息も荒くまっすぐこちらに突っ込んで来るようすは、どう見ても好意的ではない。黒い巨大な生きものが、辰次郎の目の前一杯に迫った。馬の血走った目に見据えられたとき、辰次郎は観念した。

「離れろっ！」

大音響とともに馬が丸太に体あたりし、それより一瞬早く、竹内が辰次郎の着物の襟首を摑み、柵から引き離した。メキリ、と丸太の裂ける音がして地面が大きく揺れたが、頑丈な柵はもちこたえた。興奮冷めやらぬ馬は、どすんどすんと大きな音をたてて、頭や前足で柵を叩いている。あれだけ激しく丸太にぶつかったのに、まるで応えていないようだ。

「大丈夫か」

竹内に支えられ、辰次郎はよろよろと立ち上がった。立ってみて初めて、柵の中で暴れる黒い馬の、異常な大きさがわかった。頭を立てると、その高さは実に八尺を越える。

「あれは……」

「黒鬼丸（こっきまる）。馬込様の馬だ。あそこは黒鬼丸のためだけの馬場なんだ」

詰所でお茶をもらって、ようやく人心地ついた辰次郎に、竹内が説明した。

「先にはほかの馬もたくさんいたのだが、黒鬼丸が片っ端から蹴り倒すものだから、専用馬場になってしまった」

役所の馬は別の馬場に移されたらしい。

「やっぱり動物って、飼い主に似るものなんですね」

「黒鬼丸は馬込様が将軍家から拝領した当初から、あの気性だよ」竹内が苦笑いする。

「将軍様から？」

「ああ、就任以来の目覚ましいご活躍に対する褒賞として、二年前にいただいたんだ」

「ずいぶんと迷惑な褒美（ほうび）ですね」

「まあ幸い、黒鬼丸も馬込様だけにはなついてくれてな」

あの一頭に馬場を占領されては、役所も困ったことだろう。

まさに毒をもって毒を制す、というところか。

詰所を出たところで、小者を連れて役所の門に向かう粟田が見えた。

「お奉行、ただいま駕籠の用意をさせますのでお待ちください！」

与力らしき侍があわてて呼びかけたが、後ろも見ずにひらひらと手を振って門を出て行った。

その姿を見送って、辰次郎はふと思った。粟田の言う肝試しとは、辰次郎がやったのと同じことではなかろうか。馬場の柵の外には、干草のかたまりが幾つも落ちていた。

あの老人は案外体に似合わぬ胆っ玉の持ち主かもしれない。遠ざかる小さな背を眺めて、辰次郎はそんなことを考えていた。

出島から裏金春に戻った辰次郎は、昼飯を食いに表の飯屋へ入った。店の中に、木亮、寛治と韋駄天の姿を見つけ、同じ卓に腰をおろした。

韋駄天は、その名の通り足が疾く、探索の際の橋渡しや緊急の伝令に重宝されている。あまり軽口を叩かず、裏金春の手先の中ではいっとう無口だ。いまも飯粒を飛ばしながら話に興じているのはもっぱら木亮と寛治で、それに韋駄天が時折相槌を打っていた。

辰次郎が黒鬼丸との顚末を話すと、案の定、木亮と寛治は腹を抱えて笑い出した。

「親分と黒鬼丸の経緯にも伝説があってな」飯を終えた木亮が話し出した。

もともと黒鬼丸は、江戸と親交の厚い、中東のとある王家から贈られたものだという。

「何でも砂漠の英雄と謳われた名馬らしい」

辰次郎は胡麻油の香ばしい鰊の揚出しにかぶりつきながらも、耳だけは木亮に集中する。

「広大な砂漠なら英雄でも、狭いお江戸ではまさに走る凶器でな。もともと荒かった気性が、江戸で気鬱が溜まったためか、いっそう凶暴になった。城中で蹴り倒される者あとをたたず、公儀は頭を抱えていた。ある日、ついに柵を蹴破り脱走した黒鬼丸。城中大騒ぎのさなか、たまたまお誉めの言葉を賜るためにお城に赴いたのが、ご存知金春屋ゴメスと思いねえ」興が乗ると講談調になるのは、木亮のいつもの癖だ。

パンパン、と寛治が箸で卓を叩き、合いの手を入れる。

「必死で止めようと群がる侍を、バッタバッタと振り飛ばして走る黒鬼丸。その先に立ち塞がったは我らがゴメス。さあ、ゴメスと黒鬼丸の一騎打ちだ。馬力に任せて突進する黒鬼丸を、仁王立ちのゴメスがあの眼力でじっと見据える。あわやぶつかるという、寸でのところで怯んだのは黒鬼丸。一声高く嘶くと、ゴメスの眼前で前足を高く上げ、ぴたりと止まったって寸法だ。その一部始終をお聞きになった将軍様が、褒美として遣わしたってえわけだ」

話を終えた木亮が、湯呑の茶をがぶりと飲んだ。脚色はかなり多そうだが、まるきり嘘ではなさそうだ。木亮がさらに余談を披露しかけたところで、頭の上で声がした。

「なあに与太飛ばしてんだい」

みなが顔を上げると、韋駄天の後ろに甚三が立っていた。

「盛り上がってるようだが、辰公にお客だぜ」甚三が入り口を親指で示した。

辰次郎はみなから辰公と呼ばれている。漬け物みたいで気に入らないが、仕方ない。

暖簾を分けて表に出ると、男が背を向けて立っていた。その後姿に見覚えがあった。

「松吉い！」

「よう、忙しいとこすまねえな」松吉はどこか照れくさそうだ。

辰次郎は、まるで十数年ぶりで幼友達に再会したような気分だった。五日前にたった一度会った奴が、どうしてこんなに懐かしいのだろう。

松吉は辰次郎に頼みがあるという。

「おれも裏金春、いや、長崎奉行様のもとで働かしてくれないか」松吉の表情は真剣だ。

「おれ、本当は町方に関わる仕事がしたかったんだ。それが江戸入りの目的の一つだったんだ。

南北の町奉行所に足を運んだが、人手が足りてるってあっさり断わられちまってよ」と松吉は肩を落とした。

通称、町方と呼ばれる江戸町奉行所は、警察署と裁判所に、役場を兼ね備えたような組織だが、時代劇では役場の部分はカットされ、犯罪に立ち向かう正義の組織として描かれることが多い。時代劇オタクの松吉が、町奉行所に憧れるのも無理はない。

「どこぞの岡っ引きへの弟子入りも考えたんだが、その途中でよ、裏金春の話を聞き込んだんだ。裏金春が、実は長崎奉行所の出張所で、江戸いちばんの名奉行がいるって」

「いったい誰がそんな大嘘を……」辰次郎は口の中でぼやいた。

金春屋の店先で松吉に拝み倒され、辰次郎は仕方なく店の中の甚三たちに引き合わせた。

「いまどき珍しい、命知らずな野郎だな」話を聞いた甚三は、開口一番そう言った。

「まったくですね」木亮も寛治もあきれ顔だ。

「でも江戸入りして日の浅い新参者ならあり得ますよ」

韋駄天の一言に、なるほど、と三人が納得する。

「親分の悪名、もとい名声は、江戸中に鳴り響いているからな。わざわざ自分から飛び込んで来る馬鹿はまずいねえ」

「たまに入っても、三月ともたず逃げ出す奴がほとんどだしな」

「じゃあ、いま残ってる兄いたちは、江戸いちばんの命知らずってことですね」

「ばあか、ほめるなって」

みなと一緒に勝手なことを言いあっていた辰次郎は、松吉が心なしか青ざめてきたことに、ようやく気が付いた。

「やっぱりやめといたほうがいいんじゃないか」

なりゆきで入った自分さえ、あれほど驚かされたのだ。理想に燃える松吉が、長崎奉行の実態を知ったときの衝撃を想像すると、とても勧められない。

「……いや、やっぱり頼む！　おれを裏金春で雇い入れてくれ」松吉の決心は固い。

「いいじゃねえか、貴重な人材だ。頭にはおれから口利いてやるよ」

甚三たちは、いたって呑気だ。善は急げとばかりに、一同はそのまま松吉を連れて裏金春へ戻った。甚三が十助に話を通したところ、幸か不幸か親分への目通りはすぐに叶った。

暫くして松吉は、一同の期待を裏切らず、鼻血を垂らしながら戻ってきた。

「四、五日の辛抱だ、松吉。どんなものでも慣れるもんだ」

松吉の鼻に手拭をあてて、辰次郎が励ました。松吉は歯の根が合わぬほど震えている。

「昼間の親分見てこれじゃ、しょうがねえな。夜は三倍増しの迫力だぞ。ほんとに大丈夫か？」

木亮が濃い眉を寄せて疑わしげに松吉を見やる。

松吉は、かくんかくんと頷いた。「ど、ど、どうしても働きてえんだ」震えながらも、松吉ははっきりと言った。

船上でも思ったことだが、松吉のこだわりや熱意には、素直に感心させられる。

ふと気が付くと、十助が奥の間から出て来ていた。辰次郎を手招きする。

「明日の朝、私と一緒に漉名（すくな）村へ出掛ける。往復で五、六日はかかるから、旅仕度をしておきなさい」

「すくな村、ですか」

「そうだ、私の田舎だ。おまえもそこで生まれたんだ」

そう言い残すと、辰次郎の問いを遮るように、十助は踵を返し奥座敷へ戻って行った。


裏金春を発って二日目の午後、辰次郎と十助は、笹日藩瀧名村を見下ろす峠に着いた。

「あれが瀧名村だ」

その一言で我慢が切れて、辰次郎はその場にへたりこんだ。喉を鳴らして竹筒の水を飲み干すと、草むらの上に大の字になった。

十助はその無作法を別段叱りもせず、辰次郎の脇に自分も腰を降ろした。

「よく音をあげなかったな。もっと前にへたばるかと思っていたよ」目尻に皺を寄せて微笑んだ。

芝露月町からは十四里の道程だった。まだ夜の明けきらぬうちに裏金春を発ち、千住宿から東北に向かった。途中の宿に一泊し、橋のない大きな川で渡し舟を使った以外は、ひたすら歩き通しの強行軍だ。

この道中、辰次郎は懸命に十助の歩調に合わせ、自分から休みたいとは意地でも口に出さなかった。十助もまた、後ろをついてくる辰次郎を、振り返って気遣うことはしなかった。弱音を吐いたら、そのまま黙って置いて行かれそうな、前を歩く十助の背中は、それほど厳しかった。

「へたばっても、十さんにおんぶしてもらうわけにいきませんからね」

冗談めかして言ったが、足だけが頼りの旅の心細さを痛感していた。

「途中までなら乗合舟もあるが、上流へ向かう舟は脚が遅いからな、行きは使わなかった。帰りはそれに乗ろう」

帰りも同じだけ歩くのか、とうんざりしていた辰次郎には、何よりの朗報だった。

高い空に大きな綿のような雲が一つ、ゆっくりと右から左へ流れて行く。近くの林の中で、山鳩がぽーぽーと鳴いた。

「十さんも、ここで生まれたんですか」

寝転がったまま空をぼんやりと眺めていた辰次郎が、思い出したように訊ねた。

「いや、生まれたのは日本だ。十歳のとき両親と一緒にこの瀧名村へ来て、農業を始めたんだ。江戸が建国される前の話だ」

「おれの両親は？」

「おまえ、何も聞いてないのか」

「母が大学卒業してすぐに一人で江戸に来たことは、この前祖母から聞きましたけど」

「お利保さんは、ここから五里ばかり北にある、炭焼きの盛んな村から嫁に来たんだ。もともと炭に興味があって江戸に入ったと聞いた。そういえば、日本にいた頃は燃料だか資源だかの学問を修めたと言ってたな。おれの母親がその村の出でな、そこから話がまとまった」

裏金春では「私」と言う十助が、いつの間にか「おれ」になっていた。

「それって、見合ですか」

「まあ、そういうことだ。なんだ、がっかりしてるのか」

「そういうわけでもないけど……」と言いながら、ちょっとがっかりしていた。大恋愛の末に誕生したなどと親に言われるのも恥ずかしいが、他人が全部お膳立てしての結婚というのもなにがしか味気ないものがある。

「いまの日本には見合はないのか」

「大ありですよ。昔ながらの合同見合や結婚相談所も健在だけど、いまいちばん多いのは、遺伝子と生まれ育った環境を登録して、機械が何十万人の中からぴったりの相手を選ぶヤツですね」

「機械に相手を決めさせるのか」十助があんぐりと口を開く。

「でも評判いいですよ。恋愛結婚やほかの見合方法よりも、離婚率が低いって」

「やれやれ、なんて夢のない話だ」

十助にとっては、遺伝子見合のほうが浪漫に欠けるようだ。

「でもおまえの親父と……、おれは辰つぁんと呼んでいたがな、辰つぁんとお利保さんは、縁結びをした母親が後々まで自慢の種にするほど、似合いの夫婦だったよ。姿形や性質はまるっきり違うのに、何て言ったらいいのかな、色というか風情というか、そんなものがよく似ていたんだろうな。二人一緒にいるとしっくり来る、そんな感じだった」

「へえ、そうだったんだ」言外に匂わせた辰次郎の気持ちに気付いたのだろう、どこか申し訳なさそうに十助が言い足した。

「だから辰つぁんからの便りで、別れたと聞かされたときは、驚いたというよりも、頭をがつんと殴られたみたいな気がしたよ」

眉間にくっきりと皺を寄せた十助の顔が、いかにも辛そうだ。

「離婚なんて、いまの日本ではあたりまえのことですよ。なんせ離婚率八割ですからね」

その場をひきたてるように明るく言ったが、離婚前の両親のようすには、あまりいい思い出はない。離婚の原因は、父に甲斐性がなかったせいだと聞いていた。祖父が「半端者（はんぱもの）」と称した通り、父はどこに行っても仕事が長続きせず、何度も職を変わったらしい。母の収入で生活はできたが、家庭の雰囲気は決して良くなかった。辰次郎が小学三年生の冬、両親は正式に離婚し、母と辰次郎は横浜の母の実家で祖父母と一緒に暮らしてきた。

思い出すと気が滅入り、辰次郎ははずみをつけて体を起こした。

眼下には瀧名村が見渡せる。まわりを低い山に囲まれた盆地に、不規則な形の田畑が一面に広がっていた。所々に藁葺（わらぶ）き屋根の民家が点在し、何軒かの家からは、薄く煙が立ちのぼっている。ここで育った記憶はないのに、辰次郎は懐かしさを感じた。たとえばアメリカの田舎へ行っても、こんな気持ちは起こらない。たぶんこれが、長い歴史の中で日本人の遺伝子のどこかに記憶された情景、原風景というものなのだろう。

「辰つぁんは十五のときに一人で瀧名村に来たんだ」

菅笠（すげがさ）の下で村を見下ろす十助の目は、さらに遠くを見ているようだ。

「中学生で、一人で江戸へ来たってことですか？」

数え十五は、満年齢の十三、四にあたる。

「辰つぁんは日本にいた頃、ひきこもりだったらしい」

「……ひきこもり……」辰次郎は口の中で呟いた。

ひきこもりは家族や他人との接触を拒み、自室に終日こもる人種のことだが、いまの日本ではそれほど珍しいことではなかった。実際、人口の一割程度はいるとされている。ネットが発達した現代では、部屋から一歩も出ずに就学することも、能力さえあれば仕事につくことも可能だから、あまり問題にならない。

辰次郎がそう説明すると、十助はずいぶんと驚いたようだった。

「辰つぁんがこの村に来たのは、江戸建国の前の年、もう三十年以上前のことだ」

当時の日本では、ひきこもりというと、世間からの落ちこぼれのように扱われていたようだ。辰衛の両親がひどく気に病み、江戸に来させたらしい。

「なんでそんな父さんが、江戸に来ることになったんすか」素朴な疑問だった。

「江戸での暮らしが、心の病に良く効くらしい。特に土いじり、つまり農業は、効きめが高いということだ。日本の求めに応じて、鎖国後もそういう者たちを受け入れている」

辰次郎だけでなく、たぶん大方の日本人にはあまり知られていない事実だった。

「じゃあ、父さんもこの村で治療して良くなったんですね」

「いや、治療というか……」と十助は、鬢に白いものが混じった頭をかいた。

「村人と一緒に農作業をするだけで、特別なことは何もしないんだ。こちらも別に変な気遣いもしない。たまにはちょいと変わった奴もいるにはいるが、ほかの連中と同じように、ふつうにつきあっていくだけなんだ」

十助の口もとがほころんだ。何か思い出したのだろう、そんな表情だ。

「辰つぁんはおれの家で面倒見てたんだ。来た当初はいまのおまえみたいに、ひょろひょろと背ばかり高くて、そのくせぼんやりな奴でな」

随分な言いようだが、十助の顔はどこか楽しげだ。

「辰つぁんより三つ下のおれは、小さい頃はやんちゃでな、とりすましたような辰つぁんの顔が気に入らなくて、よくいたずらをしたもんだ。でかいヒキガエルを頭に乗せたり、着物に糊を塗ってみたり、ものすごく苦い木の実を騙して食べさせたり。そのたびに親父に見つかってぶん殴られていた」

「……それってイジメじゃないですか。いまの日本では犯罪ですよ」

半ばあきれた口ぶりに、そうか、犯罪か、と十助が顔をくしゃくしゃにして笑った。辰次郎が江戸へ来て初めて見る、十助の心からの笑顔だった。

「でも、いくら苛めても辰つぁんは怒りもしないし泣きもしない、ただ困ったような顔でじっと耐えているだけだった。いつの間にかそんな辰つぁんを、おれは心のどこかで尊敬するようになっていたんだろうな。そのうちいたずらをやめて、逆に辰つぁんの後をくっついて歩くようになっていた。辰つぁんは別にそれを喜ぶでもなく、前と同じに淡々としていた」

陽が傾いてきたのだろう。村に降る陽射しの色合いが濃くなっていた。

「二人で裏山に木の実をとりに行ったことがあった。夏だったから、山桃の木だったように思う。登ってたおれが、油断した拍子に足を滑らせて、地面にまともに落っこちたんだ。どのくらいのあいだか覚えてないが、おれは気を失ってたらしい。目を開けると辰つぁんの青ざめた顔があった。おれがむっくり起き上がると、辰つぁんは幾度もおれの体を確かめて、どこもケガしていないようだとわかると、いきなり大声で泣き出したんだ。地面にしゃがみこんで、着物の袖に顔をうめて、いつまでもいつまでも泣いてるんだ」

地面に丸くなり声をあげて泣く男の子の姿が、辰次郎にも見えるような気がした。十助がおかしそうに、ふふっと笑った。

「おれは、あんなにうろたえたことは、生まれて初めてだった。おろおろしながら懸命に宥めたが、辰つぁんはなかなか泣きやまなくてな。結局、四半刻ばかりもそうしていたように思う」

「十さんが無事で、ほっとしたんでしょうね」

「ああ、その拍子に辰つぁんの固い殻が音をたてて割れたんだろう。それから少しずつ、笑ったり怒ったりするようになった」

いまはもう橙色に染まる村に、辰次郎は目をやった。大きな雀の群が、騒々しい囀りとともに東へ飛び去って行った。

死期を迎えた辰衛が、あれほど江戸に固執するわけが、ようやく少し飲み込めたように思えた。

「父さんはただ、もう一度この景色が見たいんだ」

誰に聞かせるつもりもない、ひとり言だった。

辰次郎は気付かなかったが、十助の背中がぐらりと揺れた。

茜色が次第に濃くなってゆくさまを、二人はそのまま黙って見守っていた。

西の山々が真っ赤に染まる頃、二人は十助の生家に辿り着いた。

母屋は高い藁葺き屋根を載せた平屋造りで、その脇の井戸で泥にまみれた男が釣瓶を引いていた。

「あんちゃん！」男は十助の姿を認めると、桶を放り出して駆けて来た。

「よく帰って来たな。何年ぶりだよ。便りばっかでちっとも顔出さないうちに、だいぶ老けたんじゃねえか」

「そいつはお互いさまだろう」十助が苦笑いする。

この家の主、十助の弟の清造は、顔は兄に似ていたが、年が七つ離れているせいか、十助よりも快活な印象だった。

「清造、辰つぁんとこの辰次郎を覚えてないか」

「もちろん覚えてるさ。辰坊はよくここにも遊びに来て、おれがこさえたドングリや竹の玩具を喜んでたっけ。はしっこい元気な子供だったのにな……」と目を伏せた。

「こいつが辰次郎だよ」十助が、辰次郎の縞の合羽の背を、ぱんぱんと叩いた。

清造の目が、まん丸に開かれた。「ほんとか……、ほんとに辰坊か」

「本当だよ。大きくなったろう」十助が笑う。

清造はよく日に焼けた両腕で、辰次郎の肩をがっと摑んだ。穴のあくほど辰次郎を見つめる清造の目が潤んでいる。

「助かったとは聞いていたけど、よく、まあ、こんなにでかくなって……」

清造の言葉の意味が、辰次郎にはわからなかった。目だけで訊ねると、十助が言った。

「おまえは一度、死にかけたんだ」

「うっそ！」

「本当だ！　本当にひどい病で、もう絶対助からないとみんな諦めていたんだぞ！」

緊張感のない辰次郎に、清造が食ってかかる。そしてまた辰次郎の顔を見て、良かった、良かった、としつこいほど何度もくり返した。

清造は女房のお和とのあいだに十三の長男を頭に四人の子供がおり、囲炉裏のまわりで皆がそろっての賑やかな食事は壮観だった。お和と子供たちが奥へ下がると、囲炉裏端は急に静かになった。炉の中の枝のはぜる音だけが、時折パチリと響いた。山の中腹に位置する瀧名村は、春とは言え、夜半はかなりの冷え込みになった。

「おれの病気って、何だったんですか」

舌に伝わる酒の辛さに顔をしかめて、辰次郎が訊ねた。

徳利から酒を注いでいた十助が、上目遣いに辰次郎をちらりと見た。

「わからなかった。原因も何の病かも、治し方も、誰も何もわからなかったんだ」

囲炉裏の向こう側に座る十助の顔が、急に老けこんだように見えた。

十五年前の夏、この村で五人の子供が次々と病に倒れた。

子供は腹痛を訴え、高熱を発し、卵白のような粘り気のある便と、大量に血の混じった下痢が続いた。

「当時、村には二人の医者がいたが……」

「この村に、二人も?」辰次郎は思わず十助の言葉を遮った。それほど意外に感じられたのだ。

「今は三人いる。本道に外科、それと鍼(はり)医がいる。産婆は別に三人ほどいるんだ」

「そんなに……」清造の言葉に心底驚いたようすの辰次郎に、十助は諭すように説明した。

「建国当初から、どんな小さな村でも最低二人の医者を置くようにと、公儀から各藩への達しがあるんだ。それにな、昔の江戸でも医者は案外多かったそうだ。記録が少ないためにあまり知られていないが、特に村医者は後世の日本人が想像していた以上にたくさんいたということだ」

日本の僻地や離島には、いまでも無医村がある。医療の立ち遅れていると思っていたこの江戸の周到さに、辰次郎は少なからず衝撃を覚えた。

口をつぐんだ辰次郎に微笑すると、十助は話を続けた。

「二人の医者は、そろって赤痢を疑った」

水の良い瀧名村では発生をみたことはなかったが、江戸のあちこちで赤痢の小さな流行は度々起きており、医者はその症状をよく知っていた。

赤痢とはいわゆる赤い下痢である。粘り気のある便や血便は、赤痢特有の症状だった。また、俗に「しぶりばら」と呼ばれる、いくら厠へ通っても渋って通じぬにもかかわらず、くりかえし便意をもよおすところも、赤痢の病状と一致した。

江戸は医術においても、科学を用いた治療を認めていない。そのかわり、和漢生薬や鍼灸を用いた東洋医療に、西洋の医術の智慧を巧みに取り入れ、独自に進化させていた。本草学を始めとし、この分野においては、今や本家の中国を抜いて世界一と言われている。

昔の江戸なら為す術がなかった赤痢にも、特効薬と言えぬまでも、種々の薬草を組み合わせた効き目の高い生薬があり、医者はそれを子供に処方した。四、五日経つと熱と下痢は治まり、薬の効き目かと大人たちが胸を撫で下ろしたころ、今度は吐血が始まった。吐血は少しずつだが、日に何度も起きた。子供は口からも鼻からも血を流し、最後に大量に吐血して亡くなった。二人の医者は一様に、赤痢には起こり得ないこの症状に困惑した。

「あれは、むごい死病だった」清造が辛そうに呟いた。

「……じゃあ、その五人は、みんな亡くなったんですか」

辰次郎が驚くと、十助は自分の手元を見つめて小さく頷いた。

十助は、病で亡くなった子供の名前を次々にあげていった。

安吉次男　仁吉　六歳
高介次男　藤兵　四歳
安吉三男　利蔵　六歳
嘉助長男　嘉一郎　六歳
坂田村五郎太次男　佐之吉　七歳

「仁吉と藤兵は兄弟だ。坂田村の佐之吉は、嘉一郎の従兄にあたり、その夏坂田村から来て嘉一郎の家にやっかいになっていた」

昨日のことを話すかのような、正確で淀みのない十助の口調だった。

「……よく、覚えてますね」十五年も経っているのに、とは口に出さなかった。

「兄貴はその頃、村の庄屋をしていたからな。それで頭に残ってるんだ」と清造が答えた。

二人の医者は手を尽くしたが、発病した子供はすべて同じ経過を辿り、最後に吐血して死んでいった。医者はこれまでにない類の流行り病と宣し、村は恐慌状態に陥った。

人々はこの病を「鬼赤痢」と呼んだ。鬼と付いたのは、吐血の惨たらしさと、発病した五人全てが死んだことに因る。

十助は、ただちに笹目藩に届け出た。それは藩から庄屋へきつく言い渡されていた決りであったが、何よりも十助は、病の広がりと患者の増大を恐れたのだ。藩が疫痢沈静のために講じる大掛かりな手立てや、原因究明に遣わされる医者や学者に、十助は期待したのだった。

だがその到着も待たず、新たな患者が現れた。

「六人目が、七歳のおまえだった」十助は辰次郎に向かって言った。

満年齢にすると辰次郎はこのとき五歳だ。

「お利保さんは半狂乱になってたな……」清造が呟いた。

その後を十助が引きとった。「お利保さんは最初の男の子を一歳で亡くしたんだ。麻疹(はしか)をこじらせてな。次に産まれた女の子は弱くて、三月(みつき)と育たなかった。だからおまえのことは、人一倍大事に育てたんだ」

辰次郎にはまったくの初耳だった。自分に兄や姉がいたなんて、亡くなった母からも祖父母からも聞いたことがない。

「日本の医術なら治せるかもしれない、この子を連れて江戸を出よう、と何度も辰つぁんに頼んでた。泣きながら訴えていたお利保さんの声が、いまでも耳に残ってるよ」と清造が、やりきれないようすで太い枝を折った。炉にくべられた枝が、燃え上がった。

「それでおれたち家族は江戸を出て、日本の病院でおれの病気を治したんですね」

辰次郎の言葉に、十助は痛いところを突かれたような顔をした。

「いや、それが、そうでもないらしいんだ。日本の医者に掛かったときは、おまえの病は治っていたらしい。そう、辰つぁんの便りには、書いてあった」

「どういうことですか？」辰次郎にはわけがわからない。

ここからは辰衛の手紙に書いてあったことだ、と十助が前置きした。

瀧名村を出て四日目の晩、一家はようやく日本の入国管理局へ着いた。事情を説明すると、すぐさま隔離され、大きな病院へ運ばれた。辰次郎はその頃、青白い顔でぐったりしており、下痢が治まり吐血が始まるまでの小康状態と両親は見ていた。病院であらゆる検査を受け、そして下された診断は、「急性腸炎による極度の栄養失調と脱水症状」だった。

「それだけ？」拍子抜けした辰次郎に、十助がこっくりと頷く。

五歳の辰次郎はそのまま入院したが、主な治療は水分と栄養の補給だったという。十日も経つとすっかり元気をとり戻し、医者からもお墨付きをいただき、あっさりと帰された。

「辰坊が助かったって聞いたときは、みんな飛び上がって喜んだもんよ」

清造がようやく笑顔を見せた。十助も目を細める。彼らが自分の与り知らぬところで、自分の身を案じてくれていたと思うと、辰次郎の鼻の奥につんと何かが込み上げた。

ただひとつ十助が戸惑ったのは、病の正体がわからないことだった。辰衛は念のため、別の病院でも辰次郎の検査を受けさせたが、やはり何も出なかった。これを裏打ちするように、藩から遣わされた医者や学者がいくら調べても、病についてはわからずじまいとなった。幸い辰次郎を最後に新たな患者は現れなかったが、村人たちは不安を抱えたまま、息をひそめるようにその夏を過ごした。

ここに来て、十助と村人のあいだに諍いが起きた。一部の村人たちは、藩への届け出を最後まで強く反対していたのだ。『疫痢の噂が広まれば、今年村で採れた作物はまったく売れなくなる』彼らの危惧はそこにあった。

届けを怠れば村へ咎がおりる。もとより隠しおおせる筈もないと十助は考えていたのだが、病がそれ以上広がらなかったことで、届けはやはりすべきではなかったと、声高に囁かれるようになった。実際、彼らの心配していた通り、その年漉名村の作物は、村外へ出すことを禁じられ、その余波はその先数年にわたって村を苦しめた。十助は村人の誹謗に晒された。彼らはやり場のない怒りの矛先を、十助に向けたのだった。

「後になって、おまえを含めた六人が遊び仲間であったから、山の中で毒キノコでも食べたのではないかという噂も流れた。しかしはっきりしたことは何もわからなかった」

それ以来、村には一度も鬼赤痢は出ていない、と十助は話を締めくくった。

翌日、午餉を済ますと、十助は辰次郎を連れて、辰衛一家のもとの住まいへ向かった。曲がりくねった畦道を、清造の家から南に半里ほど行った頃、十助は道端に影をさしかけた大きな木の下で立ち止まった。

「住んでた家はもう残ってないが、ここから向こうの林までが、辰つぁんの田んぼだった」

畦道に縁取られた、長方形の土地だった。八割ほどが耕されており、掘り返されたところが黒っぽい土色になっていた。畑の境界にあたる林のあたりに、人影が見える。午時だから、弁当をつかっているのだろう。

「こういう田畑が、いまの江戸を支えているんだ」十助が誇らしげに言った。

江戸は、食料の九割五分を自前で賄っている。農業、漁業に加え、牧畜も盛んで、昔の江戸では禁忌とされた牛や豚も、いまの江戸人はふつうに食する。食料ばかりでなく、暮らしに必要な物資は、ほとんど輸入に頼ることなく自給していた。

「それが江戸の強みなんだ。外交にも余裕が生まれ、むやみに利を追い求める交易をせずともよい。他国との摩擦や軋轢を、最小限に抑えることができる」

建国以来、他国と問題を起こさなかった理由の一つがそれなのか、と辰次郎は思い至った。政治経済に疎い辰次郎でも、日本の食料自給率が二割を切ったことは知っている。

十助が口を閉ざすと、遠くで賑やかな小鳥の囀りが聞こえた。日差しに目を細めながら、辰次郎は空を見上げたが、遥かかなたの上空に、空に浮いたような鳶が見えただけだった。風に乗って、馬糞のような、堆肥のようなにおいが漂って来た。

「やっぱり、何も思いださないか」木の根元に腰を降ろした十助が、辰次郎を見上げた。

「すいません」肩をすくめてあやまった。

昨日、一家が瀧名村を出た経緯を聞いて、気付いたことがあった。辰次郎には、小学校へ上がる前に入院した記憶が残っていた。同じ病室の子供たちとカードゲームをしたことや、売店で買ってもらったコーヒー牛乳の味など、とりとめのないものだが、たぶんそれが、江戸を出て運ばれたという病院での記憶なのだろう。つまり辰次郎の記憶は、そこから始まっているということだ。

辰衛が十助へ寄越した便りによれば、息子の記憶が飛んでしまったことを、両親はひどく心配したらしい。病で頭をやられたと考えたのだ。だが検査の結果、どこにも異常は見あたらず、翌年入学した小学校の成績にも問題はなかった。この頃から逆に、両親は江戸にいたときのことを、話題にするのはやめたようだ。

十助を木陰に残し、辰次郎は田んぼのまわりの埃っぽい畦道を、人ぶらぶら歩いてみた。江戸の町中にも多いが、さらに多くの馬糞がそこら中に落ちている。

前から歩いてきた二人の農婦が、辰次郎に無遠慮な視線を投げた。ばつが悪そうに辰次郎が会釈をすると、背の高いほうの女が声をかけた。

「見ない顔だが、旅の人かね」かけられた声は案外若い。二人とも着物をからげた腰巻姿に手拭を被っているが、もう一人は年配の女だった。

「昔、この辺りに住んでました」

「昔？」

「十五年ほど前になります」

辰次郎の言葉に、年配の女がはっとした。

「ひょっとして、辰衛のことか」

「そうです、覚えてますか？」声を弾ませる辰次郎とは逆に、女は露骨に嫌な顔をした。

「いまさら、何しに来た」

相手のわけのわからない敵愾心に面食らって、辰次郎は「いや、別に」と曖昧に返すしかなかった。年嵩の農婦は、やはり事情の飲み込めないようすの若い女を引き摺るようにして、足早に去った。

「なんか、感じ悪いすね」

木陰に戻って、十助に顔をしかめてみせた。十助は一部始終を見ていたようだ。

「病を治すために江戸を出て行く者を、『江戸ころび』とか『江戸しくじり』とか言ってな、あまりいい顔をされない。むろん一部の者だけだが、あんなふうに憎む者もいる」

辰次郎はぽかんとした。まるでわからない理屈だ。

「江戸で治せない病気なら、日本でも海外でも、どこでも行って治療するのはあたりまえでしょう。何がいけないんですか」

「この江戸の暮らしは、自然と人の力だけが頼みだ。それは医術でも同じことだ。人の智慧や生薬で治せない病なら、仕方のないものと諦めるしかないんだ」

「……だって、人の命がかかってるんすよ、そんなことに意地を張ってどうするんすか」

知らず知らずのうちに声が荒くなった。

「意地じゃない。それが江戸の理（ことわり）というものだ」

十助の顔に、確固たる信念が窺えた。

さっきまで隣にいたと思っていた十助が、急に大河の向こう岸へ行ってしまったように思えた。人や国や民族によって、価値観や思想が違うのはあたりまえのことだ。その垣根を越えてくれる唯一の切り札が人命尊重だと、これまでそう信じてきた。

辰次郎ははっとした。昨晩の清造の言葉が胸をよぎった。『お利保さんが泣きながら辰つぁんに訴えていた』清造は確かにそう言った。

「……父さんも……父も、同じように考えていたんですか」

十助の視線が道に落ちた。木漏れ日の射す地面には、まだらの影が揺れている。

「そうだ。辰つぁんを無理に説き伏せて、江戸から出させたのはこのおれだ。村のために、どうしても病の原因や治す手立てを知りたかった。おまえの体を調べてもらえば、何かわかると思ったんだ。たぶん焦っていたんだろうな。若い庄屋と侮られまいとの気負いがあった。だからどんな手段を使ってでも、一刻も早く病の正体を突き止めたかった」

古傷を擦られでもしたように、十助の顔が歪んだ。我身の功名心から江戸の理を破ったという後悔は、十五年経ったいまでも、十助を苛(さいな)んでいるのだった。

「結局、おまえは自然に治り、病のことはわからずじまいだ。辰つぁんはいい貧乏籤(くじ)を引いた」

「なんだよ、それ」唖然(あぜん)とする辰次郎に、十助は言葉を重ねた。

「お利保さんも、おまえと同じ考えだった。辰つぁんと別れることになったのは、それが根っこにあったらしい。冷たいと、辰つぁんは随分責められたそうだ」

「あたりまえだろう！」母親を持ち出され、怒りが暴発した。普遍な事柄がまるで伝わらない相手ほど、気味の悪い存在はない。父も十助も化け物だ。胸の内にくすぶり続けていたものに、ひといきに火がついた。

「どんな手段を使ってでも子供を守ろうとするのは、母親としてあたりまえじゃないか！　それがどうしてここでは通用しないんだ！　江戸の理なんて、そんな無茶苦茶な言い分があるものか！」

不覚にも、いっぱいに見開いた目に涙がにじんだ。ぼやけた画像の中の十助が、表情をやわらげた。

「わかってるよ、おまえの言いたいことも、お利保さんの思いも、辰つぁんもおれもわかってるんだ。目線の違いというか、違う秤(はかり)でものを量ろうとしてるようなものだ」

辰次郎の肩に手をかけて、宥めるように軽く叩いた。

「おれの目線は次元が低いですか」

「ははは、そうじゃあない。ここでおれたちが仲たがいをしても仕方ないということだ」

十助の鷹揚な態度に、納得はできぬまでも辰次郎はひとまず矛を納めた。大きく息を吐き出すと、午飯を終えたばかりだというのに、急に空腹を覚えた。

辰次郎が気を緩めたところで、逆に十助の顔が、きゅっと窄まった。

「詳しいことは裏金春に帰ってから話すが、お役目のことだ。おまえには、何でもいいから病のことを思い出してもらいたい」

「……どうして」

「鬼赤痢が、江戸に出たんだ」

怖いくらい真剣なその表情に、辰次郎はたじろいだ。

陽射しの降りそそぐ畑を、ツバメが横切った。のどかな風景の中で、辰次郎と十助だけが、顔をこわばらせたまま立ち尽くしていた。

「最初に私たちの耳に入ったのは、去年の七月半ばのことだ」

辰次郎と十助が、瀧名村から戻ったその日の晩だった。締めきられた座敷の中、辰次郎はゴメスの前にきっちりと膝をそろえ、十助の話に耳を傾けた。

「下谷で七十一になる菓子屋の隠居が亡くなった。喜平がその隠居と親しくしていてな、弔いで聞いた病のようすを私たちに話したんだ」

赤痢に似た症状から吐血して亡くなるまで、隠居の病の経過は、瀧名村で亡くなった五人の子供たちとまったく同じだった。そしてその頃から同じような奇病の噂が、江戸のあちらこちらで聞かれるようになった。

　発生場所は大きく分けて、内神田、外神田、小川町、下谷、浅草の五ヵ所だった。

　病状はどれも瀧名村の鬼赤痢に酷似していたが、患者の傾向には違いがあった。子供はたった一人だけで、あとは年寄りを含む大人、しかも男が八割を占めていた。

「病状に細かな差はあっても、血を吐き始めると、皆すぐに駄目になった。七月初めから八月半ばのあいだに、発症した者百三十四人が、全て亡くなった」

　疫痢にしては、患者数は決して多くはなかったが、ひとたび発症すれば致死率十割というこの病に人々は恐怖した。

「江戸市中でも奇病の噂は広まり、誰が言うともなく、瀧名村と同じ鬼赤痢の名で囁(ささや)かれるようになった。よみうりにも書かれ、いろいろな噂もたったが、八月以降は新たな患者は出なかったから、秋が来るとともにいちおう騒ぎは収まった」

　十助に話をまかせ、他人事(ひとごと)のような顔をしているゴメスが、吸殻を灰吹きに叩(たた)き落とした。先刻からたて続けに煙管(きせる)をふかしているので、座敷が白く煙っている。

「しかし親分が気にされてな、去年よりさかのぼって調べてみた。そうしたら、一昨年に四人、鬼赤痢と思われる者が見つかり、やはり四人全員が死んでいた」

　それより前は、いくら調べても出て来なかった。一昨年、去年と続けば、今年も起こることは十二分に予想される。しかも去年よりさらに増える恐れもあった。今年の夏が来る前に方策を立てるべく、ゴメスや十助は去年のうちから八方手を尽くした。

　亡くなった者たちの周辺を調べ、その家族に話を聞き、瀧名村の清造にも十五年前の記録を洗い直させたが、とっかかりさえ摑(つか)めなかった。辰衛にも確かめたが、先に手紙で書き送って来た以上のことは、何もわからなかった。

「それでおれを江戸に入れてみたというわけですね」

自分を呼んだということは、それだけ探索が行き詰まっているということだ。彼らの焦りは理解できるが、子供の頃の忘れた記憶を思い出せというのは無謀ではなかろうか。

患者を日本へ運んで治療させるのが、やはり最上の策ではないか、と瀧名村での十助との口論を思い出したが、さすがにゴメスに食ってかかる度胸はない。

「親分は、この病のもとが自然にあるものではなく、人の作り出したものだとお考えになった。それなら外から入ってきたと考えるのが妥当だろう。だからこの件については、親分が正式に長崎奉行所にて探索する旨、御上に申し上げている」

「どうして、人工のものだとわかるんですか」

「鬼赤痢は、生きものの原則に外れていることが多過ぎるんだ」

それまで十助に手綱をあずけていたゴメスが、ようやく口を開いた。

「いちばん腑に落ちねえのが、罹った者を全て殺しちまうってことだ。生きものってのはどれも子孫を残して増やすことが第一義で、それは病の菌でも同じことだ。奴らの目的はとりついた人間を殺すことじゃねえ、利用して増えることだ。全部殺しちまえば、かえって増え辛くなる、これじゃ元も子もねえんだ」

ゴメスの分厚い唇はほとんど動いていないのに、言葉だけが大量に吐き出される。

「人のからだの性質ってなぁ様々で、病に抗う力も人によって差が大きい。ふつうならこれが生死を左右する。大量の死人が出た黒死病でもコロリでも、助かる者は多い。鬼赤痢が、仮にもっと派手に広がる病であれば、また話は別だがな。風邪みてぇにその辺を浮遊する菌や、なにか他の媒体で増えるもんなら、人を殺した後でも増え続けることができる。だが鬼赤痢はその類でもねえようだ。短い期間にいっせいに患者の出ることから推すと、からだに長いこと潜伏する病原とも違う」

茶碗酒をあおったゴメスは、どてらの袖で口を拭い、先を続けた。ゴメスは年中通してどてらを愛用しており、いまも中綿を抜いた濃茶のどてらをはおっていた。

「流行る期間が短か過ぎるってのも妙な話だ。病原が増えるには、気候は欠かせねえ条件だ。高温多湿を好むなら春から夏、結核や風邪なら秋から冬と数ヶ月から半年は続く。ところが鬼赤痢の流行は、せいぜいひと月半だ」

「菌がからだに入る経路にも合点がいかねえ。赤痢様の症状から見ると、口から侵入し排泄物を介して伝染るはずなんだが、患者に通ずる水や食べ物がどうしても出て来ねえ。かといって他のすじ道も浮かばねえ。疫痢にしては患者が多くねえとこをみると、空気に浮遊して気道から入るもんじゃねえし、漉名村での事例があるから性行為感染も消える。残るは虫や鼠、動物あたりだが、こいつもどうもぴんと来ねえ」

辰次郎はただただ驚いていた。話の内容もさることながら、たまに怒鳴りつける以外は、いつもむっつりと押し黙っていることの多い親分が、これほど滑らかに大量に話すとは思いもよらないことだった。

「こういうことから推すと、自然の病原体とは到底考えられねえんだ。誰が何のために持ち込んだのか、そいつはわからねえ。大事なのは、からだに侵入する過程と病の正体を確かめるこった。

それと何より治療法が先決だ」

ゴメスがちらりと辰次郎を見た。足のしびれが気になり始め、尻をもぞもぞさせていた辰次郎が、弾かれたように頭を下げた。

「お役に立てなくて申し訳ありません！　これから頑張って思い出します！」

拳骨の一発くらいは覚悟していたが、座敷には外の風の音しかしない。日が落ちて風が強くなった。時折突風のように吹きつけ、外に面した障子がかたかたと鳴った。

おそるおそる頭を上げると、ゴメスは右手に持った茶碗を膝の上に置いたまま、じっと考え込んでいた。どうします、と辰次郎が目で訴えると、十助が頷いた。そのまま黙っていろ、ということらしい。足先のしびれが、ふくらはぎまで広がった頃、ゴメスが辰次郎に身を乗り出した。

「ひょっとするとおめえは、拾いものだったかもしれねえ」

まともに目を合わせた辰次郎は、畳の上で跳び上がりそうになった。

「と、いいますと」十助がわずかに膝を進める。

「瀧名村で五人、江戸で合わせて百三十八人、しめて百四十三人全部が死んでるんだ。こ、い、つ、以外の全員がだ。やっぱりこいつには、病から生き延びた理由が何かある筈だ」

ゴメスの目が、きらりと光ったように見えて、辰次郎の顔から血の気が引いた。

「親分、解剖とか人体実験とか、そういうのだけは勘弁して下さい！」

辰次郎は畳を後退りながら叫んだ。

「何早飲み込みしてんだ。てめえを解剖したって犬の糞にもならねえ。十五年前、日本の最新医療とやらで調べて無駄だったんだろ。いまのおめえには、病の痕跡なんぞこれっぽっちも残ってやしねえよ」

　犬の糞はひどいが、辰次郎はほっと胸を撫でおろした。

「いいか、こいつとほかの患者には、一つだけ大きな違いがある」

　十助と辰次郎は顔を見合わせた。思いあたることがない。

「こいつだけが、江戸を出たんだ」ゴメスは、自信たっぷりに宣言した。

「……ですが、辰次郎は日本で療治（りょうじ）したわけではありません。日本に着く前に、どういうわけか病が癒えていたと……」

「ああ、だからこういうことだ、十助。江戸から日本までのあいだのどこかに、こいつの病が治る何かがあったんだ」

「えっ！」意表を突かれた十助が、言葉を失った。

「厳密に言えば、漉名村を出てから、御府内に入り、船で日本に着くまでのあいだだ。このどこかに、病を治す手立てが隠れているはずだ。十助、辰衛にもう一度繋（つな）ぎをつけろ。この間（かん）のことをもう一度細かに書き送れと頼め」

「はっ！」十助が面を伏せた。

「辰次郎、てめえは死にものぐるいで思い出せ」

「はいっ！」勢いで返事はしたものの、さてどうしようかと辰次郎は考えた。まるで太平洋で小島を見つけるようなものだ。

「記憶ってのはそう簡単に消えるもんじゃねえ。たとえ病のせいで頭がおかしくなったとしてもだ、どこかに必ず切れっ端の一つでも残っているもんだ。いいか、何でもいい、何か少しでもひっかかることがあれば、そいつを突ついてみるんだ」

たたみ込むように重ねられ、辰次郎は困り果てた。ゴメスの指摘する、瀧名村から日本に着くまでのあいだ、辰次郎は死にかけていた。危篤状態の子供が、何を覚えていると……。ここまで考えて、待てよ、と思いついた。

「どうした」押し黙った辰次郎に、十助が顔を向けた。

「船の上で、夢、見たんです」

江戸湊（えどみなと）までの船上で、船酔いに苦しみながら見た夢を、辰次郎は二人に話した。いちばん気になったのは、夢から覚めても口の中に残っていた、あの味だった。

「苦味のある、なんともいえない嫌な味でした」

「何かの薬を飲まされたんじゃねえのか」

ゴメスが辰次郎ではなく、十助に向かって訊（たず）ねた。

「いや、少なくとも瀧名村から持って出たのは水だけだったと思います。村にあったどの薬も効かないことは、わかってましたから」

「江戸湊の辺りで、何か薬を買ったとか」

辰次郎の指摘も、すぐに十助が打ち消した。

「それなら辰つぁんが必ず教えてくれるはずだ」

「すいません、夢の話だし、まるきり関係ないかもしれません」

腕を組んで思案を巡らせるゴメスに、辰次郎はことわりを入れた。

「言ったろう、ひっかかりは手掛かりになる。駄目でもともとだ。おめえはどうにかしてそれを手繰ってみろ」

「はい！」

返事だけは達者なようすに、吊り上がった細日に不信の色を浮かべたが、ゴメスはそのまま下がっていい、と言い渡した。

座敷の外から、小さなおとないの声がした。韋駄天が手紙を届けに来たのだった。

韋駄天とともに座敷を辞した辰次郎は、廊下の途中で話しかけた。

「親分って、もしかしてものすごく頭がいいんですか？」

振り返った韋駄天は、こくんと一つ頷いた。

「時々おれは、あのでかい体の全部が脳みそじゃないかって思うことがあるよ」

真顔で言われるとこわくなった。

玄関脇の座敷から、酒盛りをするみなの陽気な笑い声が、強い風の合間に小さく聞こえた。辰次郎は身震いを一つして、廊下を戻る韋駄天の後を追った。

「今度、奈美の働いてる織屋へ行かないか」

朝の膳出しを終えたとき、松吉が言い出した。瀧名村から戻って以来、膳出しは辰次郎と松吉の仕事になっていた。

「この前、使いの途中で思い出して藤堂町に寄ってみたんだ」

辰次郎が瀧名村に出掛けていたときの話らしい。

記憶を辿るこれといった方策も思いつけぬまま、数日が過ぎていた。その気晴らしのつもりもあって、二つ返事で話に乗った。うまい具合に寛治と良太を見つけ、口取りを相談したところ、今度と言わず午後にでも行ってこいとの快諾を得た。もともと気のいい二人だが、膳出しを肩代わりしてくれた新入りには、滅法愛想がいい。

二人の好意に甘えて、辰次郎と松吉は午餉を終えると、神田藤堂町に足を向けた。陽気のいい、暖かな春の午後だった。道行く人の表情も明るく、活気に溢れる町並みには、病の不安など影も形も見えない。筋違御門の手前を右に折れ、和泉橋から神田川を渡った。神田藤堂町は、上野にほど近い、まわりを狭い堀で囲まれた一画だった。

織屋高田屋は、表通りに面した帳場はこぢんまりとしているが、奥に長い造りで、その半分以上を機織場が占めていた。勝手知ったる松吉は、まっすぐ裏の織場へ足を向けた。開け放された入り口から中を覗くと、織機が七台も置いてある。中の一台に腰掛けた奈美の手捌きは、意外なほどに早かった。

「おや、また来たのかい」

ちょうど奥から出てきた老婆が、ぞんざいな調子で言った。

「たびたびすいませんお甲さん、こいつがどうしても来たいってもんだから」

松吉がいいかげんなことを言う。お甲は辰次郎を見上げて、ふうん、と言った。

年寄特有の縮んだような顔ではあるが、白い肌と張りのある目許に、若い頃の美貌が忍ばれる。きれいに櫛目の通った白髪にさした塗りの簪が粋に見えた。

呼ばれた奈美は、辰次郎との再会を喜んでから、二人の前に手を出した。

「まさか、手ぶらじゃないよね」

「しっかりしてんな」松吉があきれながらも、途中で買った草餅（くさもち）の包みをさし出した。

「どっちがお奈美のいい人だい」お甲が値踏みするように辰次郎と松吉を見比べる。

織機についた女たちも、興味深げにこちらを眺めていたが、奈美の応酬は軽やかだ。

「こんなもんじゃまだまだ、あたしの相手には十年早いわね」

「そんなこと言ってると、あっという間にあたしみたいになっちまうよ」

お甲がからからと笑い、傍にいた一人の娘に茶を運ぶよう指図した。

「腕が上がったな。この前より全然早えや」松吉が奈美の上達ぶりを褒（ほ）めた。

「無地の平織りだもの。何も考えずに杼（ひ）と筬（おさ）を動かすだけだから、誰でもできるよ」

奈美は謙遜（けんそん）するが、二人の目の前で見せる、流れるような手の動きは見事なものだった。

「本当に、とんからりって音がするんだな」

辰次郎が妙なところで感心している。筬で横糸を、とん、と打ち込み、杼が通るときに、からり、と軽やかな音がする。なんともいえない心地良い調子だった。

織場にはお甲と、お春くらいの娘が三人、さらに男の職人も二人いた。鶴の恩返しの影響か、機織というと女性の仕事と思っていたが、そうでもないらしい。

「田舎では女の仕事になってるが、御府内では男の織人のほうが多いくらいだよ」

お甲が言った。お甲はこの織場を仕切っている熟練の織人だった。お甲の織機の前にある布は、ほかに比べて目の細かな薄手の品だった。織機そのものも違うようだ。

「唐桟織（とうざんおり）っていうの。素敵でしょう」

「そういえば、甚兄いがよく着てるものと似ているな」松吉が布を見て言った。

「お奈美はすじがいいから、修行すればこういう品も織れるようになるさ」

お甲は、まんざら世辞でもないようすだ。

「気が遠くなるほど先の話だけどね」照れ隠しか、奈美は肩をすくめて見せたが、その引き締まった目つきから、かなりやる気になっていることは見てとれた。

娘の一人が、御持たせですが、と皿に盛った草餅と土瓶を運んで来て、賑やかなお茶の時間となった。

「すいません、仕事を中断させた上、長居してしまって」帰り際、辰次郎があやまると、

「そんなこと気にするなんて、やっぱり日本人だねえ」と、お甲に笑われた。

言われてみれば、日本では場所も時間も、仕事と私事ははっきりと区別されている。その線引きが、江戸ではひどく曖昧なのだった。裏金春でも、休憩時間がない割に、茶飲み話に興じる時間は案外多い。急の知らせで夜中に叩き起こされても、翌日は昼過ぎまで寝ていたりする。どちらが良いか、と問われれば、答えは出し辛いところだが、こういうのも案外悪くない、と辰次郎は思うようになっていた。

地面に長く伸びた影を踏みながら、辰次郎と松吉は裏金春への道を急いだ。思いのほか高田屋に腰を据えてしまったが、夕餉の膳出しには間に合わせなくてはならない。

京橋を渡ると、家並の途切れる通りの辻から富士が見えた。もちろん本家本元の富士山とは別物だが、ここでは『江戸富士』と呼ばれ人々の信仰を集めていた。丘に石や土を盛って形を整えたというから、実際はごく低い山らしいが、市中からは十里と離れていないため、距離が近い分それなりに大きな山に見える。

「前から気になってたんだけど……あの富士山、なんか変じゃないか？」辰次郎が話しかけた。

富士山はもっと、なだらかな稜線を描いていた筈だ。それに比べ江戸富士は、頂上あたりが玉葱の芽のように尖っており、辰次郎は見る度に違和感を覚えていたのだった。

「なんだ、知らなかったのか。江戸富士は本物の富士を写したもんじゃねえよ。ありゃ、北斎の絵が下地になってんだ」辰次郎の疑問に、松吉はあっさりと答えた。「絵に似せたおかげで登山には向かなくなっちまってな、五合目までしか登れねんだってよ。ついでに言うと、盛った土も赤土だから、これがほんとの赤富士ってぇわけだ」

江戸を造った初代将軍も、松吉みたいなオタクだったのかもしれない、と辰次郎は苦笑した。

「富士のねえ江戸なんざ、オチのねえ小話。てんで締りがねえってな」

当の松吉は、夕日に真っ赤に染まった富士を眺めてご満悦だったが、天秤棒の両脇に傘をたくさん括りつけた行商人の姿を認めると、すいっと視線がそちらに逸れた。面白そうな物売りを掴まえて冷やかすのは、松吉の趣味だった。急いでなければ声をかけたいところなのだろう。

「そういや、おめえ、何か思い出したか、小さい頃のこと」

すれ違った古傘買いを、残念そうに見送りながら、松吉が思い出したように訊ねた。

「いや、何にも」せっかく忘れていた役目を思い出し、辰次郎は憂鬱になった。「おまえだったらどうする？　試験で数式が出てこないとか、なくした財布を探すとか、そんなときにさ」

「試験は諦めるけど、財布はやっぱりその場所まで戻るだろうな。財布を出した最後の場所まで行ってみるよ、きっと」

辰次郎が足を止め、松吉に向き直った。

「やっぱりそれだな。その場所に行ってみるのがいちばんいいよな」

「……でもおめえ、村まで行ってみたんだろ」

松吉は怪訝な顔をしたが、辰次郎はあることを試してみようと心に決めていた。


その三日後、辰次郎は玄関で草履をひっかけたところを、十助に呼び止められた。

「これを八丁堀へ届けて欲しいんだが、ほかに誰もいないんでな」

十助の言葉通り、みな探索に出ており、裏金春はひっそりかんと静まりかえっている。

その言い方にかちんときて、ついつっけんどんな調子になった。

「八丁堀なら大丈夫ですけど、何度か兄いたちにくっついて行きましたから、でもいまから行って戻ると、晩の膳出しに間に合わなくなりますが」

「親分はこれから他出されるから、今晩の膳出しはないぞ。松吉に聞いてないか」

それなら心おきなく、八丁堀に足を伸ばせるというものだ。

「おまえ、どこかへ行くつもりだったのじゃないか」十助は、書状の宛人である町方吟味与力の役宅を口で説明してから、思い出したように訊ねた。

「出島の竹内様のところへ行くつもりでした。この前お願いしたこと、今日の夕刻に返事をくださるとのことでしたから」と辰次郎は答えた。

書状を懐に汐留橋へ向かう途中、芝口二丁目の脇道で、物売りを冷やかす松吉が見えた。

「松吉！」大声に驚いた松吉が、弾かれたように振り向いた。

「晩の膳出しがないって、教えろよな」辰次郎は松吉の肘を小突いた。

「あ、すまねえ！　朝の膳下げのあと聞いてたんだ。すぐに寛兄いに呼ばれて出掛けたもんで忘れちまってた。わりい」右手をひたいにあてて、拝んでみせた。

辰次郎は、脇に立つ物売りの右肩に担がれたものに目をとめた。

「これ、何だっけ。見たことあるような気がする」

「行灯に使う灯心だよ、毎日見てるじゃねえか」

松吉に言われて、ああ、と思い出した。灯心はいわば、蠟燭の芯にあたる。この長い灯心を小皿に入れた灯油に浸し、行灯に入れて火をつけるのだ。

「裏金春で使っているのは綿糸だけど、これはイグサの外皮を剝いたもんだってよ」

松吉の言葉を肯定するように、菅笠を被り、長い灯心の束を担いだ灯心売りが頭をわずかに下げた。着物の袖から手甲が覗いているところを見ると、案外遠くの村から売りに来ているものかもしれない。

「これからどこ行くんだ、出島か」松吉が訊ねる。

その後に、八丁堀の町方与力の屋敷へ行くと答えると、松吉は指でもくわえそうな表情になった。「そこならおれのほうが詳しいのにな。前に一度行ったんだ。使いを代わりてえところだが、頭への繫ぎの後、また探索中の寛兄いんとこに戻んなきゃいけねえんだ」

「それをこんなとこで油売ってちゃまずいだろ」

あきれる辰次郎に、へへ、と舌を出した。

辰次郎は、出島へ寄ってから八丁堀へ赴いた。

十助からの書状を渡し、吟味方与力の屋敷の門を出ると、五つの鐘が鳴った。

「もう八時か」松吉に叱られても、日本時間に置き替える癖がなかなか抜けない。

八丁堀を西に抜ける橋にさしかかったとき、月に照らされた橋の反対側に、人影を認めた。着物の裾を端折り、ほっ被りに加え、顔の下半分を手拭で覆ったその男は、橋の中ほどで辰次郎の行く手を塞いだ。男の右手に匕首が閃いた。

（追剝ぎだ！）話には聞いていたが、そのときも、「おめえのような図体なら狙われる心配もねえだろ」とみなに一笑されたのだった。

（どうする……）と考えて、次の瞬間くるりと背中を向け、もと来た方へ駆け出した。賊は肩幅が広く小さい男だった。歩幅からいけば自分に有利だと、咄嗟に考えたのだった。

だがその判断は甘かった。先の奴よりもう少し背の高い男が現れ、辰次郎の逃げ道を塞いだ。ほっ被りと覆面、匕首までもがお揃いだった。じりじりと詰め寄られ、辰次郎は橋のまん中まで後退せざるを得なかった。

素早く辺りを見回したが、八丁堀だというのに、町方役人はおろか犬さえ通る気配がない。ごくりと喉が鳴った。これは駄目だ、と観念した。

「あまり持ち合わせがないけど」間抜けな断りを入れ、小粒の入った縞の財布を橋の上に投げた。探索費兼小遣いとしてもらったものだが、兄いたちの後ろに金魚の糞ではほとんど使う機会もなく、その分財布の重さも頼りない。

二人の男は何も言わない。そろって一歩、間合いを詰めた。逆に一歩、二歩と下がった辰次郎の腰に、橋の欄干があたった。彼らの不満はわかるが、ない袖は振れぬ。そういえば、と辰次郎は思い出した。着物から褌まで身ぐるみ剝がすから追剝ぎなのだと、確か誰かが言っていた。辰次郎の着物は安物だが、まだ新しい。

「……あの、いま脱ぎますから」さらに間抜けな断りを入れてから、ゆっくりと羽織を脱いだ。脱いだ追剝ぎは相変わらず無言のままだ。さっき一度間合いを詰めてからは、動いてもいない。脱いだ羽織を右手に持った辰次郎は、二人と自分との距離が案外開いていることに気が付いた。一メートル、いや、三尺少々といったところか。

次の瞬間、右から左へ体を回すようにして、羽織を真横に大きく振った。羽織が広がり、二人の男が視界から消えた。体の流れを止めずに、欄干に足をかけ、弾みをつけて飛び上がった。背中に切りつけられる不安から、握った羽織はそのまま右肩に担ぐようにして放さなかった。盛大な飛沫(しぶき)をあげて、辰次郎の体が黒い水に呑み込まれた。


「どうしたんだ、その格好！」

濡れ鼠のまま玄関の土間に突っ立ってがたがたと震える辰次郎に、松吉が目を丸くした。飛び込んだ橋の下流に頭を出して、あとはひたすら裏金春まで駆け通した。湯屋はとうに終わった刻限だったので、井戸端で体をふいて着替えをすると、どてらや布団を被せられ、舌を火傷(やけど)しそうなほど熱い燗酒(かんざけ)を、大量に飲まされた。

「馬鹿野郎！　褌も全部くれてやって、素っ裸で戻ってくりゃいい話じゃねえか！　切られなかったのはたまたまだ。二度とそんな真似すんじゃねえぞ！」

事の顚末(てんまつ)を語った辰次郎を、木亮がこっぴどくどやしつけた。言うことはもっともなので、辰次郎は布団から出した首を亀のようにすくめた。

「ただ、あの二人薄気味悪くて、それでつい逃げたくなったんです。いま考えても、あの追剝ぎ、やっぱりおかしい」

「どういうことだ」冷酒の猪口(ちょこ)を片手に、甚三が訊ねる。

「物盗りなら、金出せとか着物追いてけとか、言えばいいでしょう」

「最初っからおめえを刺すつもりだったってのか?」良太が勢い込む。

「それならとっくにやられてますよ。二人に囲まれてから川に飛び込むまでのあいだに、刺す余裕は充分あったから」

「なんだよ、それじゃわけがわかんねえじゃねえか」

「そうなんですよね……」

「まあ、ともかく無事で何よりじゃねえか」

黙り込んだ辰次郎の前に、寛治が新しい徳利を置いた。いいかげん酔いがまわってくらくらしてきたが、ほっとした拍子に恐怖が甦(よみがえ)り、二日酔い覚悟で何度も猪口をあおった。

「親分や十さんに言ったほうがいいですか」

「いや、それはおれから伝えておく」

煙管をくわえたまま、何やら考え込んでいた甚三が顔を上げた。

「それよりも念のためだ、おめえは当分日が落ちたら一人で出歩くな。夜出掛けるなら必ず誰かと一緒に行け」

「辰次郎が、誰かに狙われてるっていうんすか!」

「だから、念のためだ」

自分のことのように青ざめた松吉をかるくいなし、長煙管の雁首を鳴らし吸殻を落した。

「半人前から父兄同伴に格下げか」呂律のまわらなくなった口で、辰次郎はそう呟いた。

「あの、苦い薬が欲しいんですけど」

「たいがいの薬は苦いものですので、そうおっしゃられても」

「じゃあ、一番苦いのをください」

縞のお仕着せに紺の前掛けを締めた丁稚が、困ったような顔をした。少々お待ち下さい、と上がり框に辰次郎をかけさせて、店の奥に入って行った。

日本橋本町三丁目は、薬町と呼ばれるほど薬種問屋が多かった。

辰次郎が事情を話し、どの店が良いか菰八に訊ねたところ、「そんなわけのわからねえ頼みなら、客あしらいのいい店がよかろう」とこの店を教えてくれたのだった。

足を向けた薬種問屋は、気後れしそうな大店だった。店の内には、病院の消毒薬とは違う、草いきれのような生薬のにおいが満ちていた。菰八が太鼓判を押した通り、結構な数の先客に、番頭か手代らしい者がそれぞれついて丁寧に応対していた。

お待たせ致しました、と奥から店の手代が出てきた。

「なにやら苦い薬をお探しとか。お差し支えなければ、どのような症状にお使いになるかお聞かせ願えませんか」

さすが手代だけあって、そつのない応対ぶりだが、訊かれた辰次郎は答えに詰まった。本当のことを話すわけにもゆかず、口から出るにまかせていいかげんなことを言った。

「いや、薬に使うわけじゃなくて、えーと、宴会の余興というか……」

「余興、でございますか」手代のぼってりした唇が、鯉のように丸く広がった。

「そのう、余興に負けた者が罰として飲むもので……すいません」

苦しい言い訳だが仕方がない。この点だけははっきりさせなくてはならない。

「とにかくふつうの健康な者が飲んでも大丈夫な薬で、味だけ苦いものはありませんか」

この無茶苦茶な希望を聞いても手代は別段嫌な顔もせず、唇と同じにふっくらとした顎に手をあてしばし考え込んだ。

「……そうでございますね、そういうことでしたら、千振などはいかがでしょう」

「せんぶり、聞いたことはあります」

「健胃の薬ですから、病のない方が飲んでも心配はありませんし、千回振っても苦いということで名前がついたほどですので」

「それでいいです。それください！」

「どの程度ご入用ですか」

「えーと、一、二回分もあれば。あの、勝手言って何ですが、すぐ飲めるようにできませんか。これから使いたいので」

「これから宴席でございますか」

まだ午前なのだから、手代が驚くのも無理はない。それでも手代は奥で煎じた千振を、辰次郎の持参した竹筒に入れてくれた。

薬種問屋を出た辰次郎は、江戸湊へ急いだ。入国した日に降りた桟橋へ行くと、竹内は先に来て待っていた。

松吉の財布の話で思いつき、辰次郎はもう一度船で沖まで出てみることにしたのだった。漉名村でも記憶が戻らなかったいまとなっては、あの夢が唯一残された細い綱だった。沖に出たからといって、また都合よくあの夢を見るはずもないが、夢の詳細をもう少し思い出せるかもしれないと考えたのだった。

「すいません、こんな雲を摑むような話につきあわせて」

「お役目なのだから気にするな。今日の船はこの前の半分の五百石だが、がまんしてくれ」

裏金春の誰かに頼み、漁船にでも乗せてもらうつもりでいたが、沖に出るには役所の許しが必要とのことで、結局竹内に頼むことになった。

栈橋から沖に停泊した船までは、伝馬船と呼ばれる小舟で漕ぎつける。辰次郎は船に上がるとすぐに、竹筒に入った千振を飲んでみた。

「にげーっ！」

「千振なら苦くてあたりまえだ。おまえもまた、突飛なことを考えるものだ」

手代の前で嘘（うそ）を並べて千振を買ったのは、夢から覚めたときのあの味を、もう少し具体的に思い出したいと考えてのことだった。

「おまえの言う味とやらを思い出したとしても、何を口に入れたかがわからなければ仕方あるまいに」竹内の言う通りだった。

「でも、少なくとも千振じゃないことはわかりましたけどね」いくら水を飲んでも口の中に残る苦味に顔をしかめながら、こういう直接的な苦味とは違っていたな、と感じた。たとえば、臭い食べ物は飲み込んだ後でも口に嫌なにおいが残る。それに近い感覚だ。

「今日は風もあるし、この天気だ。沖は波が荒いかもしれねえ」

船頭の言葉通り、空一面を厚い雲が覆っている。船の大きさもあるだろうが、船底にあたる波の感触は入国したときとは桁違い(けたちが)だった。千振の後味の悪さも手伝って、沖に出る前に早くも胸がむかついた。思えばあの日のように酔止めも飲んでいない。

口と胸を押さえ懸命に我慢したが、血がどんどん下に下がって行くのがわかる。

「おい、大丈夫か」

紙のように白くなった辰次郎の顔に気付いた竹内が駈け寄ったが、間に合わなかった。船の欄干から頭を突き出して、辰次郎は盛大に吐いた。船から落ちぬよう、竹内が辰次郎の帯を後ろから摑んだ。波に乗るたび船は大きく上下し、そのたびに辰次郎は吐いた。千振の味が口一杯に広がり、気持ち悪さに拍車がかかる。終いには吐いても吐いても胃液しか出て来なくなったが、胸の悪さは治まらなかった。

「まったく無茶ぁしやがって、しっかりしろよ」

珍しくべらんめえ調になった竹内が、辰次郎の背をさすっている。

ついに吐き疲れて、辰次郎は甲板に大の字に寝そべった。真上に広がる空は、湊を出た時分よりさらに暗い。風の唸(うな)りが、耳に届くまでになった頃、船頭が声を張り上げた。

「竹内の旦那、湊へ戻ってもいいかね。こりゃあ、一雨来るぞ」

「どうだ、もう戻ってもよいか」

辰次郎はしゃべる気力もない。上から覗(のぞ)き込む竹内に、目だけで了解を告げた。

湊の入口の松林の岬をまわったころ、辰次郎の顔に、ぽたりと最初の雨粒が落ちた。雨が顔を叩く回数は次第に増えたが、風に流されてか、まともに上からあたらずに横や斜めから思い出したように吹きつける。竹内に屋倉に入るよう促されたが、辰次郎は断った。

「これでは裏金春まですぐには戻れんな。湊に着けば人足相手の茶店や飯屋があるから、それまで我慢しろよ」

半ばあきれながらも心配顔の竹内が、飲めるか、と水の入った竹筒をさし出した。一口含むと、水の甘味が口の中に広がった。飲み込んだあとに、千振か吐いた後味か、嫌な味がまた舌に甦った。唸り声をあげた風が、辰次郎の顔に雨粒のかたまりを叩きつけた。

「あった……」

「どうした」竹筒を手にしたまま、かたまっている辰次郎の肩を、竹内が軽く揺さぶった。

「あったんだ、前にも、これと似たようなことが！」竹内に向かって叫んでいた。

「何か思い出したのか」

返事の代わりに、何度も首を縦に振った。母に抱かれて船に乗っていた。まわりの海が真っ黒に見え、風が吹きつけるたびに、豆を撒(ま)いたような音をたてて、甲板が雨に叩かれた。心配そうに覗き込む両親が、しっかりしろ、と何度も叫ぶ。胸がむかつき、ひどく気持ちが悪い。我慢ができなくなり吐いた。口の中があの味で一杯になる。

「竹内様、あれはただ苦いんじゃなかった。甘くて苦いものだった」

「甘くて、苦い？」

「そうです、最初甘くて、その後になんともいえない嫌な苦味が口の中に残るんだ」

船が湊に停まり、錨がおろされた。少したよりなくなった雨が、辰次郎の顔に真上から落ちて来た。

竹内は桟橋からほど近い、旅籠を兼ねた飯屋に辰次郎を連れて行った。入り口の土間に茶店のような縁台が並び、その奥が広い入れ込み座敷になっている。辰次郎はそこに転がって動けなくなった。

「しばらく座敷の隅を占領させてもらうぞ、猪助」役目柄、江戸湊に来ることの多い竹内は見知りらしく、顔を出した中年の主人に、気安い調子で断わりを入れた。

「だいぶ加減が悪いようですね、どうなさいました」主人の猪助が辰次郎の顔を覗き込む。

「船酔いだ。なに、半刻も経てばなおるだろう」

さいですか、と猪助が笑い、やはり竹内と顔馴染らしい娘が茶を運んできた。

「甘くて苦い物か」座敷に近い縁台に腰掛けた竹内が、茶碗を手にとった。

「おまえの話から推すと、江戸湊から日本への船の中で、それを飲んだということか」

「そこがちょっと曖昧で、船で飲んだものか、その前に飲んで船で吐いたものか、はっきりしないんですよね」失礼を承知で、横向きに寝転がったまま辰次郎が答えた。

「吐いたときのものとすると、甘いと苦いを一緒に口に入れたわけではないかもしれぬな」

竹内が考え込んだ。せっかく記憶の一部が戻っても、これでは何の役にも立たない。

小さなため息をついて、寝そべっている座敷内を見渡すと、がたいの良い日焼けした男たちが五、六人、蕎麦やぶっかけ飯をすすっていた。ここは一階が船人足相手の茶店兼飯屋で、船待ち客を泊める旅籠も二階にあるという。

「天候に恵まれなければ、何日もここで足止めを食うこともあるからな」

「そういえば……」竹内の話を聞いて、辰次郎は思い出した。

両親と辰次郎が村を出てからの足取りは、十助が辰衛に確かめていた。しかし何を与えたかという問いには、湯冷ましだけだと辰衛は書いてきた。

夜明けを待たずに村を出た一家は、江戸湊までの十四里を歩き通した。疫痢を患う辰次郎を連れている以上、川を下る乗合舟を使うわけにもゆかず、宿に泊まるのもはばかられた。夫婦は野犬や追剝ぎに怯えながら、わずかな休息をとりつつ道を急いだ。

下りの多い行程ではあるが、それでも女子供の足なら三日はかかる。それを利保は、子を助けたいと願う母親の執念で、村を出て、まる二日後の日の出前には江戸湊へ辿り着いた。

「でも日本へ渡る船が出たのは、その日の午過ぎだったと書いてありました。そのあいだこういう旅籠に……」と言いさして大事なことに気がついた。「……なわけないすよね。おれを連れていたんだから」

「うん、出国の手続きを終えて病船で江戸を出るまで、おまえたち一家は湊の養生所にいたようだ」竹内はこの辺りの経過は、あらかじめ調べてあったようだ。

病人を日本まで移送するには、病船と呼ばれる三百石程度の専用船を使う。『湊の養生所』とは、病のために江戸を出る、いわゆる『江戸ころび』の者たちが船待ちをするための施設である。長崎奉行所管轄で、江戸湊において入出国を監督する通称『お出入り役所』の裏手に、養生所の小さな建物があった。

「その養生所で、何か薬を飲んだとか……」辰次郎の思いつきを、竹内が否定した。

「養生所といっても通り名にすぎん。いちおう小石川養生所から一人、医者は派遣されているが、病人の容態が急に悪化しない限り、施療にあたることはまずない。これから日本で病を診てもらう者に薬など与えては、日本での診断に支障が出るやもしれぬしな」

「たしかにそうかもしれませんね」竹内の言に、辰次郎がうなずいた。「じゃあ、そこでは何も飲まされなかったんですね」

「お奉行の命で当時の記録を洗ってみたが、その日、薬を処方したという記載はなかった」

竹内は役人らしいひどく生真面目な表情で言ってから、奥に向かって茶の代りを頼んだ。

「湊の養生所を、見せてもらうことはできますか」

なにか思い出せるかもしれないと辰次郎は考えたが、船待ちの養生所は二年前に建て替えられたんだ、と竹内が残念そうに答えた。

「当時の使用人も、小石川から派遣されていた医者も、いまどこにいるか皆目わからなくてな。役所内の古参の同心らにも、十五年前の七月晦日(みそか)、病気の子を連れて養生所に着いた夫婦を覚えていないか訊ねてみたが……。なに、日にちははっきりしているんだ。おまけに八朔の前日だから頭に残りやすい。そのうち思い出す者もあろう」

目に見えてがっかりしたようすの辰次郎に、竹内はあわてて後の言葉をつけ足した。

そのとき竹内の背中で、張りのある女の声が言った。

「あたし、覚えてるわ」

立っていたのは、さっき茶を出してくれた娘だった。竹内に頼まれ、お茶を注ぎ足しに来たようで、手には朱塗りの土瓶を携えている。

「ほんとですか！」辰次郎はがばりと身を起こし、裸足(はだし)で土間へ降り立った。上背のある男に目の前を立ち塞がれ、娘はちょっと引いたが、辰次郎を見上げてこっくりと頷いた。渋茶の小紋を着たその娘は、奈美と同じくらいの年に見えた。

「本当か、おもよ」

竹内の問いに、おもよはもう一度神妙に頷いた。

「養生所の門前で、六つ、七つの男の子が女の人……たぶんその子のお母さんね、背に負(おぶ)われて、ずっと苦しそうにしていたわ。あたしはずっとその子を見ていたの。その子もぼんやりした目であたしを見てた」

「その男の子、おれです。おれなんです！」

「まあ、そうなの」

自分を指さして叫ぶ辰次郎に目を見張り、それからおもよはにっこり笑った。

「良かったわ、助かって。ほんと言うとね、もう駄目じゃないかと思ってた。弟が死んだときみたいに、生きてくための何かがどんどん抜けていってる感じがしたの。いまにも弟みたく死んじゃうんじゃないかって、見ていて怖かったわ」

それが早朝だったというおもよの言から、一家が養生所に着いたときのことのようだ。

「お出入り役所の小者だったおじいさんが一緒にいて、養生所の先生と話をしてたんだけど、あたしに気がつくとぎょっとした顔になって、すぐにあたしを追っ払っちまったわ」

「あたりめえだ。養生所には子供が近寄っちゃならねえって言ってあったじゃねえか」

話を聞いていたらしい猪助が、見当違いの小言を言った。

「だからおとっつあんにもおっかさんにも黙ってたのだけど」

湊の養生所を過ぎたところは、いまでも空き地になっているが、その頃そこに居ついた野良猫が子を産んだ。おもよは両親に知れぬよう、店が仕込みに忙しい日の出前を狙って、毎日子猫を見に行った。辰次郎を見たのはそのときで、確かに八朔の前日だ、とおもよが言った。

「それがこのお方だとは限らんだろう。十五年前の話だと、はっきりわかる証しがなけりゃ、半端な記憶でものを言ってはいけねえぞ」

「大丈夫よおとっつあん。ちょうどおっかさんが末のお久をみごもってた時分で、お腹がすいかみたいにぱんぱんだったもの」

末娘のお久が生まれたのは、確かに十五年前の九月だと、猪助が請け合った。

「それにしても、よく覚えていたな。その頃ならおめえは十にも届いてなかったろう」

父親の言葉に、おもよは恥ずかしそうに俯いた。

「だって、その子のもらった砂糖水がうらやましかったんだもの。弟のこともあったけど、実を言うと、それで良く覚えていたの」

「砂糖水！」

「砂糖水だと！」

辰次郎と竹内は、二人一緒に叫んでいた。

猪助とおもよは、その反応の鋭さに気圧されていたが、竹内が言葉を添えた。

「おもよ、その砂糖水について詳しく聞かせてくれぬか。とても大事なことなんだ」

「砂糖水は、どこかのおじさんがあなたのお母さんに渡していたわ。あたしが猫に餌(えさ)をあげた帰り、また養生所の前を通ったときよ」

「おじさんって、おれの父親のことじゃ……」

「違うわ、別の人よ。あなたのお母さんと話すのを聞いててそう思ったの」

「じゃあ、『おじさん』って誰ですか」

「わからないけど、養生所で船待ちしてた別の患者さんか、その身内じゃないかしら」

「最初から話してくれぬか、おもよ」

竹内の真剣な表情に、おもよが頷き、また記憶を探るような顔になってから、用心深く話し始めた。その男と辰次郎の母親は、養生所の木戸門を入ったところに立っていた。

「男の人が竹筒をさし出して、お母さんに言ったの。これから船に乗るのに、あれでは体がもたない、砂糖水なら飲めるかもしれない、ちょうど持っているから、これを飲ませてあげてください、みたいなことを言ってたわ。お母さんは、何度もお礼を言って、竹筒を受け取った。あたしは砂糖水と聞いて、つい中に入ってしまったの。ください、とは言わなかったように思うけど、きっと物欲しそうに見てたのね。その男の人に言われたの。これは少ししかないから、病気の子供にあげようねって。それであたしは砂糖水を諦めて、家に戻ったの」

おもよの話を聞いた猪助が、そういえば、と言い足した。

「この子は小さい頃とにかく甘いもんが好きでね、虫歯だらけだったんですよ。その頃ちょうど歯の生え代わる時期で、うちの嬶(かかあ)が甘いものをやめさせていたんです」

「そうなのよ、それで砂糖水と聞いたとたん、欲しくてたまらなくなったのよ。その次の日にね、八朔のお祝だからって、おっかさんがぼた餅をこさえてくれたもんで、あたしはあの砂糖水を病気の子供に譲ったから、観音様がご褒美(ほうび)を下さったんだと思ったものよ」

八朔の前日だと言い切る理由を、おもよはそう説明した。

「その男の顔を覚えていないか」おもよはそれは覚えていなかった。このあたりでは見かけぬ顔だし、それ以来一度も見たことがないと答えた。

「いったい誰だろうな、その男」

「でも一緒に船待ちをしてたってことは、一緒に江戸を出たってことですよね」

「いまのところ、その砂糖水がいちばん怪しいんだがな」

猪助の店を辞した辰次郎と竹内は、そろって裏金春へと急いだ。雨はあがっていたが、夕方にさしかかった曇天の空は先刻より暗い。

「十助、おめえはその男に心当たりはねえんだな」

二人の報告を聞いたゴメスが念を押したが、十助ははっきりと否定した。

「そのころ瀧名村から出た奴はいねえか、どうだ」

十助が考え込んだ。「あの前後に村を出た者は、ほかにはいないはずです」

「その後はどうだ。三月後でも半年後でも一年先でもいい」

「在所の弟に、急ぎ調べさせます」十助が即答した。

「なにかお考えがおありですか」ゴメスに訊ねたのは竹内だった。

「おめえはその男をどう思う」

「怪しいと言えば怪しいのですが、まったく関わりのないことも充分あり得ると思います」

竹内は顎に手をあてて、思案を巡らせながら慎重に答えた。辰次郎も同じ意見だ。男はただの親切な旅人で、竹筒も本当にただの砂糖水だったかもしれない。その場合は当然、辰次郎が治った理由はほかにある。

「もしその男が飲ませたもので病が癒えたとしたらだ、そいつの正体はわからねえが、病のことを詳しく知っていたはずだ。それは瀧名村に関わりがある男としか思えねえ」

「ですが、村を出た者をあたれというのは？」

「瀧名村でこいつの病を知っていたとしたら、なぜそうと言わねえ。なぜ効く薬だと言って渡さなかった」

「それは……」竹内が言葉に詰まった。

「理由は一つしかねえ。そいつは後ろ暗いことがあったんだ」

「後ろ暗いって？」黙って聞いているつもりだった辰次郎が、釣り込まれるように訊ねた。

「そいつは病の正体を知ってたってことだ。もっと言えば、そいつが鬼赤痢を広めた張本人かもしれねえ」

ゴメスの前の三人が息を飲んだ。行灯の油の燃える音が、微かに聞こえた。

「村の誰かが、病を広げたとおっしゃるのですか」やがて十助が、あえぐように言った。

ちらりと十助の表情を見たゴメスが、声の調子を落した。

「あくまでも仮定の話だが、見込みはなくもねえ。村の者だとしたら、そのまま村にはとどまっていないように思う。村の者じゃねえ可能性ももちろんあるがな。ほかに手蔓がねえ以上、一つずつ潰して行くしかなかろう」

はい、と答えて顔を伏せた十助の体が急に小さく見えて、辰次郎は辛くなった。十助のためには、男がただの人の好い旅人であって欲しいとそう願った。


瀧名村の清造からの返事を待って三日目の午後、玄関脇の座敷に十助が顔を出した。

「誰か南町の役所へ使いを頼めるか」

「はいっ！」松吉が勢い良く手をあげた。間髪入れず木亮から待ったがかかる。

「てめえはやりかけの探索があるだろうが。今日中に目星つけなきゃ承知しねえかんな」

松吉がすごすごと引き下がり、代わりに辰次郎が使いを引き受けた。松吉は、いいなあ、と言いながらも、木亮にせかされて探索へ出て行った。

「急ぎですか」十助から書状を受け取って、辰次郎が訊ねた。

「それほどでもない。走ると転ぶからゆっくりでいいぞ」

「数えなら二十一っすよ、子供扱いしないでください」辰次郎がむっとする。

「そうか、日本人は若く見えるからな。どうも良太と同じくらいに思ってしまう」

文句を重ねたいところだが、今年十七の良太を見ると、確かに白分と大差がない。

辰次郎が裏金春の木戸を出ると、空はどんよりと曇っていた。竹内と船に乗った日以来、不安定な天気が続いていた。これは急いだほうが良さそうだな、と思いながら四辻(よつつじ)に出たところで、角を飛び出して来たお駒と鉢合わせした。

「何かあったんですか」

尋常ではないあわてぶりに、辰次郎が事情を訊ねると、それがね、とお駒は話し出した。

「遠縁の娘の婚礼が決まって、お祝の帯をお春に持たせたんだよ。年が近いせいもあって、その娘とお春は仲がいいもんでね。それがお春ったら、包みを間違えちまって、葬式用の黒帯を持ってっちまったんだ」

「何でお祝が葬式用になったんすか」

お駒はなるほど、濃紫の風呂敷包みを腕に抱えている。こちらがご祝儀なのだろう。

「あたしが悪かったんだよ。座敷にある風呂敷包みを持ってお行きって言っただけで、確かめなかったんだからね。近所の醤油問屋で不幸があってね、弔いに行くのに黒帯を出して隣の座敷に置いといたのさ。まさか、そっちを持っていくとは思わなかったよ」

辰次郎は思わず吹き出した。まるで落語のネタではないか。

「笑いごとじゃないんだよ、ご祝儀に葬式用の黒帯が出てきたら縁起が悪いじゃないか」

笑いの止まらない辰次郎に、お駒はぷりぷりと怒ってみせた。

「すいません、それでお春ちゃんを追いかけようとしてたんですか」

「出て行って四半刻と経っちゃいないから、まだ間に合うかもしれないと思ってね。あいにく亭主は留守だし、お義父さんは天気のせいで持病の腰がよくなくてさ。あたしがひとっ走り行ってこようと思って」

遠縁の娘の家を訊ねると、日本橋松川町だとお駒が答えた。

「ちょうど使いに出るところだから、おれがついでに行きますよ」松川町なら南町奉行所へも遠くはない。少々ふくよか過ぎるお駒では、ひとっ走りも楽ではないだろう。

「辰さんはお役目もあるんだろ。いいんだよ、無理しなくて」

「大丈夫ですよ。急ぎの使いじゃないし、これを届けてからでも充分間に合います」

しきりとすまながるお駒から、濃紫の包みを受けとり、辰次郎は表通りに飛び出した。芝口から新橋を渡り、京橋の二町手前で、とうとう雨が降り出した。大事な祝儀が濡れないよう、着物の懐にしっかりと仕舞い込み、辰次郎は再び走り出した。ありがたいことに、京橋を渡った先でお春に追いついた。

「まあ辰さん、偶然ね、こんなところで会うなんて」

何も知らないお春は、辰次郎の姿を認めると、なんともとぼけた挨拶をした。よそ行きらしい薄紅色の着物姿のお春に、辰次郎は笑って事情を説明した。

話を聞いたお春は、自分が抱えた紺地の風呂敷を目を丸くして眺めていたが、辰次郎と目を合わせたとたんに吹き出した。

「ごめんなさい、義姉さんとあたしがそろうと、いつもこういう間抜けな始末になるのよ」

ここで包みを渡そうかとも思ったが、雨が急に勢いを増した。とりあえずお春の遠縁の家までは、このまま懐に入れて行くことにして、二人は雨の中を小走りに駆けた。

遠縁の娘の家は、松川町で小さな稲荷鮨屋を営んでいた。辰次郎は傘だけ借りてそのまま役所へ走るつもりでいたが、嫁入りが決まったという娘、お町と、さらにその両親にも引き止められて往生した。

「せめてもう少し小やみになるまでいたほうがいいわ」

お春にも勧められ、結局座敷に上がり込んでしまった。お茶と煎餅が並べられ、さらにお町が運んできた店自慢の稲荷鮨を見て、辰次郎は仰天した。

「でかっ！」

思わず叫んでしまったほど、巨大な稲荷鮨だった。長方形の大揚げに、飯が詰まって蒲鉾型にふくらんでいた。ふつうのお稲荷さんを、横に五つ、六つ並べたくらいの大きさだ。

「小さいほうが良ければ、それもあるけど」

お春とは対照的な細面のお町が、きょとんとした顔をする。

「いや、そういう意味じゃなくて、こんな大きいの見たことないから」

「あら、日本には小さいお稲荷さんしかないの？」

お春の話では、日本で見るような稲荷鮨と、大揚げ稲荷の両方が売られているらしい。カステラくらいに切った一切れを頬張ると、砂糖と醤油の濃厚な味が広がった。奈美の織屋へ土産にした、草餅よりも甘いくらいだ。それでも辰次郎はぺろりと一本平らげて、お町の父親を喜ばせた。

「お春ちゃんが日本人のおかみさんになるてえのも悪かねえなあ」

お町の父親が、辰次郎とお春を見比べてそんなことを言い出すと、お町が口を挟んだ。

「あら、おとっつあん、お春ちゃんは竹内様ってお武家さまがいいみたいよ」

「へえ、それは初耳だ。こんど会ったら竹内様に伝えておくよ」辰次郎も調子を合わせる。

「そんなじゃないったら、辰さんまで何言い出すのよ」お春があわてて言い繕う。

他愛ない話をしているうちに、またたく間に半刻ばかりが過ぎて、辰次郎はようやく腰を上げた。松川町と南町奉行所を往復しても、走れば四半刻、雨を考えても一刻はかからない。使いの帰りにまたお春を迎えに来ることにして、借りた傘をさして外に出た。松川町に着いた頃に比べ、雨足はだいぶ落ちていた。

いつもは数寄屋橋御門から御曲輪内に入るのだが、辰次郎は松川町から近い鍛冶橋御門を抜けた。橋のたもとを左に曲り、武家屋敷を二つ過ぎると南町奉行所だった。

今月の月番は北町なので、非番の南町は大戸を閉じていた。非番といっても業務を休むわけではなく、いわゆる民事に該当する訴訟の受理を停止するだけなので、刑事事件は非番でも扱うし、役所にも役人が詰めて残務整理などを行っている。辰次郎は大戸の右側の小門でおとないを告げて中に入ると、玄関を入った座敷に控える中番と呼ばれる取次役に書状を託した。以前にも何度か足を運んでいるので、勝手知ったるものだ。小門を出るとき、六尺棒を持った門番に呼び止められた。

「おまえ、ついさっきも来なかったか」

「いいえ、今日は初めてですが」

「そうか、いや、さっき来た奴に背格好がよく似ていたんでな」

あっさり言って、辰次郎を帰した。辰次郎もそのときは気にもとめずに、松川町へと引き返した。お町の家に戻ってからも、お春とお町のかしましい会話はなかなかやまず、辰次郎とお春が稲荷鮨屋を辞したのは、日も暮れかけた頃だった。お春の足に合わせ、傘を並べて新橋を渡りきったときに暮六つの鐘が鳴った。

表通りでお春と別れ、辰次郎は裏金春の木戸をくぐった。

「ただいま帰りました」玄関を開けると、脇の座敷から松吉がころがるように飛び出て来た。続いて廊下に出て来た裏金春の面々が、辰次郎の姿を見てその場で棒立ちになった。

「辰次郎、おめえ……」

裸足で土間に降り立ち、辰次郎の両袖を摑んだ松吉の目からみるみる涙がこぼれ落ちる。

「松吉、どうしたんだ」

「どうしたじゃねえや、おどかしやがって！」木亮の罵声（ばせい）が飛ぶ。

「ったく、勘弁してくれよ」良太もその場にへたり込む。

「まあ、とにかく無事で良かった。おい、誰か奥に知らせて来い」

菰八の一声に、すわり込んでいた良太が奥へとすっ飛んで行き、まだぐしゅぐしゅと鼻水をすりあげる松吉を伴って、辰次郎は座敷に上がった。

「今日の午後、南鍋町の露地で、若い男が刺されたんだ」

玄関脇の座敷に落ち着くと、菰八が事情を話した。南鍋町は京橋と新橋のあいだ、数寄屋橋御門にほど近い町屋だった。

「詳しいことはわからねえが、道に倒れた男を見つけて番屋に届けたのは、通りがかりの職人だ。職人が抱き上げたときに、その男が『南町』と言ったそうなんだ。それを聞いた番太郎が南町に駆けた。男の人相風体を聞いた南町が、先刻来た裏金春の使いに似てるってことで、こっちに報せが入ったんだ」

菰八はぐい吞みをあおり、ごくりと飲み干した。その後を木亮が引き継いだ。

「ここに南町からの使いが来たのが、おめえが戻る半刻ほど前だ。ちょうど寛治や松吉が、たいして遠くもねえ南町に行ったにしちゃ、おめえの帰りが遅いとぼやき始めた頃だったから大騒ぎになった。甚兄いと韋駄天が、男の顔を確かめに番屋へ走ったって寸法よ」

辰次郎はようやく合点がいった。知らぬこととはいえ、みながどれだけ心配したかと思うと、身の縮まる思いだ。

「いままでどこほっつき歩いてたんだよ」ふくれっ面の寛治に、お町の家から土産にもらった稲荷鮨をさし出して、辰次郎はわけを話した。

「おれたちにこんなに心配させといて、てめえはお春と稲荷鮨食ってただと」

良太が稲荷鮨をぱくつきながら文句をならべる。そこへ甚三と韋駄天が、番屋から戻って来た。廊下に立ったまま、甚三はものすごい形相で辰次郎を睨みつけた。殴られる、と辰次郎は一瞬身をかたくしたが、甚三は急に肩の力を抜くと、何かつまらないものでも見たような顔になった。

「こいつらに話してやれ」と韋駄天の肩を叩いて、自分は廊下を奥へと歩いて行った。

「刺された男は、愛宕下を縄張にする岡っ引きの手下だったよ。おれたちが番屋に着く少し前に、医者の手当てで意識が戻っていてな、自分で名前を言ったそうだ」

韋駄天は松吉がさし出した茶を、礼を言って受けとった。

「見つけたのは近所に住む職人だ。角を曲がったところで、笠を被った男の足元に、別の男が倒れているのが見えたそうだ。笠の男の手に刃物が見えて、思わず悲鳴をあげたもんで、その男はあわてて職人とは逆の方向に逃げた。笠に隠れて賊の顔は見えなかった。雨がひどい時分でほかには人通りもなかったそうだ」

「刺されたその手下は、辰次郎に似てたんですかい」

松吉がおそるおそる訊ねると、韋駄天はちらりと辰次郎に視線をあてた。

「顔はまるで違うが、年も近いし背格好や顎の線なんかはおまえによく似ていた。南町があわてたのも無理はねえ。その手下も南町へ使いに行った帰りだった」

「……そういえば」辰次郎は、南町の門番が自分を誰かと間違えたことを思い出した。

「てこたあ、そいつはおめえの少し前に、南町を出たってことか」

煙管を手にした菰八が、難しい表情になった。

「刺された男は助かりそうですかい」良太が気にして訊ねた。

「ああ、背中を一突きされて、傷は深いが急所は外れてる。医者の看たてでは何とか助かりそうだ。職人が通りかかったのが幸いしたんだろう。とどめも刺されずに済んだし、医者に見せるのも早かったからな」

韋駄天の言葉に、辰次郎は思わずほっと息をついた。自分と似たような男が、身近で殺されたのでは寝覚めも悪い。みなも同じようなことを考えていたのだろう。一気に場がなごみ、その後はいつもの調子で賑やかな酒盛りとなった。

酔いのまわった頭で辰次郎はふと思った。お駒の頼みを受けずにまっすぐ南町へ行っていたら……。何か大事なことを忘れているような気がしたが、それ以上考えがまとまらず、辰次郎は頭を巡らすことを放棄して盃をあけた。

二日経って、辰次郎は奥座敷に呼ばれた。

辰次郎が畳に膝をそろえるのも待たずに、ゴメスが言った。

「あの岡っ引きの手下は、おめえと間違われて刺されたみてえだ」

がん、と頭を殴られたような気がした。

「愛宕下の岡っ引きは、よろずの治助(じすけ)と呼ばれる好々爺(こうこうや)でな、なんでも面倒がらずに人の頼みをよろず引き受けることからその名がついたくらいで、人の恨みを買うような阿漕な親分ではないんだ。刺された手下は治助の遠縁でな、去年田舎から出て来たばかり、朴訥でおとなしい男だ。治助はいまのところ込み入った探索はしていない。手下が刺される理由には、まったく思い当たることがないということだ」

十助の話を聞くうちに、辰次郎の胸にこみあげてきたものは、やっぱりそうか、という思いだった。どこかで薄々感付いていたものが、ずるずると引き出されてくる。

「理由はまだある。手下が刺されて倒れたときに、賊が言ったそうだ。『悪く思うな、おまえに思い出されては困る』と」

「思い出されては、困る……」辰次郎は十助の言葉をくり返した。さっき殴られたように感じた頭が、ずきずきと脈打っている。

「賊がそんな不用意なことをもらしたのは、とどめを刺すつもりだったんだろう。職人が通りがかったために、それができずに逃げ出したんだ」十助はふーっと長いため息を吐いた。辰次郎に向けられた顔には、安堵と憂いがない混ぜになっている。

「お春やお駒に感謝しなくてはな。あれで南町へ入る刻限がずれたんだ」

「待ってくれ！」親分の前であることも忘れて、辰次郎は叫んでいた。

「それなら賊は、おれを待ち伏せしてたってことじゃないか。なんでおれが南町へ使いに出るって、賊にわかったんだ」

ゴメスの分厚い唇の端が、わずかに上がった。

「どっかでおめえの動きを探ってる者がいるってこったろう」

　確かにその通りだ。ほかの理由は考えられない。

「でも、どこで……、どこからおれを探ってるっていうんだ」

「さあな、この辺りで見張ってるのかもしれねえし、表の飯屋に客や出入りの商人として入り込んでいるかもしれねえ。でなきゃ、裏金春の誰かの中に密偵がいるってことになる」

　辰次郎の頭の中を、裏金春のみなの顔がぐるぐるまわる。言葉は荒いが、気のいい連中ばかりだ。自分を殺そうとしている奴がいるとは、とうてい考えられない。

「まあ、そいつはどうでもいいこった。確かなのはおめえが狙われていて、そいつはおめえの記憶を恐れてるってことだ」

　辰次郎はゴメスの言葉に頷いた。

「八丁堀で追剥ぎに襲われたとき、おかしいと思ったんです。あいつら物盗りじゃなかった。何も話さなくて薄気味が悪かった。あれもおれを狙ってる奴らだとしたら、説明がつく。ただあのときは、向こうに殺意はなかったように思います」

　あのときは二人がかりだった。辰次郎を橋に追いつめてからも、刺そうと思えば充分な間があった。

「やれる筈なのに刺さなかった。最初からおれを川へ落とすつもりだったのだと思います。それが今回は初めから殺すつもりだった」

　納得がいかない、というように、ゴメスと十助の顔を見た。

「相手がそれだけ焦ってきて、手段を選ばなくなったと考えるのがいちばん妥当だが。八丁堀で刺さなかったのは、間違いに見せかけようとの魂胆だったのかもしれない」

そうは言いながら、十助はどこかすっきりしない面持ちだ。

「その二つが別口って場合もあるな。おめえを狙う連中が、何人もいるってこった」

「それじゃ体がもちませんよ！」

ゴメスが細い両目のまなじりを、わずかに上げた。

「それより、これからおめえはどうするつもりだ」

「どうするって……」

「ここに一日中こもって賊に遭わないようにするか。それとも日本へ帰るか？　それがいちばん安全な策だがな。おめえを狙う連中が、国際組織とやらじゃなかったらの話だがな」

辰次郎は、自分がからかわれていることに気付いて腹が立った。冗談じゃねえ、と腹の底から声がした。自分が逃げたら、身代わりになって大怪我をした奴は、まったく浮かばれない。刺した奴の鼻を明かしてやるには、これしかない。

「おれはすぐに瀧名村へ発ちます。行って、今度こそ何か思い出してみせる」

辰次郎は昂然と顔を上げて、ゴメスの巨体に向かって言い切った。

「気合だけは立派だが、勝算はあるのか」

「……ありませんけど」たちまち小さくなった声を、もう一度張り上げた。

「でも船に乗って、江戸を出たときの記憶が戻ったんです。村へ行けば、手掛りの三つや四つ、思い出せるかもしれません」

「大きく出たな。まあいい、行って来い。こっちも手詰まりだ。で、一人で行くのか」

言われて反射的に十助の顔を見た。

十助が口を開いたところを、ゴメスが遮った。

「言っておくが、十助は江戸を離れられねえ。こっちの役目があるからな」

「……じゃあ、一人で行きます」

「それは無茶だ。危険が過ぎる」

十助があわてて主を振り仰いだが、ゴメスはこれを無視した。

「誰かに一緒に行ってもらえば、その誰かも危険な目に遭わせてしまう。だったら、おれ一人で行ったほうがいい。大丈夫です、日にちがかかっても乗合舟を使うようにして、外を歩くのも日が高いうちだけにします」

「そうは言っても……」

「十助、かわいい子には、何だった」

人には無表情に見えるゴメスの面相だが、笑っているのだと十助にはわかった。

「旅をさせろ」

体中でため息をついて、十助は答えた。

「辰次郎、一人で瀧名村へ行くってほんとか！」

寝間で旅支度を整えているところに、松吉が飛び込んで来た。

「ああ、ほんとだ、明日の朝発つんだ」

「おれも連れて行け」

「だめだ、おまえは大事な膳出しがある」

「冗談でごまかしてんじゃねえ、おれはぜってえついて行くからな」

辰次郎の身を案じているのだということは、真剣なその顔に書いてある。それなら自分もきちんと話すしかない。

「いいか、松吉、瀧名村へ行く途中で賊に襲われておまえに何かあってみろ、おれは死んでも死にきれないだろ。誰かを捲き込むのは嫌なんだ。わかるだろ、そういうの。それに……」

もし松吉が密偵だったら……。頭をかすめた思い付きを、辰次郎は即座に打ち消した。辰次郎が無事だとわかったときの、あのときの松吉の涙は本物だった。

「わかった」松吉は大真面目で頷いた。

「わかってくれたか！」

「親分に許可もらってくる」

「そうじゃなくって……」

言いかけたそばから、どたどたと奥座敷へと走り去った。

それでも辰次郎は少し安心した。親分が許しを与えるとは思えなかったからだ。そんな辰次郎の期待を裏切り、ほどなく奥座敷から戻って来た松吉は、辰次郎の前にVサインを突き出した。

「親分から一発オーケーもらったぜ」

「うそだろ！」

「おまけに、いまどき珍しい命知らずな奴だって、褒められちまった。おれも兄いたちから笠や合羽を借りてくらあ。縞の合羽に三度笠、一度着てみたかったんだ」

「松吉、あのさ……」

「辰次郎、旅は道連れ、世は情けって言うじゃねえか、じゃあな」

鼻歌でも歌い出しそうなようすの松吉に、説得は無理だと諦めた。どのみち親分の決定なら覆すことはできない。こうなったら、できるだけ安全な旅の日程でも考えるしかなさそうだ。辰次郎は腹を据えた。

江戸の旅は七つ立ちと相場が決まっているが、辰次郎は日の出を待って、出発することにした。寛治と良太が表の木戸で二人を見送った。

「おめえたちの一日も早い帰りを待ってるからな」

「てめえら、絶対生きて戻って来いよ。死んだら承知しねえかんな」

口々に言いたてる二人に手を振って、辰次郎と松吉は裏金春を後にした。

「兄いたち、よっぽど膳出し復帰が嫌みてえだな」

新橋を越えるまで黙っていた松吉が、辰次郎を横目で見ながらぼそりと言った。

「ほんとだな、絶対帰らないとな」

笑った拍子に、辰次郎の緊張がほぐれた。いまから気負っても仕方がない。

それでも一日目はかなり用心して、乗合舟の乗客に目を配ったり、人気のないところではやたらときょろきょろしていたが、二日目からはあまり神経質にならなくなった。

気のおけない松吉が一緒であることと、前回のような強行軍ではないことが、辰次郎に余裕を与えた。天気にも恵まれて、二人は漉名村までの旅を大いに楽しんだ。もっとも松吉は、山道続きの三日目はかなりきつかったらしく、得意のしゃべりも冴えなかった。

十助と来たときよりもちょうど一日多い三日目の午後、辰次郎と松吉は漉名村に到着した。前回自分がへたばった同じ峠で足を止め、疲れきっている松吉を休ませた。

荒い息を吐きながらも、松吉は村を見下ろし口笛を吹いた。

「日本昔話みてえな村じゃねえか。おめえいいところで生まれたなあ」

松吉は素直に感じ入っている。言われた辰次郎も、悪い気はしなかった。

「そういえば、おまえはどこで生まれたんだ。やっぱり名古屋か」

奈美は東京出身だが、松吉は名古屋だと聞いていた。とたんに松吉は仏頂面になったが、下を向いてぼそぼそと答えた。

「……いや……ニューヨークだ」

「ほんとかよ！　格好いいじゃん」

松吉は奇妙な表情で、辰次郎の顔を眺めた。

「おめえ、笑わないのか」

「なんで笑うんだよ」

逆につっ込まれて、松吉はくすりと笑った。いままであまり見せたことのない、ひどく繊細に見える表情だった。

「親が二人ともトライリンガルでな、国際感覚豊かな子供に育てようってことで、外人みてえな名前をおれにつけたんだ。その名前もニューヨーク生まれも、おれには全然似合わなくてな、言うたんびにまわりから笑われたもんだ」

どうりで本名を訊いても答えないわけだ。

「改名しようか迷ったこともあったけど、それじゃ親がかわいそうだろ。おれは別に親に不満があったわけじゃねえし、親の考えもわかるから」

「じゃあ、名前を変えたくて江戸入りしたかったのか」

「それだけじゃねえよ。一種の反動だな。子供のころから外国語漬けで、七歳で日本に帰国してもそれは変わらなかった。早い話がどっかで飽きがきてたんだろうな。ニンジャ映画がきっかけで、高校の途中から俄然時代劇にはまっちまってな。国際経済専攻してた大学の頃から、せっせと江戸への入国申請を出すようになったってわけだ」

「松吉、社会人だったよな。会社もそういう系統なのか」

松吉が告げたのは、学生の辰次郎でも知っている、外資系の大手証券会社だった。

「おまえ、そんな一流どころ辞めてきたのか！　もったいないだろう！」

苦笑いした松吉は、脇にあった雑草をちぎった。麦の穂先の形に似た雑草は、松吉がひっきりなしにむしるものだから、ほとんど丸坊主になっていた。

「実を言うと、会社入ってからほんとに嫌になっちまってな。金融業界が肌に合わないって気付いたりもしたし。とにかく江戸に行きたい行きたいって、それだけ考えるようになってた。ありゃ完全に逃げてたな」

風がやんで、時折大きくざわめいていた林が、いまは軽い葉ずれの音しか聞こえない。十助と来たときと同じに、山鳩がくぐもった声でぽーぽーと鳴いた。

話をやめた松吉を、辰次郎は横目で眺めた。

「で、本名はなんてんだ」

「それだけはぜってえ言わねえ」

「笑わないから教えろよ」

この押し問答がしばらく続き、いつになく食い下がる辰次郎に業を煮やして松吉が折れた。

「誓って誰にも言うんじゃねえぞ」と念を押し、道に落ちていた折れ枝で、地面に漢字を三つ書いた。土に刻まれた文字を見詰め、辰次郎が黙り込んだ。恐いくらい真面目な顔で、やがて言った。

「……それって……」辰次郎のこめかみと口もとが、ひくひく言い出した。

松吉が大仰にがくりと項垂(うなだ)れる。「いいぞ、笑って」

我慢の限界に来ていた辰次郎が、堰(せき)を切ったように笑い出した。

青い空に、小さな二つの影がくるくるとまわる。上になったり下になったりする影は、どんどん高く上ってゆきながら、囀(さえず)りをくり返す。

「ひばりだ」

「ひばりだな」

「あんなに高くのぼれるんだな」

「雲の雀だからな」

そうなのか、と言う言葉は、重いため息に変わった。

二人が瀧名村に来て、三日経った。松吉と二人で、村の中をひたすら歩きまわった日々だった。清造の子供たちに案内してもらい、魚取りをする川やキノコをとる裏山など、子供が行きそうな場所も残らず探検してみたが、辰次郎の記憶はほどける気配すらなかった。裏金春で大見得を切った手前、手ぶらで帰るわけにもいかない。辰次郎は途方にくれていた。

「田植えでも手伝うか」雑草の上に寝転んでいた体を起こし、松吉が言い出した。

「いまちょうどそういう時期だろ」

ほら、と松吉が示す方向に頭を向けると、菅笠を被り腰を折る姿が見えた。

「清造さんとこも今日から始めるって言ってたんだ。おれたちじゃたいした戦力にならないけど、ネコの手くらいにはなるさ」

「そうだな、気分転換も必要だよな。こうしていても親分の顔が浮かんで来るだけだしな」

「そりゃ、難儀だな」松吉がおおいに同情する。

すでに田んぼに出ていた清造のもとへ走り、手伝いを申し入れると、清造は顔をほころばせ快く応じてくれた。田んぼの泥は、まるで水面のように表面がきれいにならされており、清造が縄を使って泥の表面に平行の線をつける。その線に沿って苗を植えていくのである。

「悪いね、男衆に手伝ってもらって」

清造の女房、お和が、菅笠の下で目を細めた。田植えは主に女の仕事なのだという。

「うへえ、変な感じだ。でも冷たくて気持ちがいいな」

泥の中に足を突っ込んだ松吉が声をあげる。体重を移動するだけで、足の下の泥が生きもののように動く。ひんやりとした感触は、たしかに悪くない。

しかしはしゃいでいたのは最初のうちだけで、半刻もしないうちに腰が痛くなってきた。膝もだるいし肩も腕も張ってきた。

「なんか、奈美の機織を思い出すな」菅笠の下の松吉の白い顔も、かなり参っている。

確かに田植えも機織も、涙が出るほど地道な作業だ。一度の杼と筬の捌き(さば)で織れるのはたった一列、横糸一本分だった。それがあの長い反物になるのだから、織人の根気には頭が下がる。この田植えも、長い米作りのほんの序盤戦に過ぎない。

「無理せずに、休み休みやんなさい」

そう言うお和は、辰次郎と松吉の三倍の量をこなしている。

お和の後ろから、かわいらしい高い声が聞こえた。

明神松(みょうじんまつ)の鳶(とんび)さよ　お天道さまに伝えてくれろ
ことしもたんと照るように　あまり多くはいらぬゆえ

十二になる清造の長女が、田植え歌を歌い始めた。お和がこれに続き、それに呼応するかのように、畦道(あぜみち)を隔てた田んぼからも同じ歌が聞こえてくる。

辰次郎は苗を握った手を止めた。

「どうした」松吉が振り返った。

「これ、聞いたことがある」

「ああ、ここへ来る途中、どっかの田んぼからも聞こえていたな」

「いや……」そうじゃない、という言葉を飲み込んだ。

明神沼の蛙さよ　雨雲さまに伝えてくれろ

「——ことしもたんと降るように、あまり多くはいらぬゆえ」

辰次郎の口から、するりと歌が出た。

「……おめえ……」辰次郎の異変に、松吉が気が付いた。

手を伸ばして追えば、逃げて行こうとする何かを、辰次郎は必死に繋ぎとめようとしていた。かゆいところに手を伸ばしたつもりで届かないもどかしさに似て、体の内側のあちらこちらがむずむずする。追えないなら待つしかないのか。

諦めかけたそのときだった。耳に子供の声が飛び込んできた。

「おとう！」

小さな体にあまる風呂敷包みを引き摺るようにして、清造の末の二人の子供が、畦道をこちらに向かってよたよたと歩いて来た。重い荷物に顔を真っ赤にさせながらも、笑顔で叫んだ。

「おとう、おかあ、飯だあ！」

その声が、その顔が、待っていた場所に正確に、すとん、と落ちた。

はっとした拍子に、足の下の泥がぬるりと動いた。泥の飛沫を盛大に飛ばして、辰次郎は田んぼに尻餅をついた。

「辰次郎！」

尻をすっぽりと泥に埋めたまま、辰次郎はその場に座り込んでいた。泥のにおいが強く鼻を突いた。強い風が体を吹き抜けたように思った。

「大丈夫か」

声に振り返ると、清造とお和が並んで笑っていた。その顔に、はじけそうな笑顔の両親の顔が重なった。日本では見せたことのない、なんの屈託もない幸せそうな顔だった。

「おとう、おかあ……」

声に出すと、目の前の両親が、おや、という顔をして、清造夫婦に戻った。

「辰ちゃん、転んだあ！」

「転んだ、転んだあ！」

畦道に荷をおろした子供たちが、盛んに囃したてる。

「仁吉っちゃん、藤兵ちゃん……」それは辰次郎の口から、自然にこぼれ出た。

「辰次郎、おめえ……」松吉が泥に膝をつき、辰次郎の肩を摑んだ。

「松吉、おれ、ここで生まれた。ここで生まれたんだ」

辰次郎の目から、どっと涙が溢れた。

辰次郎はそれまで、記憶が戻るときというのは、何かのきっかけがあればいっぺんに思い出すか、するすると自動的にほどけてくるものだと想像していた。しかし実際には、辰次郎の記憶は穴だらけだった。

辰衛が鍬をふるう足元にまとわりついたり、囲炉裏端でお利保に抱かれて物語を聞かせてもらったり、そんな場面がいくつか甦っただけだった。遊び友だちと魚取りをしたことや、清造がドングリの実で作ってくれた玩具も思い出した。十助が家にやってきて、高く抱き上げてくれた記憶もとり戻したが、その顔はなぜか、いまの十助の顔だった。

だが肝心の病に繋がりそうな記憶は、なかなか出て来なかった。

「しようがねえよ。五歳児の記憶なんてそんなもんだ」

季節がら火の気のなくなった囲炉裏端に胡座(あぐら)をかいて、松吉が言った。

「仁吉と藤兵の兄弟は、おまえの家とは隣同士だったからな、それで思い出したんだろう」

同じ病で亡くなったこの兄弟のほかにもう一人、顔を思い出した子供があった。

「それはたぶん、高介んとこの利蔵だろう」

辰次郎が特徴を説明すると、清造がそう答えた。

翌日から、再び村を歩きまわる日々が始まった。自分だけ生き残った引け目から、それまでは遠慮していた亡くなった五人の家にも、清造に口利きを頼んで行ってみた。子供の親は、辰次郎の無事を素直に喜んでくれた者、ひどく複雑な表情をする者、と様々だった。

一番激しい態度を見せたのは、二番目に亡くなった嘉一郎の母親、おさきだった。清造と愛想良く挨拶を交わしたおさきが、目の前に立つのが辰次郎だと知ると、その目がきりきりと吊り上がった。

「帰っとくれ！　あんたに話すことなんて何もないよ！」

清造がいくらとりなしても無駄だった。おさきは恐い目で辰次郎を睨みつけて、奥へ引っ込んでしまった。表に出ると、父親の嘉助が申し訳なさそうに謝った。

「すまんな、あんたは何も悪くないって、おさきも本当はわかっているんだが」

「いえ、おさきさんの気持ちを思えばあたりまえです。おれのほうこそ本当にすいません」

辰次郎は神妙に頭を下げた。

「嘉一郎はたった一人の男の子でな。ほかはみんな女ばかりだったもんで、おさきは人一倍かわいがってたんだ」嘉助は寂しそうに肩を落とした。「それに、一緒に病で亡くなった甥(おい)の佐之吉は、おさきの姉の息子でな。あのときは姉の家族から散々に責められた。いまでも縁が切れたままだ。病をいくら憎んでも収まりがつかないから、あんたらにあたっちまったんだろう」

「その甥御さんのことなんですが」辰次郎が切り出した。

この家でどうしても確かめたかったのが、その佐之吉のことだった。

「おれはその佐之吉さんとは、何度も遊んでいたんでしょうか」

死んだ息子の思い出に埋没して行きそうだった嘉助が、ふと我に返った。筋肉で盛り上がった腕を組み、考え込む表情になった。

「いや、あいつはやんちゃな嘉一郎と違って、ひ弱で気の優しいところがあった。どちらかといえば、嘉一郎よりも娘たちといることが多かったな」

「じゃあ、おれと佐之吉さんが一緒にいるところを、見た記憶はありませんか」

再び考え込んで、そういえば、と嘉助が言い出した。

「あんたと一緒にいたことは思い出せねえが、いつもは佐之吉を置いて飛び出して行く嘉一郎が、なんだかしきりに佐之吉を誘っていたことがあったな。そんときにあんたの名前が出ていたような気がする」

「どこに行くつもりだったんでしょう」

「それはわからねえが、何かを見に行くとか言ってたな」

それ以上のことは嘉助も覚えていなかった。

何度も礼を言って嘉助の家を辞し、清造と、外で待っていた松吉とともに、霧雨に煙る村を歩いた。辰次郎は嘉助の話を反芻(はんすう)してみた。

この佐之吉が、病の原因を知る鍵だと、辰次郎は考えていた。佐之吉が漉名村にいた期間は限られている。しかも嘉助の話からすると、辰次郎との接点はあまりなかったようだ。その少ない接点の中に、必ず何かがあるはずだった。

「何を見に行ったんだろう」辰次郎のひとり言だったが、清造が律儀に返事をした。

「子供が見に行くものというと、珍しい物売りとか、生きものあたりかな」

清造と松吉が、思いつくままに並べたてた。野兎の穴、蜂の巣、鳥の雛、旅芸人、嫁入り、飴(あめ)細工(ざいく)。どれも辰次郎にはぴんと来ない。

「カブト虫、ザリガニ、リス、タヌキ、キツネ、お化け」

「だんだん変な方向になってるぞ、松吉」

「そんなこと言ったってよう」松吉が口を尖(とが)らせた。「でかい熊でも見に行ったんじゃねえのか」

「このあたりに熊はいねえ。野犬はときどき出るがな」清造が苦笑した。

松吉は半分やけになっている。

二人の会話に、何かひっかかるものがあった。だがそれが何なのか、そのときの辰次郎にはどうしてもわからなかった。

嘉助が清造の家を訪ねて来たのは、それから二日後の早朝だった。

辰次郎は先日の礼を述べると、気になっていたおさきのようすを訊いてみた。

「ああ、この忙しいのに田んぼにも出ず、あれからずっとふさぎこんでたんだが、あんたたちが病のことを調べていると聞いて、思うところがあったんだろう。昨日の夜になって、こんなものを出してきた」

懐から手拭をとり出し、辰次郎の前に開いてみせた。

「これは……」

爪の先ほどの鮮やかな黄緑色のかけらだった。

「これ、プラスチックじゃねえか」辰次郎の脇から松吉が覗き込んだ。

「これを、どこで」清造が訊ねた。

「おさきがしまいこんでた嘉一郎の持ち物の中にあったらしい。わけのわからない物はこれだけだから、と言っていた」

かけらを手にとると、ふっと眩暈(めまい)がした。辰次郎の頭の中に、古い写真を見るように一つの場面が浮かんだ。黄緑色のプラスチック容器、群がる子供たち、割れた容器に覗く白い粉、粉を指の先につけて……

足のつま先から脳天にかけて何かが走り、全身の毛穴がいっぺんに開いた。辰次郎はあわててかけらを手拭の上に戻した。かけらをのせていた指先だけが、氷のように冷たい。

「……やっぱり、役にたちそうにないかね」

「そんなことありません！」がっかりする嘉助に、辰次郎は叫んだ。「たちます、役にたちます。このかけらで、とても大事なことがわかるかもしれません！」

嘉助はほっとしたように表情をゆるめた。「そんならこれはあんたにやるよ、そのかわり何かわかったら教えてくれ。嘉一郎の墓に報告してやりてえ」

「必ず知らせます」辰次郎はかたく約束した。

「おめえ、心あたりあるのか」嘉助が帰ると、松吉が話しかけた。

辰次郎は無言で頷くと、手拭にのせたかけらを見詰めた。さっき浮かんだ場面がどこであったできごとか、懸命に思い出そうとしていた。

「おれたちの出る幕はなさそうだな。まあ、じっくり腰を据えて思い出してくれ」

清造が辰次郎の肩をぽんとたたき、その場を立ち去ろうとした。

辰次郎の頭の中に、一昨日の清造と松吉の会話がふっと浮かんだ。

「熊……野犬……」呟いたとき、何かがぱちりとはじけた。「違う、熊みたいな犬だ。黒い犬だ！」

驚いて足を止めた清造と松吉に向かって、辰次郎は大声で叫んでいた。

「犬だ、みんなで黒い犬を見に行ったんだ！　このかけらはその犬が持ってたんだ！」

「なんだと」清造の顔色が変わった。

「黒い野犬を見に行ったってのか？」松吉が小さな目を丸くする。

「違う、野犬じゃない、飼い犬だ。どこかで飼ってた犬を見に行ったんだ。黒くて大きな犬……そうだ、クロって名前だった！」

「飼い犬だって？　珍しくも何ともねえじゃねえか」松吉は不満そうだ。

「いや、たしか、村ではあまり見かけない姿の犬だったんだ」

「和犬じゃねえってことか。それなら子供が珍しがるかもしれねえ」清造が請け合った。「どこだ、どこに見に行った！」

　少しのあいだ考えてから、辰次郎は頭を上げた。「……橋を渡った気がする」

「橋？　川向こうか！　川から向こうは隣の野田(のだ)村だ」

　三人はその足で、清造の言う野田村を目指した。このところ雨もよいの天気が続き、今日もどんよりとした空から細かな雨が落ちていた。

　川にかかった木橋を渡り、小さな林を抜けると、視界が広がった。瀧名村と同じような田畑の続くのどかな風景が、小糠雨(こぬかあめ)に煙っていた。林からいちばん近い小屋の前で、辰次郎の足が止まった。

「ここだ、ここにクロがいた」

「これ、納屋だぜ」松吉が言った通り、そこには納屋しかなかった。

「昔はこの隣に家があって、人が住んでた」辰次郎は納屋の奥の空き地をさした。

「ここで間違いないのか」清造が問う。

「その桜の木があるから、間違いないと思います。仁吉と二人でクロを見に来たとき、この桜が満開だったからよく覚えてる」

「おまえのもとの家からここまで、半里以上あるぞ」

　犬を見るためだけにこんな遠くまで来たのか、と松吉があきれた。

「クロは毛がむくむくした大きな犬だった。最初にクロを見つけたのは、おれと仁吉なんだ。それから利蔵と三人で、いやひょっとすると嘉一郎もいたかもしれない。そのあたりは忘れたけど、何度か見に来たように思う」

「藤兵や佐之吉も連れて来たことがあったんだな」清造が念を押す。

「仁吉の弟の藤兵が、クロを見たいと駄々をこねて、一度だけ一緒に来たように思います。たぶんそのときに、嘉一郎が佐之吉を連れて来たんだ」

少し離れた田んぼに、田植えをしている人影が見えた。ちょっと話を聞いてみる、と清造が走って行った。

「ここまで辿り着いたのに、クロも飼い主もいなくなってたのは残念だな。そいつに話を聞けば、何かわかったろうに」松吉は所在なげに桜の木を見上げた。

辰次郎は被っていた笠をはずした。灰色に沈んだような景色の中で、桜の青々とした葉だけが、雨をはじくように鮮やかだった。

かけらを手にとって見えた場面が、また甦った。その後ろに確かにこの桜の木と納屋があった。同じ場所の違う場面が一つ、また一つと浮かび上がった。

「いや、ここに間違いないよ。おれ見つけたかもしれない。たぶんあれだ。あれのせいでおれたちは鬼赤痢になったんだ」辰次郎は敵を見るように、桜の木を睨みつけた。

戻ってきた清造は、その足で野田村の庄屋を訪ねることにして、二人を先に帰した。

瀧名村への橋を渡る二人を、林の中からじっと見つめる二つの影があることに、辰次郎も松吉もまったく気付いていなかった。

野田村から戻った清造は、囲炉裏端に腰を据えるのもそこそこに話し出した。

「あそこには昔、確かに人家があった。義兵衛ってちょっと偏屈なじいさんが、一人で小さな畑をやっていたらしいが、途中から、日本から江戸入りした男をじいさんが世話役として引き受けたそうだ。名前は鍬之助、その当時三十前後の一人者だ。じいさんのところに来たのは、鬼赤痢の起こる三年前だ」

辰次郎の正面に座る清造は、いつもより精悍な面構えになっている。

「それから二年も経たないうち、義兵衛は腰を患って急に気弱になり、麓の村にいる息子のところで世話になることにした。鍬之助はそのまま義兵衛の家と畑を引き受けて、あそこで暮らしていたらしい。鍬之助は無口でおとなしい男だったが、挨拶や世間話ぐらいはするし、別段おかしなようすもなかったそうだ」

野田村の庄屋の話では、義兵衛は七年前に亡くなっていた。

「犬はやっぱり、鍬之助が飼ってたんすか」蕗の煮物に箸をつけて、松吉が訊ねた。

「ああ、確かに黒い犬がいたよ。迷い犬が住みついたと、鍬之助は言ってたそうだ。鍬之助が村を出る、一年くらい前からいたらしい」

「鍬之助は、野田村を出たんですね」

勢い込んだ拍子に、ぐい呑みの酒が縞の袷にこぼれたが、辰次郎は気付かなかった。

清造が辰次郎の目を見て、ゆっくりと頷いた。

「鬼赤痢が起きた年の暮れに、村を出ている。そのとき江戸からの出国願いも出されているから、日本へ戻ったんだろうと野田の庄屋は言っていた」

「その年の暮れか……。それじゃあ、おめえたちが江戸を出るとき、湊の養生所で出会ったって男とは違うのかな」気落ちしたように、松吉が徳利を持ち上げた。飲むか、と目で合図され、辰次郎がぐい呑みをさし出した。

「いや、親分は村を出た者を、一年先まで調べろと言っていた。半年もせずに村を出たのなら、怪しいと考えていいはずだ」辰次郎は注がれたぐい呑みをあおった。

「それより、おめえが言ってた『あれ』って何だよ」

「ああ、そうだな。さっきはまだ、いくつか思い出した場面の整理がうまくつかなかったんだ。ここへ戻る途中で何度も思い返してみたけど、正直言って、佐之吉の顔もやっぱり思い出せないし、クロを見に行ったとき会ったような気もするけど、飼い主の鍬之助の顔も出て来ない。ただ、あのときみんなが口に入れたものがあるんだ」

「なんだそれは」清造の目がぎらぎらしている。

「白い粉です」

「粉？」

「その粉は鮮やかな黄緑色の容器に入ってた」

「それがあのかけらか！」清造が叫んだ。

辰次郎は、そのときのようすを説明した。

「おれたちがクロのそばへ寄って行ったとき、クロは一所懸命何かを齧っていた。仁吉がクロ、クロ、って何度も呼んだけど顔を上げなくて、見たら緑色の小さな玉子のようなものを一心に齧っているんだ。誰かが無理やりそれをとり上げると、このくらいの楕円形の容器だった」辰次郎がひとさし指と親指で、直径二寸ほどの丸を作ってみせた。

「クロが齧ったせいか、表面がボロボロになって亀裂が入っていた。誰かが壊して……たしか大きな石を使ったんだ。壊れた玉子の底のほうに白い粉が入っていた。砂糖か塩かってみんなで舐めてみたんだけど、何も味がなくて粉っぽいだけだった。不味いねってみんなで言って、誰かが持ってた竹筒の水で口をすすいだのを覚えてる」

辰次郎は、脇に広げた手拭の上のかけらを眺めた。

「その粉はどうした。容器はみんなで持ち帰ったのか」清造がせっかちに訊ねる。

「粉は少ししかなかったから、ほとんど舐めてしまったように思います。容器は、とり上げられて怒っていたクロに返しました。嘉一郎が持っていたのは、容器を割ったときに飛んだかけらだと思います」

嘉一郎がそれを拾ったところは覚えていなかった。

「その粉って、麻薬とか毒薬の類かな」

「毒や麻薬にしては即効性がないよ。症状からいっても違うような気がする」

松吉の考えを、辰次郎は否定した。

清造が深いため息を一つ吐いた。ぐい呑みを持ち上げて、また囲炉裏の縁に戻した。

「清造さん、おれたち明日の朝帰ります。帰って鍬之助の足取りを追ってみます」

「そうしてくれるか。おれも気にとめておいて、何かわかったら知らせるよ」

清造には、田植えの忙しい時期に来て手を煩わせてしまった。辰次郎がそれを詫びると、清造は首を横に振った。

「おれも知りたかったんだ。おまえたちはおれや兄貴にとって、息子や弟みたいなもんだった。特に兄貴は庄屋になって間もない頃で、村の子供はみんなおれの子みたいなもんだってよく言っていた」

全戸が自作農の漉名村では、村内の寄り合いで庄屋を決めていた。十助は嫁取り前の若さだったが、村人にも期待され、本人も抱負に満ちていた。それを病が粉々に打ち砕いた。

「騒ぎが鎮まってから、庄屋を辞めるよう村の連中から詰め寄られたこともあったが、三年のあいだ兄貴は堪えた。村の作物がもとどおり売れるようになって、ようやく別の者に後を譲った。それが兄貴の責任のとり方だったんだ」

思い出したくないことを無理に口にしているためか、清造の顔がどこかひしゃげて映る。

「おまえたち一家を村から出したことも、兄貴はずっと気に病んでいた。辰つぁんは日本では暮らせないんじゃないかって、兄貴は案じてた。その心配通り、庄屋を辞めたちょうど同じ頃、辰っつあんがお利保さんと別れて音信不通になったと聞くと、この家をおれに譲って、許婚も捨てて、兄貴は村を出て行ったんだ」

辰次郎は初めて会った日の、十助の目を思い出した。動物園の猿のような物悲しい目だ。両親の離婚も、辰衛が日本の暮らしに馴染めなかったことも、十助のせいではない。それでもいまの辰次郎には、十助の気持ちがわかるような気がした。自分と仁吉が、最初にクロを見つけた。みんなを誘ったのも自分たちだ。そんなことさえしなければ、と思わずにはいられない。

誰も何も悪くないはずなのに、関わった人たちがみな、悲しいほうへ流れて行く。辰次郎は嘉一郎の母親、おさきを思い出した。おさきの夜叉のような顔が、哀れに思えて仕方がなかった。

「切ねえなあ」辰次郎の胸中を代弁するかのように松吉が呟き、くすんと鼻をすすった。

翌朝村を出る前に、辰次郎と松吉は、清造に頼んで村外れにある墓地を訪れた。亡くなった五人の子供の墓に花を供え、手を合わせた。

田植えで忙しい清造とは途中で別れ、二人は畦道を村の出口へ向かって歩いた。

途中で辰次郎が足を止めた。「ちょっといいかな」嘉助の家のそばだった。

「ああ、行って来いよ」

心得顔で頷いた松吉を残して、辰次郎は嘉助の家へ向かった。野良へ出てしまったろうかとも思っていたが、開け放された玄関から声をかけると、おさきが出て来た。辰次郎の顔を見るなり、囲炉裏のある広い板間の奥へ駆け込み、後ろ手に障子をぴしゃりと閉めた。

覚悟はしていたが、辰次郎は小さくため息をついた。それでもおさきには伝えたいことがあった。辰次郎は閉じられた障子に向かって、声を張り上げた。

「嘉一っちゃんの持ってたあのかけら、ありがとうございました！」

障子の奥からはこの前のような罵声も飛ばない代わりに、何の物音もしない。

「おれ、嘉一っちゃんの敵を討ちます！　必ず病のことをつきとめて、嘉一っちゃんのお墓に報告に来ます！」

やはり返事はない。勝手なことを言って、さらにおさきの気持ちを傷つけたのかもしれない。

辰次郎は、誰もいない囲炉裏端に深々と頭を下げると踵（きびす）を返した。

玄関の敷居をまたいだとき、細い悲鳴のような泣き声が、辰次郎の耳を打った。

辰次郎と松吉は、裏金春へ着く早々、着替えもせぬまま奥座敷へ上がり込んだ。

報告を受けたゴメスは、大きな手掛かりを摑んだことを、別段褒めもしなかったが、その内容には熱心に耳を傾けた。

「これがそのかけらというわけか」村から持ち帰った黄緑色の破片を、ゴメスが指でつまんだ。かけらの表面を繁々と眺める。「こりゃあかなり傷みがきてるな」

ゴメスの言葉通り、かけらの表面は毛羽だったようにざらざらしている。

「十五年経ってますから」辰次郎が小さな声で言った。

「いや、家の中なら何年経ってもこういう状態にはならねえ。おそらくその前に何年か外に置いてあったんだろう。合成樹脂は雨風には存外弱い。脆くなって壊れやすくなるんだ」

「だからクロが齧っただけで、亀裂が入ったんですね」辰次郎が合点した。

その証拠に、とゴメスはかけらをひっくり返した。かけらは一分ほどの厚みがあり、返された面はつるつるしている。

「その入れ物は楕円形だと言ってたろ。外っ側が駄目になっても中は無事だったんだろう」

「辰次郎の言う白い粉で、子供たちは病を起こしたんでしょうか」

十助は、手拭に戻されたかけらを、食い入るように見つめている。

「まずそう考えてよかろう。ただし病原が外に漏れたのは、鍬之助にとっても不測のでき事だったのかもしれねえな」

鍬之助の故意だとすると、粉をそのまま子供に与える方法はあまりにもお粗末だ。何かに混ぜて飲ませるとか、子供が記憶にとどめないやり方を選ぶはずだ。

また、かけらの傷み具合から考えて、隠し場所は屋外だった見込みが高い。犬がそれを咥えていたのも、屋外のどこかに隠してあったものを、犬が持ち出したと考えたほうが辻褄が合う。不慮の間違いだと推測する理由を、ゴメスはそう説いた。

「その場に鍬之助はいなかったんだろう」ゴメスが念を押す。

「このときはいなかったように思います」辰次郎が答えた。

「鍬之助にとっても慮外な不始末だったとすると、おめえが江戸湊で飲まされたもんが病の治療薬で、それを飲ませた男が鍬之助という公算も大きくなるんだがな」

「鍬之助が罪の意識を感じて、薬を飲ませたってことっすか？」

松吉の言葉にゴメスが頷いた。

「鍬之助が病原を隠してたんなら、その薬を持っていることも充分あり得る話だ。薬を持っていないにしても、病の正体を知っていれば何が効くかもわかるだろう」

「薬を知っていたのなら、どうしてもっと早く、ほかの子供が死ぬ前に言ってくれなかったのか」押し殺した声で言って、十助はぎりぎりと歯をくいしばった。

辰次郎と松吉は、はらはらして十助を見守った。穏やかな地蔵の頭が、いまにも仁王に変わりそうに思えた。

一方のゴメスは、十助の変化を気にとめたようすも見せず、こう言った。

「その理由としちゃ、病の話を聞いたのが、遅かったってのはどうだ。鍬之助は隣村だったよな。鍬之助が知った頃、すでに子供が何人も死んでいた。自分のせいで子供を死なせたと回りに知れては身の破滅だ。薬を知っていると言えば、藪蛇(やぶへび)になる。そう考えれば、人に知られず辰次郎に薬を飲ませたことも説明がつく」

ゴメスの話を聞いても、十助の怒りは収まらなかった。

「辰次郎、おまえ、そいつの顔は全然覚えていないのか」十助が、ずいと膝を進める。

「仁吉とかと何度か行ったときに会ったような気はするんですが、顔はまったく……。十さんも、見たことないんですよね？」辰次郎は申し訳なさそうに小声で言った。ある意味十助が本気で怒り出したら、ゴメスよりも恐いかもしれない。

「ああ、残念ながらな」十助は吐き出すように言った。もしも知っていたなら、鍬之助を見つけ出すまで、亡者のように江戸中をさまよっていたかもしれない。

自分は鍬之助に会ったらわかるだろうか、と辰次郎は考えたが、まるで自信がなかった。

「あのお」黙り込んだ十助を横目で見ながら、松吉がおずおずと手をあげた。

「鍬之助は合成樹脂の容器なんて、どうやって持ち込んだんでしょう」

自分の江戸入りの際、荷物が厳しく制限されていたことを思い出したのだ。

「木箱とかに入れて持ち込んだんじゃないでしょうか」辰次郎が言った。木鷽(きうそ)を持ち込んだことを考えれば、できないこともないように思った。

そんなところだろう、とゴメスも同意する。鍬之助が入国した頃は、抽選の制度もなく希望する者のほとんどが入国を許されていた。人数の多い分調べが甘かったことも考えられる、とつけ加えた。

「江戸での流行(はや)りも同じ鍬之助の仕業とすると、その容器をいくつも持ち込んだってことすかね」松吉が首をひねる。

「そうかもしれねえな。それにしても……」とゴメスが考え込んだ。「白い粉ってのはどういうわけだ」

「というと？」松吉が水を向けた。

「粉を舐めたと言ったろう。腹を下した症状と考え合わせると、水や食べものから口を介して伝染る病じゃねえかと思う。だがこの類の菌はふつう高温高湿を好む。まるきり乾燥した粉状の菌なんざ聞いたことがねえな」

辰次郎と松吉は顔を見合わせた。そこまでつっ込んで考える頭は、持ち合わせていない。

「新種の流行り病すから、そういうこともあり得るんじゃ……」

松吉がおそるおそる上申すると、そうかもな、とゴメスは存外あっさりと肯定した。

「瀧名村でのことが事故だとすると、江戸での騒ぎも同じでしょうか」辰次郎が訊ねた。

「いや、それは誰かが企んで騒ぎを起こしたものだとわかった」十助が答えた。顔にも声にもいつもの冷静さをとり戻していたが、目だけは中に燠火(おきび)を宿したままだった。

「なんでそんなことに……」

十五年前に不始末を起こした者が、同じ過ちを故意に起こすとは考え辛い。

「そいつばかりは鍬之助に聞いてみるしかねえな。出処が同じ菌だとしても、江戸に撒いたのは別の奴かもしれねえしな」

「鍬之助のほかにも犯人がいるってことですか」

「持ってた菌を誰かに渡したとか、盗まれたって線もあるんじゃねえか」松吉が言う。

「まあそのあたりは色々考えられるがな。とりあえず鍬之助が江戸から出たかどうか確かめるのが先決だ」ゴメスがその場を制した。

翌日、長崎奉行所において出国帳が調べられたが、鍬之助が出国したという記録は残っていなかった。

去年の病の流行を、誰かが故意に起こしたものだと突き止めたのは、菰八と寛治だった。村から帰った翌日、辰次郎と松吉は、寛治から詳しい話を聞くことができた。

手柄を立てたというのに、寛治は少しも嬉しそうな顔をしていなかった。

「ちょっと薄っ気味悪いような話でな」寛治は食べかけの団子を皿に戻した。裏金春ではめずらしく煙草を吸わない寛治は、甘いものに目がなかった。

「おめえたち、一昨年に四人死んだことは聞いてるだろ。その四人を調べると、そろいもそろって軒並み評判が悪いんだ」

四人の内訳は、大店の主人二人と、岡っ引きに旗本だった。

「互いに家も離れてるし繋がりもねえが、商人二人は阿漕な商売で悪名が高いし、岡っ引きは強請集り(ゆすりたかり)の常習だ。旗本は女癖が悪くて女中を何人も手籠(てご)めにしたって噂だ」

「じゃあ、誰かがそいつらに天誅(てんちゅう)を加えたってことすか」

「そうじゃねえかと、おれたちは考えてる」

「なんだか、それで病原菌を使うなんて、嫌な感じだな」辰次郎が眉をひそめた。

寛治が大きく頷いた。「おれもそう思う。とにかく誰かが四人を手にかけたなら、去年の病も同じ誰かが仕掛けたものかもしれねえ。親分の指示で、おやじとおれはその方向で洗いなおしてみたんだ」

「去年の犠牲者を全部調べたんですか」

「ああ、でも鍵はあったんだ。知っての通り、去年の患者のうち、子供はたった一人だけだ。しかもその子供の親父も亡くなってる。年はいろいろだが、あとは全部大人、しかも男が八割だ」

「大人の男が行きそうな場所と言ったら、あそこしかねえでしょう」

　松吉の言葉に、寛治が初めて頬をゆるめた。

「おれたちも最初はその見当で、岡場所なんかをあたってみたが駄目だった。何度も無駄足を踏み続けてるうち、亡くなった連中に通じるものが浮かんできたんだ」

　辰次郎と松吉は、怪談のやま場にさしかかったような顔で、身を乗り出した。

「酒なんだ。例外はあるが、みな酒好きだったってことが一致するんだ。その例外にしても、身内やごく身近に同じ病で死んだ者が必ずいる。こいつらはその酒好きな奴から病気をもらったんだろう」

「じゃあ、酒に混ぜて飲ませたってことですか」

「ああ、おやじとおれはそう考えた。酒に絞って探索を進めるうち初顔の振り売りから濁り酒を買ったって話が出てきたんだ。数は多くねえが、場所を問わずあちこちで、この初顔の振り売りの話を拾うことができた。その後は一度も見てねえってことも同じだ」

　濁り酒はいわゆる、どぶろくである。酒糟をこさないままなので、白く濁っている。

「その振り売りって……」鍬之助じゃねえか、と松吉が辰次郎に目顔で言った。

「その振り売りを見た人はいないんですか」

「見かけた者は何人かいたが、どれも夜だったし笠を被っていたもんで、顔はまったくわからなかったそうだ」

寛治は自分の前にある、乾いて固くなった団子に目を落した。

「濁り酒に混ぜたのは、何か理由があるんでしょうか」

辰次郎は漉名村の白い粉を思い出していた。わざわざ濁り酒を使うということは、あの粉は水に簡単に溶けないものなのだろうか。辰次郎は自分の推測を口にした。

「その濁り酒は酒糟のことに多いものだったって話もあったから、そうかもしれねえ。親分が言うように、その振り売りが自分で見てわかるようにと濁り酒にしたのかもしれねえ」

確かに水や清酒に混ぜては、自分で触ってしまったときに、わかり辛いかもしれない。

「きったねえ！」松吉が唾をとばした。

「まったくだ。野郎が汁粉や甘酒に入れないでくれたのが、おれにとってはせめてもの救いだけどな。もっとも熱いものには入れないはずだと、親分は言っていた。たいがいの菌は熱に弱いらしいからな」

寛治が団子を食べながら話したくなかったわけがよくわかる。この推測が本当なら、一昨年的を絞って四人を殺した奴が、去年になって無差別に殺しをやってのけたことになる。

「無差別にしては、やりかたが細かくねえか。病原菌を撒くなら、もっと簡単な方法があるだろう。なんでわざわざ酒の振り売りをしながら菌を撒く必要がある」

松吉の指摘に寛治が頷く。

「親分はそれが逆に手掛かりになるかもしれねえと言っていた。それと、たぶん本職の酒の振り売りじゃなかろうとも言ってたが、とりあえず手掛かりはそれしかねえからな、いちばん患者の多かった下谷で、酒問屋から振り売りまであたっているところだ」

「話聞いてるだけで気の遠くなるような探索すね」

「おれはそういうほうが向いてるからたいして苦にもならねえが、なにぶん夏まで時間がねえからな」

寛治の心配はもっともだ。今年の病の発生だけは、なんとか防がなくてはならない。辰次郎と松吉が気負いこんで手伝いを申し入れると、寛治は嬉しそうに笑って、乾ききった団子を口に入れた。


辰次郎と松吉も参加して、下谷の聞込みは続けられたが、これという手掛りも見つからぬまま、十日ばかりが過ぎた。もともと裏金春の主な役目は抜け荷の摘発であったから、こちらも手を抜けず、下谷のほうはその合間を縫っての探索となる。

「全員総出であたれば、それだけ早く何か見つかるかもしれないのになあ」

「抜け荷は雑草みてえなもんだからな、マメに刈らなきゃあとからあとから生えてくるもんよ」

ぼやく辰次郎に、木亮の台詞を丸ごと借りて松吉がたしなめた。

この日二人は、抜け荷の疑いのある白粉屋に張り付いていたが、見張りを木亮と良太に交替し、裏金春への帰途にあった。

「景気づけに、一杯どうだ」横に酒樽（さかだる）をすえた屋台の前で、辰次郎は足を止めた。

「暗くなると危ないからだめだ」

「おまえ心配しすぎだよ。まだ日暮れ前だぞ」辰次郎は口を尖らせた。

夜の一人歩きは、相変わらず禁止されたままだった。そればかりか心配性の松吉は、辰次郎の昼間の使いも自分がかって出る始末だ。おかげでこのところ一人になれる時間がめっきり減って、さすがに辰次郎もげんなりしていた。

「賊に襲われても、おれじゃたいした護衛にならねえからな。とっとと帰るに限る」

言いながら松吉が、こちらに歩いて来る行商人の男を目で追っていた。笠を被り、背中に長方形の箱を負った男は、二人とすれ違う手前の道を左に折れた。

「あれ、何の行商だ」松吉と一緒に男を見送って、辰次郎が訊ねた。

「え、ああ、あれは羅宇屋だ」

煙管の雁首と吸口を繋ぐ管を羅宇といい、そこにたまったヤニを掃除したり、すげ替えたりするのが羅宇屋だ、と松吉が説明した。松吉はもう見ていなかったが、男が曲がった脇道を辰次郎が覗くと、羅宇屋は道端に腰をおろして一服つけていた。

「いいのか」

「何が」

「おまえ、冷やかしに行きたいんだろ」辰次郎が松吉のわき腹を小突く真似をした。

「別にそんなんじゃねえよ」

「そういえばおまえ最近、前みたいに物売りにちょっかい出してないな」

松吉が物売りを冷やかす光景は、以前は日課のように見られたものだった。

「まあ、ここんとこ忙しいしな。……それに……」

「それに何だよ」口をつぐんだ松吉に、辰次郎が先を促した。松吉は、ふふっと笑って、通りの先に見える夕焼雲に目をあてて、らしくないことを言い出した。

「なあ辰次郎、金春屋っていいとこだよな。表も裏も気持ちのいい連中ばっかでさ。親分はこええしキツイ仕事もあるけど、おれやっぱり、あそこが好きだよ」

「おまえいきなり、どうしたんだよ」

辰次郎は気味悪がったが、松吉は、へへ、と笑っただけだった。

「そうだな、あとはおめえを襲った奴が摑まって、ああいう屋台提灯の下で祝杯でもあげられれば、言うことなしだな。おめえ、ほんとに何か心当たりねえのかよ」

松吉はとっとと話題を切り替えた。

「あったらこんなに苦労はしねえよ」

「おめえ、二度襲われたことになるだろ、なんか共通点ねえのか」

「……どっちも町方に関わるところに行った帰り……くらいかな」

「町方に賊がいるってのか？」

「まさかな」と笑ってから、ああ、と辰次郎はわざとらしく手を打った。

「あとは、どっちもおまえにうらやましがられたよ。八丁堀や南町へ行くって言ったらな」

「なんだよ、それ」

「そういえば、最初のときは裏金春に誰もいなくて、八丁堀に行くってことは、おまえにしか言ってないぞ。ほら、おまえが灯心売りを冷やかしてたときに……」

「ほんとうか！」松吉が目を見開いて、辰次郎の言葉を遮った。

冗談のつもりだった辰次郎は、その反応に驚いた。

「そんな顔するなよ、おまえを疑ってるわけないだろ、冗談だよ、冗談」

あわてて弁解を始めたが、松吉にはまるで聞こえていないようだ。その場で足を止めて、じっと考え込んでいる。やがて松吉は、辰次郎に向き直って早口で言った。

「辰次郎、こっからなら一人でも大丈夫だろ。おれ用事思い出したから、おめえ先帰れ」

あっけにとられる辰次郎を残して、松吉はもと来た道を走り去って行った。遠ざかる松吉の姿を見送って、辰次郎は呟いた。

「夜の一人歩きは禁じられてんだ、そうもいくかよ」

松吉の反応は、どう考えてもおかしかった。頃合を見計らって、人込みに見え隠れする薄茶に棒縞の背を追いかけた。少し走ると、その姿が横にそれて見えなくなった。羅宇屋がいたあたりだと、見当がついた。

さっき男が腰をおろしていた脇道に頭だけ出すと、奥のほうで松吉と羅宇屋が言い争う姿が見えた。そっと近寄り物陰にしゃがみこんで覗くと、松吉は男にとりすがるようにして、懸命に何かを訴えていた。

「頼む、旦那に会わせてくれ！」

それだけが辛うじて耳に飛び込んで来たが、あとは聞きとれなかった。羅宇屋が松吉を突き飛ばした。松吉が地面にころがると、男は素早く身を翻し、あわてて首をひっこめた辰次郎の前を足早に通り過ぎた。辺りの薄暗さが幸いし、辰次郎は気付かれずに済んだ。

辰次郎は男の後を尾けて正体を確かめたかったが、地面に座り込んだまま動くようすのない松吉が気になって諦めた。やがて暮六つの鐘が鳴り、その音を合図に松吉はのろのろと立ち上がると、重い足取りで辰次郎の前を通り過ぎた。

その夜松吉は、風呂にも行かずさっさと寝間へ引きこもった。玄関脇の座敷ではいつものように酒盛りが始まっていた。辰次郎は話の合間を縫って、木亮に訊いてみた。

「兄い、右手の甲に鉤形の痣のある奴って、聞いたことないかな」

「右手に痣？　どんなんだ」スルメを咥えた木亮が、もごもごと言った。

「小指の付け根から親指に向かって斜めに、しゃがんだ辰次郎のちょうど目の前を、男の右手が通り過ぎた。捲れた手甲の下に、その痣がはっきり見えたのだ。辰次郎が八丁堀で追剥ぎに襲われた日、松吉と話していた灯心屋も手甲をつけていた。あれは痣を隠すためのもので、灯心屋も羅宇屋も同じ男ではないかと、辰次郎は考えていた。男には堅気でないものの臭いがした。木亮はこう見えて、そのすじの情報には明るかった。

笠に隠れた男の顔は見えなかったが、しゃがんだ辰次郎のちょうど目の前を、男の右手が通り過ぎた。

「そいつが何だってんだ？」

「いや、たいしたことじゃないんだけど」

「右手の甲に鉤の痣なあ、どっかで聞いたような気もするな」

「その男なら知っているぞ」

辰次郎の背後で声がした。振り向くと、開け放された襖の外に、十助が立っていた。

「十さん、知ってるんですか」

「だがそいつは瀧名村にいた男だぞ」

「ほんとですか！」意外な展開に驚きながら、辰次郎はもう一度、男の背格好と右手の痣について詳しく説明した。

「そいつはやっぱり矢三郎(やさぶろう)かもしれないな。鉤形の痣は鍋の持ち手の跡だ。子供の頃に熱い鉄鍋に右腕をくっつけて、手の甲だけじゃなく肘まで続く跡が残ってしまった。その頃すでに度の過ぎた悪さをする村の鼻ツマミ者だったから、天罰だと噂する者もあった。おれが村を出た後、十年くらい前だったか、村の娘に悪戯(いたずら)してな、親から勘当されたんだ。それ以来村からぷいといなくなって、一度も戻っていないと聞いた。いまは三十くらいになっているはずだ」

十助の話を聞いて、辰次郎はいまさらのように、男の後を追わなかったことを後悔した。あの男が矢三郎なら、どこかで鍬之助と繋がっているように思えた。

「辰次郎、おまえ、そいつとどこで会ったんだ」

「いや、道でそいつとぶつかってインネンつけられたもんだから」

ごまかす辰次郎に、十助は疑り深い目を向けたが、そこへ韋駄天が帰って来て、話が中断した。

「ただいま帰りました」

「おまえ、どうしたんだその格好は」

十助が驚いたのも無理はなく、韋駄天の鼠縞の着物の袖が、ぱっくりと開いていた。胸のあたりにも大きなかぎ裂きができている。

「いや、ちょいとちんぴらにからまれまして」

「おまえもか」十助があきれて、辰次郎と韋駄天を見比べる。韋駄天が不思議そうにしていると、

「いや、何でもない。それより怪我はないか」と気遣った。

「ありません、大丈夫です。それより追ってた野郎を逃がしちまいました」

すいません、と十助に謝り、ひどく残念そうな顔をした。

「まあ、それは仕方がない、おまえが無事でなによりだ」

十助は韋駄天を労うと、報告を受けに一緒に奥へ戻って行った。

二人が去ると、辰次郎は木亮に向き直った。

「木兄い、その矢三郎って奴、探し出せないかな」

「何でだよ」

「その、インネンつけられた仕返しがしたいんだ」

木亮はぎょろ目を眇めて、辰次郎を睨んだ。「てめえ、何か隠してやがるな」

「兄い、頼む！　奴の居場所がわかったら、必ずほんとのこと話すから！」

「おれと取引しようなんざ、百年早えんだよ！」土下座する辰次郎の頭をごつんと殴る。

「木亮、いいじゃねえか、瀧名村に関わりのある奴なら、探し出して損はねえよ」

寛治のとりなしに、木亮が忌々しそうにスルメを引きちぎった。

「ちっ、仕方ねえな、あたってやるよ。けどこの借りは高くつくからな、覚えとけよ」

礼を言って頭を上げた辰次郎に、寛治がこっそり笑ってみせた。


木亮は、二日ばかりで矢三郎の情報を摑んできた。

「たぶんおめえが見たのは矢三郎に間違えなさそうだ。矢三郎は、万丸の安蔵って深川にある賭場の元締めんとこに出入りするちんぴらだ」

「もうわかったんですか」

「あの火傷跡は日立つらしくてな、案外早く探し出せた」

「じゃあ、その賭場の元締めのところに行けば、矢三郎がいるんですね」

「ところがな、ここんとこ安蔵の賭場で見かけなくなったってんだ」

がっくりと肩を落とした辰次郎の頭を、煙管の雁首でこつんと叩き、木亮が待て待て、と言い足した。

「まるっきり見ねえわけじゃあないらしい。十日に一遍くれえは顔を出すみてえだ。一昨日ちょうど、安蔵んとこに来たのを見た奴がいる」

辰次郎は安蔵に張り付くことも考えたが、十日に一度では埒があかない。

「矢三郎のやつ、ここんとこ妙に羽振りがいいらしい。岡場所や茶屋で派手に遊んでたって噂がある。馴染みの女はいねえらしいから、その線から追うのは難しいがな。あとは、深川を根城にして滅多に大川を渡らなかった奴を、南茅場町で見たって奴がいた。しかも二度も見かけたってんだ」

南茅場町は八丁堀の北隣にあるが、同心の組屋敷が立ち並び、閑静で殺風景な八丁堀とは趣きを異にし、商店が立ち並ぶ賑やかな町屋だった。

あと二、三日あれば、もう少し詳しいことがわかるかもしれねえ、と結構乗り気の木亮に、お願いします、と辰次郎は頭を下げた。

その翌日、辰次郎は菰八とともに小石川養生所に出かけた。ゴメスの指示で先日拝借した風呂敷一杯の書きつけを、養生所に返しに行ったのだった。

「最近、松吉は元気がないようだな」

養生所の門を出たところで、菰八が眩しそうに空を仰いだ。このところ夏を思わせる陽気が続いていた。今日のようによく晴れた昼間は、ことさら陽射しがきつい。

「そうですか、あいつのことだから心配ないと思いますけどね」

辰次郎はそうごまかしたが、あの羅宇屋の件以来、松吉はめっきり元気がない。みなの前では無理して調子良く振舞うが、あまり長続きせず、ときどき物思いに耽っている。

「そうか、ならいいが」のんびり言うと、菰八はそれ以上この話題に触れなかった。

あっさり引き下がられると逆に調子が悪くなり、辰次郎は別の話を持ち出した。

「小石川の養生所では、おれたちの待遇が異常にいいっすね」

菰八の気をそらせる目的はあったが、それは実際、辰次郎がこの前から不思議に思っていたことだった。前回も今日も、養生所見廻りの役人や医者のみならず、養生所のいわば所長にあたる肝煎の小川氏まで出て来て、たかが小者の辰次郎らを下へも置かぬ対応ぶりであった。

菰八は、くすぐったそうに肩を揺らした。声をたてずに笑っているのだった。

「親分は以前、あの養生所に勤めていたことがあるんだ」

「そうなんすか！」驚くとともに、その一言ですべてが呑み込めた。

「もともとが生っ白い医者や役人の集まりだ。親分の傍若無人ぶりは、おれたちなんぞよか、よっぽど骨身にしみたんだろ」

自分たちをもてなす際に見せるどこか必死の形相を思い出し、辰次郎は少なからず同情した。

出島へ向かう菰八と途中で別れると、辰次郎はいま来た方向に踵を返し南茅場町を目指した。

無駄足を承知で矢三郎を探してみようと、昨日のうちから心に決めていたのだった。

辰次郎は南茅場町の界隈を、矢三郎の姿を訊ね歩いた。行商人、店の小僧、木戸番、長屋の住人、子供にまで、右手に火傷跡のある物売りか、やくざ風の男を見なかったか、と聞いて歩いたが、手応えはなかった。

疲れ果てた辰次郎は、茶売りの行商人から煎茶を買うと、その台の横にしゃがみ込んだ。

「そんな簡単に見つかるわけないか」疲れと落胆で、ついひとり言がもれる。

(やっぱりあてずっぽうに訊ねまわるだけじゃ駄目なのかな。日にちがかかっても、万丸の安蔵を張ってたほうがいいだろうか)

手拭で汗を拭いながらあれこれと思案していたとき、辰次郎の目が一人の男に吸い寄せられた。そのお店者風の中年の男に、見覚えがあった。

辰次郎は、茶碗を返して立ち上がった。男は一軒の店に入って行く。規模は小さいながら、土蔵造りの立派な構えに、横看板に金文字で「芳仙堂」とあった。

「胃弱、人参、調合所……薬屋か」看板の中の読める文字だけを拾って、辰次郎は判断した。

男はこの店の者ではないようで、間もなく店から出て来た。辰次郎は来た道を戻って行く男の後を尾けた。

男は海賊橋を渡り、人でごった返す日本橋のたもとに出た。人込みで見失わぬよう、辰次郎は間合いを詰め、男に従って日本橋通りに出た。男と辰次郎のあいだにはさまっていた職人風の男が脇道に入り、男の紺縦縞の羽織の背がまる見えになった。もう少し離れたほうがいいだろうか、と思った矢先、男がたたらをふんだ。前を歩いていた者が急に方向を変え、背に負っていた大きな荷が男にあたった。

「わっ！」

その拍子に、男の手から風呂敷包みがぽーんと跳ねて、辰次郎の足元にぽとりと落ちた。振り向いた男と辰次郎の目が合った。しまった、と後悔してももう遅い。辰次郎は抹茶色の風呂敷包みを拾い上げると、男に手渡した。

申し訳ありませんでした、と丁寧に辞儀をする男の顔に、やはり覚えがあった。こうなってしまっては、直接聞いてみるほうが早い。

「あのう、どこかでお会いしませんでしたか」

男の肩が、びくりと弾んだ。「え、いや、そんなはずは」としどろもどろになっている。

男が困ったような表情で、口を鯉のように丸く窄(すぼ)ませ、それを見て辰次郎は思い出した。

「ああ、そうか、薬種問屋で会ったんですね。ええと、何ていう店だっけ」

「……岩代屋(いわしろや)ですが……」

「そうそう、岩代屋さん。おれこの前、苦い薬を探してもらったんすけど覚えてませんか」

その言葉で、岩代屋の手代は辰次郎を思い出したようだった。ああ、と言って、警戒をゆるめると、その節は、ともう一度辞儀をした。「いかがでしたか、あの薬は」

「ええ、効果抜群でした。ものすごく苦くてびっくりしました」

「あなたが飲まれたのですか。では余興で負けられたのですね」

手代に言われて、辰次郎は冷や汗をかいた。その場凌ぎの嘘というものは、後でころりと忘れてしまうものだ。

またいつでもどうぞ、とにこやかに去って行く手代の姿を見送りながら、辰次郎は何かすっきりしないものを感じていた。いったい何がひっかかるのだろう、と考え込んでいると、「わっ！」という声とともに背を思いきり叩かれて、辰次郎は飛び上がった。

「奈美！」

振り返ると、山吹色の着物姿がだいぶ板についたようすの奈美が、くすくす笑っていた。

「あれからとんと顔見せないと思ったら、こんなところでぼーっと女の人眺めてるし」

「眺めてたのは男だよ」

「それ、危ないじゃん」

「変な想像すんなよ」

挨拶もそこそこに、ぽんぽん飛び出す奈美の軽口は痛快だった。釣り込まれるように笑いながら、久しぶりに気の晴れる思いがした。

「奈美は今日は何だ、買物か？」

「急ぎの反物を届けに来た帰りなの。たまにね、頼まれることがあるんだ」

奈美が通りを見渡した。この日本橋界隈には、呉服の大店がずらりと軒を並べている。

「松吉は元気？」

「うん、そうだな、少し気合が足りない感じかな。奈美にがつんとやってもらえばいいかもしれないな」

「人を唐辛子みたいに言わないでよね。でも二人が来れば、織屋のみんなも喜ぶと思うよ」

「奈美も一度金春屋に来ればいいのに。あそこの飯はマジで旨(うま)いんだ」

「あんたたちは身軽な尻っ端折りだからいいけど、この格好で神田から芝じゃ、朝出ても帰りは夜になってしまうわ」

ぼやきながら、自分の帯を叩いてみせる。色気のない仕草に、辰次郎が苦笑した。

「暗くなっても、屈強な用心棒が二人もいるから大丈夫だろ」

「おあいにく、もっと頼りになる護衛を連れてるの」

ほら、と地面を指さした。奈美の足元に座る犬に、そのとき初めて気が付いた。犬はお座りしたまま、さかんに尻尾(しっぽ)を振っている。

「へえ、かわいいな、これ柴犬か？」

「どうかな、雑種だと思うけど。コロっていうの」

辰次郎は犬の前にしゃがみ込んだ。薄茶色に腹だけ白い和犬だった。濡れた黒い鼻の上に賢そうな黒目が光っている。

「この犬ね、おもしろいの。織場の誰かが風呂敷包みを持って外に出て行くとね、必ず一緒についてきて、日本橋まで自分が先にたって歩くんだ。で、帰りも必ず自分が前を歩いて織場まで戻るの」

「へえ、おまえ、賢いんだな」頭を撫でると、ふかふかした温かい感触が、掌に伝わった。

「あぁっ！」

辰次郎の頭の中で、岩代屋の手代と、犬と、抹茶色の風呂敷が結びついた。

「いきなり大声出さないでよ、ほら、コロがびっくりしてる」

「クロだ！」

「コロなんだけど」

「違う、あいつだ。なんでわからなかったんだ！　『鯉のおじさん』だ！」

幼友達の仁吉と、最初にクロを見に行った日のことが、辰次郎の脳裏に甦った。その帰り道、クロの飼主の男が、『鯉のおじさん』だ、と言い出したのは仁吉だった。厚ぼったくて丸い口が、鯉にそっくりだと笑う仁吉の顔が浮かび、辰次郎は涙ぐみそうになった。

「辰次郎ってば、大丈夫？」

奈美の声に、辰次郎は我に返った。目の前にコロの顔がある。その黒い目が、じっと辰次郎を見詰めていた。

「コロ、おまえのおかげだ、ありがとうな！」

辰次郎は嫌がるコロの頭を抱きしめた
「奈美、今日の礼は今度必ずするよ。ああ、織屋のみんなによろしくな、今度松吉と行くから」

辰次郎は早口で捲し立てると、じゃあな、と叫んで通りを駆け出した。

見る間に遠ざかる辰次郎の姿を、奈美があきれ顔で見送った。その足元で、コロがクーンと鳴いて、尻尾をぱたりと振った。


辰次郎が裏金春の木戸に駆け込むと、ちょうど出島から戻った菰八と鉢合わせした。息をはずませた辰次郎が、勢い込んで報告する。

「おやじ、おれ、鍬之助を見つけたかもしれない」

「なんだと！　本当か、辰次郎」いつもは穏やかな表情に、さっと緊張が走った。

「たぶん、たぶんそうだと思う。薬種問屋の……」

辰次郎の口を、菰八の分厚い手が覆った。

「まだ目星がついてないのに、滅多なことを言うもんじゃねえ」

凄(すご)みのある声で言うと、そのまま辰次郎を引き摺るようにして奥座敷へ向かった。

「岩代屋の手代が、鍬之助だっていう確かな証しはねえんだな」

「はい、すみません」ゴメスに真正面から睨みつけられて、辰次郎は小さくなった。

奥座敷には、十助に加え、甚三と菰八も同席していた。

「いっそ、隣村から人を寄越してもらって、確かめさせますか」

脇に控える十助の顔には、いつになく焦りが見られる。

「その日数がありゃ、手代のことを詳しく調べられるだろ。菰八、おめえがやれ。奴がいつから岩代屋にいるか、暮らしぶりや女房子供の有無、それと岩代屋についても徹底的に調べあげろ。あそこはたしか、評判のいい店だったな」

「はい、主人の多兵衛(たへえ)が手堅い商いをしており、店の者のしつけも行き届いているとのことで、繁盛しているようです」

「主はもちろん、使用人、家族から親類に至るまで、もらさず洗え。何日かかる」

「私一人ですと、五日、いや六日ほど……」

「誰が一人でやれと言った。こん中の連中総出であたれ。二日でカタをつけるんだ」

菰八が、甚三と顔を見合わせた。お言葉ですが、と甚三が切り出す。

「はっきりしたことがわかるまで、この件はここの五人で抑えといたほうが……」

「その必要はねえ」ゴメスが突っぱねた。

甚三と菰八が、困ったようにまた顔を見合わせる。

そのようすに、辰次郎は不審を覚えた。しかしゴメスは二人の態度には一向に頓着せず、「いいか、二日だ、二日で白黒つけてこい」と念を押して、さっさと三人を下がらせた。

廊下を歩きながら、辰次郎は前を行く甚三と菰八をじっと見詰めた。

(もしかすると、二人は知っているんだろうか)

せっかく鍬之助らしい男を見つけたというのに、辰次郎の胸は少しも晴れなかった。

岩代屋の探索は裏金春のみならず、竹内ら出島の役人も動員されて、早急に進められた。裏金春の手先たちは二手に分けられ、四人が岩代屋の内偵にあたった。辰次郎、木亮、良太の三人には、岩代屋の主人の弟、重兵衛の探索が割り振られ、それには理由があった。

「おめえが手代を見かけた南茅場町の芳仙堂な、あれが重兵衛の店なんだ」

「それで岩代屋の手代が出入りしてたんですね」

「あとは矢三郎が芳仙堂に面ぁ見せりゃ、すっきり繋がるんだがなあ」

辰次郎はひやりとした。木亮の「すっきり」には含みがあった。矢三郎を探して鍬之助に行きあたったことは、誰にも言っていなかった。それでも当然のように木亮は、南茅場町から矢三郎を連想したに違いない。松吉は、岩代屋に鍬之助らしき男がいると聞いても皆と同様驚いただけで何ら不審な反応はなく、辰次郎を安堵させたが、矢三郎がこの件に絡んでいれば、話は別だった。木亮の思案とは裏腹に、矢三郎が芳仙堂に現われないことを、辰次郎は祈った。だが探索一日目の晩、早くも辰次郎の期待は裏切られた。

「おい、辰公、もちっと下がれ。そこじゃ提灯向けられたら見えちまうじゃねえか」

手拭を被った木亮に小声でどやされ、辰次郎があわてて頭を引っ込めたとき、一町離れた辺りから、ヒュッと鳥の鳴くような音がした。誰か来たという良太の合図だった。提灯の灯りがゆっくりと近付いて来る。腰を屈めた従者が捧げ持つ灯りに、背の高い男の姿が浮かび上がった。筋肉質で無駄のない、堂々たる体軀だった。二人が芳仙堂の裏の潜戸へ消えるのを待って、辰次郎はほっとして話しかけた。

「大きいほうも小さいほうも、矢三郎じゃありません」

「ああ、わかってら。ちきしょう、そういうことか」木亮が乾いた唇を舐めた。

「ありゃ、万丸の安蔵だ。あいつら根こそぎ、芳仙堂とつるんでやがった」

「あいつが？　ちっともまん丸じゃないっすよ」

「ばあか、もとは万丸屋っていう矢場の主なんだよ。賭場のほうが儲かるんで、とっくにやめちまったがな。辰公、ここはおめえと良太で探索を続けろ。おれは安蔵を探る」

はい、と返事をしながら、辰次郎は松吉を案じた。辰次郎の指摘に驚いた顔と、羅宇屋に詰め寄っていたようすから推すと、松吉は何も知らずに利用されていたように思う。しかしそんな言い訳があの親分に通用するとは、とても思えなかった。

翌日、辰次郎と良太は芳仙堂の調査を終えて、夜五つ過ぎに裏金春へ戻った。岩代屋を探索していた者たちも、三々五々戻って来た。

「松吉、遅いですね」辰次郎は寛治に言ってみた。

「今日は韋駄天と一緒に岩代屋を張ってるはずだ。韋駄天も戻ってないから大丈夫だろ」

寛治の言葉通り、韋駄天と松吉は間もなく戻ってきた。が、血の気の失せた松吉の顔を見て、辰次郎は仰天した。

「松吉、どうした、具合でも悪いのか」

「いや、何でもない」

「何でもないって、唇まで真っ青じゃないか」

「とりあえず、みながそろうまで、寝間で寝ていろ」

韋駄天の薦めに従って、松吉は力のない足取りで奥へと消えた。

「何かあったんですか」辰次郎の問いに、韋駄天は首を横にふった。

「わからないんだ。一緒に裏口を張ってたときには何ともなかった。ちょいと用を足して戻ってきたら、板塀を背にしゃがみ込んでたんだ」

「この二日、ほとんど寝てねえんだ。具合も悪くなろうよ」

寛治の言葉に、韋駄天がそうだなと頷いた。

二人が気付いていないことはありがたかったが、松吉をあれほど動転させる何かが、きっとあったのだ、と辰次郎は確信していた。推測できることが一つだけあったが、それはおそらく松吉にとって最悪の事態のはずだった。

四つを過ぎて、安蔵の調査を一日で終えた木亮が戻って来た。出島から二名の与力と竹内を含む五名の同心も到着した。奥座敷の襖がとり払われ、ゴメスの前に一堂が会した。

「まず手代の経歴から聞こうか」

与力や同心の前にも関わらず、いつものどてら姿でゴメスが切り出した。

「岩代屋手代利吉は、鍬之助に間違いないものと思われます。利吉が岩代屋に入ったのが十五年前の師走、鍬之助が野田村を出た時期とぴたりと一致します」菰八が申し述べた。

「利吉の人別帳を調べましたが、岩代屋へ来る前の身分が、無宿人利吉となっておりました。おそらく鍬之助の人別を捨てて、利吉になったものと思われます」

菰八の前に陣取った同心が、報告した。

「奴は所帯持ちか」ゴメスが菰八に顔を戻した。

「はい、利吉は主人である岩代屋多兵衛の口聞きで、六年前に嫁を娶り、五歳になる女の子と三人で、福島町の長屋住まいです。骨惜しみせぬ実直な働き者とすこぶる評判が良く、悪く言う者は一人もおりませんでした。酒は少々飲みますが、女と博打は一切やりません。それともう一つ、重大なことがわかりました」

菰八に目で合図され、寛治が代わって話し出した。

「利吉が岩代屋に入った経緯ですが、店の者のしつけがいいと言うか口が固くて、その線からは聞き出せなかったんですが、古くから岩代屋に出入りしていた定斎屋のじいさんから、話を聞くことが……」

菰八が余計なことはいいから、というように寛治を睨んだ。定斎とは暑気あたりの散薬で、これを薬種問屋から仕入れて売り歩くのが定斎屋であった。

「え、それで、利吉は岩代屋に入る半年ほど前に、客として来たことがあったそうです」

「何だと、半年前ってのは確かなのか」

「はい、確かです」ゴメスに視線をあてられて、小さくなりながらも寛治が話し出した。

「その定斎屋は昔、店の者から変わった客の話を聞いたそうです。その客は夜遅く閉じた大戸を叩いて扉を開けさせたあげく、金も足りないのに薬を分けてくれと土間に手をついて頼んだそうです。足りない額は僅(わず)かなものだったので、主の多兵衛が承知したそうです」

「それは何の薬だ。薬の名前はわからねえのか」

辰次郎の心臓の鼓動が早くなった。その薬こそ、江戸湊の飯屋の娘、おもよの言った砂糖水の正体かもしれなかった。

「それはわかりませんでした。ただ、医者でも薬屋でもなさそうなのに、珍しい薬を名指ししたそうで、それが変わった客として店の者の話の種になったそうです」

ゴメスは腕組みして、じっと考え込んでいる。

薬種問屋ではふつう、客から病状を聞いてその症状に合った薬を調合する。最初から薬を指定するということは、知識がなければできない筈のものだった。

「定斎屋が出入りするのは夏場だけですから、利吉が店に入った経緯を、じいさんは翌年の夏になって知りました。前年話にのぼった男が、半年もたってから律儀に僅かばかりの金を返しに来た。それに感心した多兵衛が雇い入れた、と聞かされたそうです」

続いて同心の一人が、岩代屋多兵衛について報告を行った。

「岩代屋は、二十五年前日本から江戸入りした、いまの多兵衛の父、先代多兵衛が創業しました。豊富な薬の知識と誠実な人柄が客の信用を得て、ほんの五、六年でいまの日本橋本町三丁目に薬種問屋を構えるに至りました」

岩代屋の話になって間もなく、辰次郎の隣で俯く松吉が、小さく震え出した。

「いまの二代目多兵衛は、大店になって三年目に初代が隠居して跡を継ぎました。父親同様の誠実さに加え、人に対して慈悲深いと評判の人格者です。この多兵衛の代になってから、使用人のしつけも行き届き、商売はますます繁盛しております」

多兵衛は妻女との間に四人の子があり、長女は早くに材木問屋に嫁し、長男は跡取として父親のもとで修行を積んでいた。次男の経歴の報告に、ゴメスが反応を見せた。

「次男茂兵衛は、七年前から日本で医術を学び医者の免状を得ました。あちらで所帯を持ったため、そのまま日本にとどまることを多兵衛が許したそうです」

「ほう、日本で医者をなあ」

「はい、幼少の頃から勉学に優れ、多兵衛と昵懇の間柄にあった、井出慈斎という近所の町医者に影響されて医者を志すに至りました。その町医者の元で修行しておりましたが、当の医者の薦めで日本行きを決めたようです」

次男は現在、福岡の大学病院に務め、末っ子の次女は三年前に紅屋の大店に嫁いだ、と同心は報告を終えた。

次に店に出入りする者の中から、事情のありそうな者を別の同心が報告した。

多兵衛に借金を申し込んでいた砂糖問屋の主人、博打癖が抜けず前借をくり返した揚句出入りを禁じられた薬の担ぎ売り、高額の薬代を踏み倒して逃げた医者が挙げられた。

「ですが、金絡みとなると、何といっても多兵衛の弟、芳仙堂重兵衛が筆頭にあがります」

ゴメスは同心に頷くと、「木亮、良太、今度はおめえらだ」と芳仙堂の報告に移らせた。

「重兵衛は、長男多兵衛とは十歳違いの弟ですが、父親や兄とは似ても似つかぬ性根のひねたところがあって、若い時分はよく町のちんぴらどもと一緒になって悪さをしておりやした」

緊張しているのか、報告する良太の声がうわずっている。

「ただ二十五を過ぎて、自分の望みでちっさな団扇屋の娘と所帯を持ってからは、兄のもとで真面目に薬の商いを学んだ時期がありやした。それで九年前に多兵衛の後押しで芳仙堂を開いたんですが、ところがそのかみさんが、最初の子を難産して結局子供もかみさんも死なしちまいやした。それから重兵衛は昔の性根の悪さが戻っちまった上に、えらく金に執着するようになり、商売そっちのけで色々な相場に手を出した揚句、借金の山をこさえたようです」

「重兵衛の借財はどれくらいだ」

ゴメスの問いには与力の一人が代わって答え、良太はほっと息をついた。

「いまの借金は、ざっと見積もって一千五百両。すでにあの南茅場町の店も、借金のかたに押さえられております」

「兄の多兵衛は借金の肩代わりはしてねえのか」

「それなんですが」与力に促され、竹内が後を継いだ。

「多兵衛は最初のうちだけ細かな借金の用立てはしていたようですが、相場狂いの止まらぬ弟に愛想をつかし、数年前からは金を出さずに店を畳むよう重兵衛を諭していたようです。それが今年の始め頃より、多兵衛が何度か多額の金子を重兵衛に与えたふしがあります。芳仙堂の店が金貸しにとられなかったのは、その金子のおかげと思われます」

「なるほど、今年になってからか」

「はい。金を与えたという確かな証しはありません。ただ、ほかに金を工面できる手蔓（てづる）が重兵衛のまわりに見あたらぬことに加え、借金を断られて以後、岩代屋に出入りしなかった重兵衛が、その頃から頻繁に通っていることから推しても、間違いのないところと思われます。芳仙堂に出入りするという、万丸の安蔵が貸していれば話は別ですが」

「その辺はどうだ、木亮」

「安蔵が金を貸すだなんて、とんでもありやせん」木亮が歯切れよく答えた。「手元不如意は奴も同じで、一家の家計は火の車です。数年前から厳しくなった賭場の手入れが原因で、安蔵の五つの賭場のうち、二つは閉めるはめになり、残る三つも上客がめっきり減ってすっかり勢いがありやせん。このところ安蔵は、新しい儲（もう）け話を漁っていたようです」

「その新しい儲け話が、芳仙堂なのか」

与力の問いに、木亮がめずらしく曖昧な答え方をした。

「それについてははっきりしやせん。重兵衛と安蔵は、若い時分徒党を組んで悪さをしていた頃からのつきあいですが、大人になってから互いの家に行き来することはなかったようです。安蔵が芳仙堂に出入りするようになったのはごく最近のことです。芳仙堂には安蔵の子分、漉名（すくな）村の矢三郎の姿もちょくちょく見かけられやす」

（来た！）辰次郎は身をすくませた。

「芳仙堂のまわりでは、右手に痣のあるヤクザ風の男の話は拾えやせんでした。ですが、手甲をはめたどことなく崩れたようすの行商人が、芳仙堂の潜戸へ入って行くのを見た者が何人かおりやした。おそらくそいつが矢三郎じゃねえかと思われやす」

辰次郎は、隣に座る松吉を、そっと盗み見た。松吉はもう震えていなかった。目を見開いて石のようにかたまっているその姿は、魂の抜けた塑像のようだった。見ているのが辛くなって、辰次郎は目を背けた。

「とりあえず利吉を押さえるのが先決だ。十五年前の瀧名村の嫌疑で捕縛しろ。江戸の騒ぎについては、ほかにも関わった者がいるようにも思うが、それは奴に聞けば済むことだ」

報告を聞き終えたゴメスが、指示を出した。

「所帯持ちの利吉が、すぐに白状するとは思えませぬが」与力がゴメスを仰ぎ見た。

「なあに、そんときぁ、奴の妻子を人質にして吐かせるまでのことよ」

ゴメスは利吉こと鍬之助の捕縛と、岩代屋、芳仙堂、利吉の住まいの家捜しを、同時に行うよう二人の与力に指図した。

「明日の朝五つ半ということで、いかがでしょう」

与力の言にゴメスが頷き、人選はおまえに任せる、と言った。裏金春の人員配置は、同様に十助に一任された。

「今夜は仕舞えだ。皆ごくろう、下がっていいぞ」

ゴメスの前に、全員が平伏した。すでに時刻は真夜中を過ぎていた。

そのとき岩代屋で起こっていた惨劇を、その場の誰もがまだ知らなかった。

竹内が息急き切って裏金春へ駆け込んで来たのは、朝五つの少し前だった。

利吉捕縛と岩代屋ら三軒の家捜しを控えた裏金春の一同は、玄関脇の座敷に控えて十助の指示を待っていた。

「何か、手違いでも起こりましたか」竹内のただならぬようすに、菰八の顔が緊張した。

「岩代屋多兵衛が、利吉に殺された」

「なんですって！」

思いもつかない顚末に、座敷中が騒然となった。

「利吉は多兵衛を刺して、姿をくらました」

「なんてこった」菰八が呟いたきり、言葉を失った。

岩代屋多兵衛の遺体を発見したのは、多兵衛の妻女だった。

夜中に何かが割れる音で目を覚まし、廊下に出ると、多兵衛が遅くまで帳簿改めや薬の学問に使う奥の座敷から、灯りがもれていた。その中に血染めの多兵衛が畳にうつぶせに倒れていたのだった。廊下に立ち尽す妻女の背中で物音がし、振り返ると、裏の潜戸を外へ抜ける男の背が見えた。

「そいつが利吉だってぇ、証しはねえじゃねえか」

奥座敷で報告を受けたゴメスは、やおら立ち上がり、まるで多兵衛を殺したのが竹内であるかのように睨めつけた。朱塗りの達磨さながらの形相と、からだじゅうから憤怒を発散させて立ちはだかる姿に、ゴメスの気性を理解している竹内でさえ思わず身を引いた。

「……ですが、お店者風の身なりであることが、潜りの外の常夜灯で判ったそうで、朝になって、利吉が昨夜長屋に戻らず、行方知れずになったことが判りました」

「妻女が多兵衛の遺体と利吉を見たってのぁ、何刻のことだ」

「真夜中過ぎ……、九つ半といったところだそうです」

動転していた妻ははっきり覚えていないが、騒ぎを聞きつけた長男や住み込みの使用人らが言いたてたから、間違いはないという。

「南町が探索を始め、利吉の行方を追っています。早晩捕縛されるものと思いますが……」

「なんで利吉が、多兵衛を殺す必要がある」

「我々の探索を、利吉が感付いたのかもしれません。それで切羽詰まって……」失言に気付いた竹内が口を閉ざした。これではゴメスの失策を指摘するようなものだ。一発殴られるものと歯を食い縛ったが、意に反してゴメスは、大きな地響きをたてて胡座(あぐら)をかいた。

「たとえ感付かれても利吉に逃げる暇を与えぬために、二日でやっちまったんだがな」

裏目に出たか、とぼやきながら煙管(きせる)に刻みを詰め始めた。

「だが、多兵衛を殺す理由にはならねえ筈(はず)だ。考えられる理由は一つっきゃねえ。多兵衛が利吉と鬼赤痢との関わりを知っていたということか」ぶつぶつと自問自答を繰り返す。

何かに疑問を感じるとゴメスの思考は急速に内へと向かい、その分、外への反応は鈍くなる。ほっと安堵した竹内の背骨が、飴細工のようにぐんにゃりとなった。

そのまま刻みを二度詰め替えて、やがてゴメスが口を開いた。

「利吉の行方は南町に追ってもらうとして、利吉があてにできねえなら、一応備えだけはしておいたほうがいいな」

「備えといいますと」竹内が口調を引き締めたが、先刻ゆるんだ顔の締まりは戻っていない。

ゴメスは返事の代わりに筆をとり、紙に何か書きつけて竹内に放ってよこした。

「これを江戸中からかき集めろ。足りなきゃ外からとり寄せろ。それと多兵衛殺しの探索が南町で進んだら、すぐに知らせろ、いいな」

畏まりました、と平伏し竹内が去った。

ゴメスの吐いた煙が開け放した座敷から、ゆっくりと縁へ流れ、外廊下に控える十助の前を過ぎて行った。あと一歩のところで憎い敵をとり逃した口惜しさに、握り締めた十助の両の拳が震えていた。

南町奉行にことわりを入れて、岩代屋、芳仙堂、利吉の長屋の手入れは行われた。しかし病原らしきものは、どこからも発見されなかった。

南町奉行所の必死の捜索にも関わらず、利吉の行方は杳として知れなかった。

多兵衛が殺されて半月後、出島へ使いに出ていた良太が、血相を変えて戻って来た。

「どうした、良太。まっ昼間から幽霊でも見たのか」

木亮に揶揄された良太が、ぶるりと首を振った。

「出たんだ」

「昼間にどんな幽霊が出たってんだ」

「違う！　鬼赤痢が出たんだ！」

「ばか言うな！　まだ五月だぞ、こんな早くに出るものか！」

木亮が顔色を変えて怒鳴りつけた。

「んなこと言ったって、出たもんは出たんだよ！」

良太が奥座敷へ駆け込んで間もなく、腹に響く低い咆哮が屋敷中に轟いた。猛り狂った野獣の遠吠えは外の往来に達し、通行人や表の飯屋の客までをも震えあがらせた。

「……怪獣だ……」寝間の庭先で、干した布団をとりこんでいた辰次郎が思わず呟いた。頭に連想したものは、紛れもなく放射能を吐いて暴れまわる怪獣の姿だった。

やがて裏庭の辺りから、どすん、ばたんと、盛大な物音が聞こえ、屋敷全体がみしみしと軋みを立てた。寝間で昼寝をしていた甚三が、大儀そうに身を起こした。

「……あの音は……親分すか？」

「きっと手当たり次第に、まわりの物を放り投げてんだろう。あの音はたぶん……畳だな」

落ち着きはらった甚三の答えに、辰次郎は眩暈を覚えた。

「よっぽど頭に来てるらしいな。また大工や畳屋を呼ばなきゃならねえ」

甚三の予測通り、ゴメスは意味のとれない罵詈雑言を吐きながら、座敷の畳を引き剝がし、両腕で頭上に持ち上げては庭に放り投げていた。すでに居間には一枚の畳もなく、剝き出しの床板が所々踏み抜かれており、ゴメスは寝所の畳にとりかかっていた。

十助は、庭一面に散乱した畳の隙間に良太を見つけ、両頰を叩いて正気に返した。

「良太、喜平に言って、飯屋の暖簾を降ろさせろ」

「……へ？」いの一番に庭に放り出された良太は、そのまま腰を抜かしていたのだ。

「それだけ言えば、喜平はわかる」早く行け、と良太を立ち上がらせた。

良太が這うように庭を出て行くと、十助はゴメスに傷ましげな眼差しを向けた。当たり散らすものを失って、ゴメスは床板に立ち尽くしている。今し方の騒動が嘘のように静まり返る中、ゴメスの荒い息遣いだけが微かに聞こえた。

十助は縁に端座し、無言で主の言葉を待った。水溜りのような庭の池のまわりに、辛うじて畳の難を逃れた杜若が数本並んでいた。すっきりと真上に伸びた茎の先に、濃紫の花弁が羽根のように広がっていた。暫くそれを眺めていたゴメスが、やがて物憂げに呟いた。

「こいつはおれのしくじりだ」

「いいえ、そんなことは」

お追従ではなく、十助の本心だった。ゴメスに止められぬものならば、この江戸の誰に止めることができようか。己の主のちからを、十助は誰よりも信じていた。

もとより、連中が病を広げたという証拠も痕跡もない以上、こちらが揺さぶりをかけて相手の出方を待つしかなかったのだ。

「岩代屋と芳仙堂にも、安蔵のところにも見張りは立ててあったのです。でき得る手立ては講じてあったではありませんか」

「いや、おれの考えが甘かった。この騒ぎを起こした奴は、おそろしく頭のいい、用心深え奴だ。何かの魂胆があって、周到に備えを施して菌を撒いた。そういう奴なら、おれたちに追い詰められても無茶はしねえ筈だと、買い被っていたんだ」

「それもひとえに、今年の病の発生を阻むためにございましょう。密偵を泳がせてこちらの探索のようすを筒抜けにしていたのも、相手への牽制のため。探索の進み具合を相手が知れば、用心深い奴なら病原を撒くことを断念すると、お考えになったのではありませんか」

十助の申し立ては的を射ていた。菰八や寛治が調べあげる前から、誰かが故意に発生させたということだけは確信していた。その人物像もだいたいの予測はついた。

「だがその結果がこれじゃ、言い訳もたたねえ」いったん鎮火した怒りが、またむらむらと涌き起こる。自分に腹が立って仕方がなかった。

「相手方に、何か手違いが起こったのでは」十助は、暗に多兵衛殺害をさして言った。

「そうかもしれねえ。慮外なことが起きれば、事を起こすのは手控えるんじゃねえかとも思ったが、とんだ了見違えだ」吐き捨てるように言ったきり、黙り込んだ。

四半刻ほど過ぎた頃、廊下を歩いて来る小さな足音が聞こえた。

「お待たせ致しました」

喜平と、その娘婿の権七であった。喜平は、握り飯が山と積まれた大皿を抱えている。釜にあったすべての飯を使って、喜平一家が総出で握ったものだった。喜平が握り飯をゴメスの前に置き、後ろに従っていた権七が、湯気の立つ大椀をその横に並べた。

ゴメスは目の前の握り飯と椀を眺めた。

海苔結びや胡麻はもちろん、とろろ昆布や菜を巻いたもの、味噌や梅肉を塗った焼き結びに、即席のかやく飯まであった。中の具にも様々に変化をつけ、一つとして同じものがないよう、権七が心配りをしてあった。椀は、生姜を利かせた豆腐のすまし汁である。

ゴメスは、いちばん上に載っていた塩結びを手にとった。ゆっくりと一口頬張ると、心地よい酸味が広がった。ゴメスが最も好む、梅の握り飯だった。

「うん」と満足そうに頷くと、あとは黙々と食べた。常日頃の豪快な食べっぷりではなく、米の一粒一粒を味わうかのように、ゆっくりと嚙み締めている。そのようすを、廊下に座した喜平と権七が見守っていた。

権七は丸い赤ら顔の風采の上がらぬ男だが、料理の腕前だけは群を抜いていた。もとは江戸でも屈指の料理茶屋の板前で、いずれは板長と目されていたほどだった。それが喜平の娘と惚れ合って、あっさり金春屋の婿養子となった。喜平も婿の才能には一目置いており、娘が他界したのをしおに、板場を権七に譲り、自分は仕入と勘定に専念するようになったのだった。

たっぷりと時間をかけて、ゴメスは握り飯と汁を平らげた。

「うん、旨かった」あいた皿と椀を下げる喜平と権七に、ゴメスが言った。

「それはようございました」

喜平は目を細め、権七に頷いてみせた。権七がまっ白な歯を見せて、嬉しそうに笑った。

二人が廊下を戻って行くと、それまで根が生えたように縁に座していた十助が、ようやく腰を上げた。茶でも運ばせようと、十助が廊下を行きかけたところで、ゴメスがぼそりと独り言ちた。

「人ってなぁ、自分の思った通りには、決して動いてくれねえもんだな」

それは鬼赤痢を広めた奴に対しての恨み言でもあり、病を防げなかったことへの自嘲でもあった。わかってたはずなんだが、と呟いてゴメスは煙管をとり上げた。


良太が知らせた最初の病の発生は、下谷山崎町で、子供五人を含む十二人が病に倒れた。

その日の晩、浅草でも患者は発生し、翌日は千駄ヶ谷、四谷、麴町で、さらにその翌日、神田の二ヶ所と谷中で病が起きた。日を追うごとに増える患者数は、昨年の比ではなかった。最初の発生から三日目で、すでに患者は百人を超えていた。

神田での発生の翌日、辰次郎と松吉は、裏金春を出て神田藤堂町目指して走っていた。神田の二ヶ所のうちの一つが、奈美の住む藤堂町界隈(かいわい)だった。

「やっぱりおまえはやめといたほうがいいんじゃないか」

走りながら辰次郎が、松吉に叫んだ。

「飲み食いしなきゃ大丈夫だろ。おめえこそ昔罹ったからって油断してるようだが、一生続く免疫かどうかわからねえぞ。大体免疫がつくかどうかも怪しいもんだ」

叫び返した松吉は、時折ぼんやりしたり浮かぬようすで考え込んだりはするものの、御前会議の当夜に比べれば、だいぶ元気になっていた。

神田川に掛かる和泉橋を渡ると、辰次郎が前方を指さした。

「おい、あれ見ろよ」

「なんだありゃ、竹矢来(たけやらい)か？」松吉の言葉通り、藤堂町から酒井町一帯にかけて、道に竹矢来が組まれ出入りできないようになっていた。

「話には聞いてたけど、物々しいな」松吉が眉をひそめる。

患者の数は多いものの、各々の発生は、わりあい狭い範囲に限られていた。病気の広がりを食い止めるためには、患者を発生場所ごとに一ヶ所に集め、隔離するしか方法がなかった。隔離場所はこれ見よがしに竹矢来で囲まれ、あるいは土嚢(どのう)が築かれた。この一帯は、まだ全ての封鎖が終わっていないようで、反対側にまわると遮られていない通りがあった。

「ここは立ち入りまかりならんぞ」

呼び止めた壮年の武士が二人の顔を見て、おまえたちか、と言った。長崎奉行所の同心の一人だった。粟田配下の同心なので、顔は見知っているものの、名前はわからなかった。

「おまえたち、お奉行の命でここへ来たのか」

二人が事情を話すと、いい顔はされなかったが、中へ入ることは許してくれた。

「なるべく早く戻るのだぞ。もうすぐここにも垣根を組むからな」

「まるっきり行き来できなくなるんすか？」

「日に二回、水や食料を運び込むとき以外はな」

「土嚢や竹矢来で、病気が防げるとは思えませんが」

「そのくらいは知っておる。恐慌に陥った人心を鎮めるための見せかけだ。いくら口を介してしか伝染らぬと説いても、一度起きた不安はなかなか消えぬものでな」

同心は渋い顔で説明した。

「ここにいるの、恐くないですか」辰次郎が訊いてみると、

「そんなことを武士に訊くな」とますます渋い顔をした。

奈美の織場を覗いてみたが、誰もいなかった。格子のはまった窓から斜めにさした西日が、織機の上に舞う埃の粒を浮き上がらせていた。

「人がいないだけで、まるで違う場所みてえだ」

以前ここに来たときのことを思い出しているのだろう、松吉がしんみりする。

「ああ」乾いた空間に薄ら寒いものを感じて、辰次郎も身震いした。

そのとき二人の後ろで犬が吼えた。

「クロ、じゃないコロか！」振り向いた辰次郎が叫んだ。「おまえ、おれを覚えてないか？　ほ

ら、日本橋で会ったろう」

しゃがみ込んだ辰次郎が懸命に話しかけると、コロは吼えるのをやめて首を傾げた。それからくるりと向きを変えて歩き出し、また立ち止まって振り返り、わん、と一声吼えた。

「ああ、ついて来いって言うんだな」辰次郎が後ろにつくと、コロはまた歩き出した。

「おい、どうなってんだ」

「まあ見てろよ。こいつは頭のいい奴なんだ」

「名犬ラッシーみてえだな」

「それ大昔の犬だろ。古いなおまえも」

コロは巻いた尾を振り上げ、高田屋より一町ほど入った裏手にある、大店の寮らしき建物の木戸を入って行く。広い庭に面して障子を立てた縁側の前で、コロが何度も吼えた。

「なあに、コロ、どうかしたの」障子が開いて、奈美が顔を出した。

「奈美！」

「良かった、元気そうだな！」

「あんたたち、何やってんのよこんなとこで！」奈美が目を丸くして叫んだ。

「何って、心配して来てやったんだよ」松吉がぶっきらぼうな調子になる。

「度胸試しもたいがいにしなさいよ。ここがどういう状態かわかってんの？　伝染りたくなかったら、さっさと帰んなさいよ！」

腰に両手をあてた奈美は、まるで母親のように二人をいきなり叱りつけた。

「そんなに怒るなよ。ちゃんとわかってるよ」奈美の剣幕にたじろぎながら、自分も昔罹ったことを辰次郎が話すと、ようやく奈美は矛を納めた。

高田屋では、昨日帳場見習の小僧と織場の十七の娘が発病し、今日になって、男の織職人の一人が倒れた。

「おめえ、何だってここを出ねえ。早いとこここを出ろ。いくら経口感染だって水や食べ物に気をつけたって、患者と一緒にいるのがいちばん危険だってことは変わらねえ」松吉が詰め寄った。

発生場所の近隣の住人は、囲みから外には出られないが、発症した患者とそうでない者は、寝起きの場所がきっちり分けられていると聞いていた。この寮は患者を集め収容している建物だった。

「それじゃあ、誰が患者を看病するの。治らないからって、見殺しにしろっての？」

「……それは、家族とか……」奈美に切り返されて、辰次郎は口ごもった。

「通いの人なら近くに家族がいるけど、高田屋の使用人のほとんどは、一人者だったり遠くの田舎から出て来たりで、身内はまわりにいないんだ。大丈夫、お甲さんも一緒だし」

「だからって、なにも奈美が……」松吉も納得がいかない。

「少なくとも高田屋の誰よりも、伝染る心配は低い筈だもの。世界各国まわってたから、考えられる限りのワクチンは打ってあるんだ。ポリオ、コレラ、黄熱、破傷風、肝炎……」

「まだあるのか」うへえ、と松吉があきれてみせた。

「年中伝染病の蔓延してる国もまだあるし、ワクチンなしじゃ入国できない国もあるしね」

「でも、鬼赤痢はおそらく新種の伝染病だ」辰次郎が奈美に向かって言った。

奈美はふっと真顔になり、それから目許をやわらげた。

「わかってるよ。こんな病気、聞いたことないもんね。でもなんていうか、いまここを逃げ出したら、高田屋のみんなを見捨てたら、一生後悔しそうな気がするんだ」

「死んじまったら、後悔もできねえんだぞ！」

松吉が奈美の体を揺さぶった。その必死の形相に、松吉の気持ちが透けて見えた。ああ、そうか、と辰次郎は思った。松吉の腕を、奈美が静かに払った。

「触らないほうがいいよ。もう罹ってるかもしれないし」

「そんなこと言うなよ」松吉の声がかすれた。

「奈美、怖くないのか」さっき同心に訊ねたと、同じことを辰次郎は訊いていた。

「怖いよ、すごく」間髪を入れずに、奈美が答えた。

追い詰められた獣のようなその目を見て、辰次郎は無神経な自分の問いを後悔した。だが奈美は、すぐに表情をゆるめた。

「感染も怖いけど、病人を見てるのが一番怖い。医者も治せないいし、薬もわからない。あたしもただ、見てることしかできない。何もできないんだから、看病なんてえらそうに言えないね」

言葉にはそぐわない微笑が、奈美の口許に漂っていた。笑みを浮かべることが、奈美の最後のつっかい棒だった。

「そんなことねえよ。心配してくれる人がいるだけで、がんばろうって気になるもんだ」

松吉が足もとの小石を蹴り上げた。跳ねた小石が、紫陽花の茂みに消えた。

「そうだよ、おれだって」最初に甦った江戸の記憶が、自分を心配する親の声だったことを辰次郎が話すと、「そりゃ、こっちは命懸けなんだから、そのくらいの効果は期待したいところね」

と奈美がいつもの調子に戻って、胸をそらした。

そのようすにいくらかほっとして、辰次郎と松吉はようやく腰を上げた。

二人の姿が裏庭から消えると、奈美がくずおれるようにしゃがみ込んだ。

「よく、我慢したね」いつの間にか庭に出て来たお甲が、奈美の背に手を置いた。

奈美の心張り棒がぽきりと折れて、萌黄(もえぎ)色(いろ)の着物の肩が小さく震えた。

同じ頃、出島から赴いた同心二名が、ゴメスの奥座敷を辞した。病に関する報告を終えた二人は、厳しい顔つきで廊下を戻って行った。

鬼赤痢の発生以来、名主や町役人から寄せられる新たな患者の報告は、町方でとりまとめられた。長崎奉行所の役人は日に数度、その情報を町方から得て、直ちに出島と裏金春へ走った。その報告を毎日受けながらも、ゴメスはまだ裏金春から動かなかった。

「今日新たに発生した場所がなかったことだけは、朗報でした」

同心の報告のあいだ、十助とともにゴメスの脇に控えていた菰八が、ほっと息をついた。

「ことによると、病の広がりが止まったということも……」十助がゴメスを仰いだ。

「まだなんとも言えねえが、そうかもしれねえ。もともとこいつは誰かの手でばら撒かれたもんだ。上水にでも流さねえ限り、広げるにも限度があるだろう」

「去年の菌が増えているとしたら、さらに広がる恐れもあると思いますが」昨年発生した五ヶ所では、今回も漏れなく患者が発症をみていた。菰八はそれを指摘したのだった。

「それはねえように思う。去年の最後の患者の発症がいつだったか、覚えてねえか」吊り上がった細い目を十助に向ける。

「たしか七月の末でした。亡くなったのは八月半ばでしたが」十助がすらすらと答える。

「去年は残暑が長引いて、八月一杯は暑かった。七月末に発症が止まったということは、その時点で外界にあった菌は死滅したと考えたほうがいい」

もし涼しくなるのと同時に病が下火になったなら、今年になって菌がまた活動し始めたとも考えられるが、両者の時期がずれている以上そうとは思えない、とゴメスが言った。

「なるほど、ではまた何かに混ぜて、今年も配って歩いたということですか」

「だといいんだが、たぶん違うだろう」茶碗に酒を注いだゴメスの手元が狂った。徳利から撥ねた酒が、畳の上に溜まりを作った。すかさず十助が手拭をとり出す。

「たぶん、井戸に入れちまったんじゃねえかと思う」

「……な！」十助の手が止まった。

酒が畳に吸い込まれて行くさまを、菰八がじっと見つめている。

「これはおれの推量だ」そんな顔をするな、と聞こえた。「だが患者の数の多さと、女子供の比が高いことからいくと、井戸がいちばん臭い」

「それはあっしも、気にはなってました。去年は酒に混ぜたせいで、患者は男が圧倒的に多かったが、今年は逆だな、と」菰八がごつい顎を撫でながら言った。

「ああ、井戸は誰だって利用するが、何度も通うのはやはり女だ。子供も、特に小さいのは、母親のまわりで遊ぶことが多い。町方の報告では、病の起きた八ヶ所は、どこも独立した井戸を持っている。上水が通る前に個別に掘られた井戸を、いまもそのまま使っているんだ」

近世の江戸を模した神田、玉川両上水は町に張り巡らされていたが、御府内の三割程度は地下水の汲み上げ井戸を利用していた。

「上水に入れれば、自分で自分の首を絞めることになるってわけか。汚ねえ野郎だ」菰八が唾棄するように言った。「しかし、井戸に入れたとなると、地下を通って上水に混じるということも……」

「その心配は案外少ねえように思う。もともと上水の管は、汚水が入らねえよう工夫がなされているからな」

「それに上水と掘り井戸では、深さが違います。上水はせいぜい二間、井戸なら十間から二十間以上掘らないと、使える水は出ない筈です」十助が進言した。

「そうか、深い掘り井戸から浅い上水には、たしかに混じりようがねえ」菰八が膝を打つ。

「ただ、井戸から汲み上げた水に病原が混じっていれば、地面から浸透し浅い地層を侵すことはあり得る話です。あとは人の行き来によって別の井戸に混じるということも……」

十助の懸念に、菰八も表情を曇らせる。

「上水についちゃ、水番人や町方が殊更気を配っているからな、連中に任せよう。むしろ気掛りなのは、水みち、つまり地下の水脈に病原が混じるこった」

長煙管を手にしたゴメスが、太いため息とともに煙を吐いた。

「大概の水みちは、地下を川のようにざあざあ流れているわけじゃねえ。岩盤や砂礫の隙間を縫って滲み出す、と言ったほうが近い。だから蟻の巣穴みてえに、どこでどう繋がっているか、まるでわからねんだ。とりあえず病の起きた町の近隣はもちろん、そこから海側の地域は全て、掘り井戸や湧き水の使用を禁じるしか手はねえな」

「こいつぁ、大事（おおごと）だ」菰八が呟いた。

「撒いたのはやはり鍬之助でしょうか」と十助が言って、唇を嚙み締めた。

「奴が関わっていることは間違いねえとは思うが、撒いたかどうかは……」

廊下をばたばたと走って来る足音で、ゴメスが言葉を切った。

「ありゃ、良太だな」菰八が小さく舌打ちする。「もうちっと静かに走らねえか」

襖越しに菰八が大声でたしなめると、予想通り、すいやせん、と良太の声がした。

「いい、入れ」

ゴメスに促され襖を開けた良太は、汗まみれの顔で、敷居の前に両手をついた。

「芳仙堂が、鬼赤痢に効く薬を売り出すそうです」

「なんだと！」正座していた菰八が、驚いて腰を浮かせた。

「その薬で病が治るってのか」

「いや、治す薬じゃありやせん。それを飲めば鬼赤痢にかからないって触れ込みです。そいつを明日いちばんで売り出すってことで、芳仙堂の前は大騒ぎになってやす」

「ワクチンか、そいつは考えたな。芳仙堂はそいつをいくらで売るんだ」ゴメスが問う。

「一包み二分です。それが一人分だそうで」

「二つで一両か、たいした商売人だな、重兵衛は。安かねえが、庶民にも手の届く価だ。数を捌くには都合のいい値だ」

「それを飲めば、ふた月ばかりは病にかからねえって話で、今日にでも売ってくれという連中が大勢いました」

「飲めばかからねえと、芳仙堂は請け合ったんだな」

「はい、ですが病が出ていなくとも、すでに伝染っちまってるなら効かないそうで」

「一夏売りまくれば、軽く借金を返せる上に、たんまりとお釣りがくるというわけか」

「親分、重兵衛をしょっぴきましょう。そんな薬を出すってこたあ、奴らが病のもとを撒いたと自分で公言してるようなもんだ」孤八が憤慨した。

「ですが芳仙堂の言うには、去年の病を細かく書き送って、外国から薬の合わせ方を仕入れたってことです」

「なるほど、筋は通るわな」ゴメスは鷹揚に言った。

「利吉と面識があることを考えれば、重兵衛が今度の件に関わりあることは間違いありません。逃げた利吉を奴が匿っていることも考えられます。やはり重兵衛を引っ張ってみてはいかがでしょう」

十助が進言したが、ゴメスは応じなかった。

「芳仙堂がそんなものを売り出したということは、絶対に証拠があがらねえ自信があるんだろう。それに薬をさし止めれば、世間が黙っちゃいめえ。ただでさえ不安に煽られてんだ、下手すりゃ暴動の火種になる」

「じゃあ、このまま放っておけと」

「いずれきっちりカタはつける。それまでは好きなだけ稼がせとけ」

それと……、と良太が俯き加減に言いさした。

「利吉の五つになる娘が、鬼赤痢にやられたらしいんです」

水をうったように、座敷が静まりかえった。ややあって、孤八が口を開いた。

「奴の住まいは日本橋福島町だ。病の出た場所じゃあないだろう」

「亭主が主人殺しの疑いをかけられてから、かみさんは長屋に居辛くなったようで。実家に戻るのもはばかられ、浅草の知り合いんとこに身を寄せてたようです」

「そこがちょうど病の出た場所だったというわけか」孤八が合点する。

「因果応報って言うんすかね、こういうの」良太がぽつんと言った。

「だが、子供に罪はあるめえよ」

自分も同じ年頃の娘を持つ孤八は、やりきれないといったようすだ。

ゴメスはそれについては何も言わず、孤八と良太を下がらせると、筆をとって手紙を書き始めた。十助がその姿をじっと眺めている。

「十助、何か言いたいことがあるなら、とっとと言いな」

「このまま、病が広がるのをただ見ているしかないのでしょうか」

「たぶん今年の流行りは、これまでの八ヶ所で打ち止めだ」

「……なぜそんなことが……」

「芳仙堂がワクチンを売り出したのが、その証拠だ。奴は少なくとも、病原をいつどこに撒いたかは知っていたに違いねえ。それ以上広がらないことを見越して、薬の売り出しに踏み切ったんだ」

「じゃあ、芳仙堂の薬は」

「ワクチンは病原の毒を弱めたり、消したりして作るもんだ。生薬をいくら合せたってできやしねえ」ゴメスが断言した。

十助が座敷を引きとると、ゴメスは徳利と茶碗を両手に摑み庭に面した濡れ縁に、どっかと胡座をかいた。手酌で二杯立て続けにあおってから、大きく息を吐く。

「鍬之助、何で出てこねえ」

日が翳り、灰色に沈んできた庭に向かって、ゴメスが呻いた。

おみよが鞠をついている。

おみよ、と名を呼んだが振り向かない。無心に鞠をつくおみよのまわりに、ざわざわと不穏な気配が忍び寄る。白い細かな塵のようなものが四方八方から涌いてきて、おみよをとり囲むように円い輪ができる。おみよ、危ない、叫んでも声が出ない。やがて白い塵はおみよの足元に届いた。それでもおみよは気付かない。

「おみよ！」

叫んだ自分の声で目が覚めた。

利吉は布団の上に半身を起こした。全身に滴るほどの寝汗をかいている。

暗闇の中で娘の夢の残像が甦った。めっきり関節が目立つようになった両の手で、顔を覆う。

おみよになにかあったのだろうか、胸の中に不安が広がった。そんな筈はない、おみよのいる日本橋には病のもとは撒かれていないはずだ。利吉は自分に言い聞かせた。

いますぐ女房と娘のもとへ走りたい衝動を、利吉は必死にこらえた。三人さし向かいで膳に向かうことも、おみよを抱き上げてやることも、もう二度とできない。

なぜこんなことになってしまったのか……。この半月ばかりのあいだに絶えずくり返してきた後悔に、利吉はまた捕われた。

利吉の後悔は、鍬之助であった十五年前から始まる。

家の床下に埋めておいたカプセルを、飼い犬のクロが掘り返していたことに気付いたときは、目の前がまっ暗になった。

隣の瀧名村から鬼赤痢の噂が流れて来るまで、鍬之助はそのことをまったく知らなかった。まさかと思い床下を調べると、包んでいた油紙が破られ、五つあったはずのカプセルの一つがなくなっていた。残りの四つも、埋めてあった三年のあいだに油紙の隙間から水や泥が入り込み、カプセルの表面は著しく劣化していた。

クロがよく物を隠す場所から、割れた空のカプセルを見つけたときは体が震えた。

しかしまだ一縷の望みは持っていた。噂に聞いた病の症状が、自分のつくった病原が起こす痢病とは異なっていたからだ。吐血して死に至る経過は、実験では出て来なかった。

だが不安は日に日に膨らみ、耐えきれずに瀧名村へようすを見に出かけたのだった。

道で出会った十五、六の少年から六人目の発症を聞き出し、日が落ちるのを待ってその子の家へ忍んで行った。中に入って確かめるわけにもいかず、うろうろしていると、家の中から男が二人出て来、話の内容から、二人が子供の父親とこの村の庄屋だと知れた。庄屋が父親を説き伏せ、明朝村を出て日本へ発つことを了承させていた。

鍬之助は、まずいと思った。日本で調べてもし自分のつくった新型の病原が出れば、江戸へ逃げてきた自分のことも、そこからばれてしまうかもしれない。それに過失とはいえ、すでに何人もの子供が死んでいる。それが知れることが、何より怖かった。何とか日本への出国を阻止するか、自分の病原ではないと確かめることはできぬものかと考えた。

良い知恵も浮かばぬまま、とりあえず明朝発つ一家の後を追うことにした。笠で顔を隠し、つかず離れず後を尾けた。日中、道端の木陰で一家が休息をとった。両親がうつらうつらしている隙を見てそっと近寄った。

眠る母親の腕の中で、子供は苦しそうに荒い息をついていた。クロのところに遊びに来ていた子だと、鍬之助はすぐにわかった。目を閉じていた子供が、ふいにうっすらと目を開けた。一瞬どきりとしたが、焦点の定まらないぼんやりとした瞳は、またすぐに閉じられた。胸を締めつけられる思いで、足早にその場を離れた。何とか助けてやりたいという気持ちが、鍬之助に強く芽生えた。

この病の特効薬を思いついたのは、そのときだった。自分の知っている薬はみな合成薬であったが、生薬の中に一つだけよく効く薬があった。生薬なら、江戸の薬種問屋にあるかもしれない。うまく行けば子供も助かる上、日本の病院に着く頃には病原が見つからぬ期待もできる。もともと科学を用いた医術でも、診断のつき辛い病だった。病変の起こる直腸や大腸を覗いても、特徴のある異常が認められず、ほかの病と診断されることもあった。

鍬之助はそれに賭けてみることにした。そこからいちばん近い船着場から乗合舟に乗って先を急いだ。何遍も人に道を訊ね、ようやく日本橋本町の薬種問屋、岩代屋へ辿り着いたときは、夜も更けていた。すでに暖簾をおろした岩代屋の大戸を叩き、薬を求めた。

しかし外国渡来のその生薬は、驚くほど値が張るものだった。持ち合わせでは足りぬとわかり、手代がためらったとき、奥から穏やかな声が命じた。

「その方に、薬をお分けしなさい」

岩代屋多兵衛であった。旦那に言われれば否応もなく、手代は薬棚を探し始めた。高価なこともあって、滅多に出ることのない生薬だった。

「薬にお詳しいようですね」多兵衛が鍬之助に話しかけた。

「いえ、生薬の知識はほとんどありません。たまたま知っていただけで。あの、お金は在所に戻ったらすぐお送りしますから」鍬之助が頭を下げた。

「送り賃のほうが高くつきましょう。今度日本橋へ出てくることがあれば、そのときにでもお持ちください」

鍬之助は恐縮しつつ、多兵衛の好意に甘えることにした。

「それより、この薬はどなたに入用なのですか」

「それは……その……子供です」しどろもどろで答えた。

「何か、おかしなものでも飲み込みましたか」多兵衛が訊ねた。

その言葉で、その薬が催吐剤や去痰薬として使われることを思い出した。異物を飲み込んだり、痰が気道を塞いでしまったときには、それを吐かせる効果がある。江戸ではこの種の痾病は起こらぬから、その特効薬として使われることはないのだろう、と考えた。

本当のことを告げるわけにもいかず、その言葉を肯定すると、砂糖を混ぜたらどうか、と多兵衛が言い出した。鍬之助は知らなかったが、この薬はわずかに苦く不快な味がして、子供に飲ませるのに難儀することがあるという。

多兵衛は砂糖も一緒に分けてくれたばかりか、鍬之助の頼みに応じ、すぐ飲ませられるようにしたものを竹筒に入れてくれた。

半年後、薬代を返しに岩代屋を訪れたときも、多兵衛の親切は変わらなかった。わざわざ奥座敷に招き入れ、湯気のたつ熱い茶と菓子を勧めてくれた。凍えるような冬の雨の中を歩いて来た鍬之助に、多兵衛の優しさは身にしみた。

庄屋に出国を申し出たが、江戸を出るふんぎりはまだついていなかった。

多兵衛に乞われるまま岩代屋に奉公し、そのとき鍬之助の人別は捨てた。

それからの十数年は、本当に幸せだった。多兵衛や番頭のもとで生薬の勉学に精進し、女房をもらい、おみよも生まれた。瀧名村でのできごとも、あれがなければ女房にも会えず、おみよに恵まれることもなかったと、考えられるようになった。

それがどうしてこんなことになってしまったのか――

座敷にうつ伏せに倒れた多兵衛、畳を伝う多兵衛の血、その血にまみれた自分の手……。

利吉がかっと目を見開いた。闇の中に一人の男の顔が浮かんだ。

あいつにさえ、矢三郎にさえ会わなければ――

利吉の後悔は、いつもそこに行き着いて終わる。

やがて空が白み始め、明けの鶏が鳴いても、利吉は布団に座したまま、己の中の闇に目を凝らしていた。

最初の鬼赤痢の発生から五日が過ぎた。

朝の膳出しを終えた辰次郎と松吉を、良太が呼びに来た。

「おめえらに会いたいって、佐久間様がみえられたぞ」

「佐久間様？」二人には覚えのない名前だった。

「何だ、知らないのか。出島のお役人だ、おめえらを名指ししてたぞ」

玄関に立っていたのは、一昨日藤堂町に奈美を訪ねたときに、入り口に立っていた同心だった。

佐久間は相変わらずの仏頂面で、二人が挨拶してもにこりともしなかった。

「先日おまえたちが訪ねた娘というのは、高田屋のお奈美とか申したな」

「はい……」二人の胸に、ふっと嫌な予感が涌いた。

「あの娘も今朝早く、病を起こした。おまえたちには知らせておこうと思ってな、ここへ寄ってみた」

やおら立ち上がった二人を、佐久間が止めた。「藤堂町へ行っても無駄だぞ。出入りは禁じられておる。それに、おまえたちが行っても何もできん」

松吉が、すとん、と廊下に尻をついた。辰次郎もその場にぼんやりと立ちつくす。佐久間の瞳に憐憫の色がさした。しかし表情は変えぬまま、ではな、とそのまま立ち去った。

松吉がゆっくりと立ち上がった。ふらふらと廊下の奥へ歩いて行く。

「松吉？」辰次郎が後を追うと、松吉はゴメスの奥座敷へ向かった。松吉が何を考えているのかすぐにわかった。開け放された座敷の外廊下に、二人は並んで膝をそろえた。

「なんだ、おまえたち」十助が咎めた。

「お願いがあります」

「食事が済んでからにしろ」

十助の言葉に耳をかしている暇はなかった。事態は一刻の猶予もない。

「お願いです。鬼赤痢の患者をみんな、日本の病院へ搬送してください！」

松吉が口火を切った。

「それはできない」口一杯にイモの煮ころがしを頬張るゴメスに代わって、十助が言った。

「このまま見殺しにしろと言うんですか！　患者はすでに二百人を超えてるんだ。これからだってまだまだ増える。江戸においといたら、その全員が死んでしまう。江戸の理だか何だか知らないけど、そんなもん糞食らえだ！」

言った辰次郎の眼前に、大ぶりの椀が飛んだ。とっさによけたが間に合わなかった。椀は辰次郎の肩にあたり、顔にも着物にも熱い味噌汁を被った。頭にきていたため熱さは感じなかったが、味噌の麹のにおいが、ぷんと鼻をついた。

松吉は唖然と辰次郎を眺めたが、怯まなかった。

「親分、お願いだ。どうしても死なせたくねえ奴がいるんだ。おれたちはただ、そいつを助けたいだけだ。船で海を越えれば、それだけで助かるなら、何の問題もないはずだ」松吉が、とつとつと語った。

「問題はある。そんなことをすれば、日本とのとり決めを破ることになる」

二人を見ずに、十助が言った。眉間に深い皺が寄っている。

「どういう意味ですか」

「江戸で疫痢が発生しても、自前の医術で何とかするというとり決めをしてある。これは江戸の自治が認められた、つまり建国のときの条件だ」

辰次郎も松吉も、そんな話は初めて聞いた。

「だって、現におれは十五年前、江戸を出たじゃないか」

辰次郎が反論する。

「一人や二人なら、日本も大目に見ている。外国へ旅して病をもらって来る日本人は多いらしいからな。同じ『人道に沿った』対応をしてくれる」

「西洋医術や科学に守られていても、やはり疫痢は怖い。むしろ、日本のような国こそ疫痢には敏感になっている。外国人の疫痢患者を大勢受け入れるなどという無謀なことをすれば、日本の政府はたちまち世間から非難を浴びる。人道なんぞと言ってられまい」

「でも、江戸は日本の領土の一部なわけでしょう。だったら……」

「だから、日本と江戸との決め事だと言っているんだ。江戸のような暮らしをおくる以上、疫痢をもとから根絶やしにすることなぞ決してできない。ときには飢饉も起こるし天災も免れぬ。何があっても日本に、そして科学に頼らないことを条件にあげて認められた国なんだ」

辰次郎と松吉は、呆然(ぼうぜん)として黙り込んだ。

「もういい、これ以上は無意味だ。とっとと消えろ」ゴメスは明らかに苛(いら)ついていた。

「冗談じゃねえや、わけのわからねえ理屈ばっか並べやがって。法だの理だの、んなもん一生説明されたってわかるもんか！」

立ち上がった辰次郎が、啖呵を切った。とたんに八角形の大鉢が飛んだ。その鉢が届く前に、辰次郎の姿が廊下から消えた。庭に落ちた鉢が、派手な音をたてて飛び散った。松吉も憮然とした表情で立ち上がり、ずんずんと足を踏み鳴らして廊下を去って行った。

「辰次郎の奴、だいぶ江戸弁がうまくなったな」十助が妙なところに感心している。

「下手糞な啖呵だ。甚三に啖呵の切り方教わるよう言っとけ」ゴメスは膳に箸を置いた。

「新しい食事を用意させましょうか」

「いや、出島にでかける」

十助は意外そうな顔をしたが、畏まりました、とすぐに頭を下げた。

薄墨色の肩衣半袴姿でゴメスが出島へ赴くと、知らせを聞いた竹内が驚いて駆け付けた。

「本日は、どうされました」

ゴメスが出島に顔を見せるのは、晩か早朝と相場が決まっており、それも黒鬼丸の馬場に立ち寄りそのまま帰ることが多い。

略礼服を着込んでの昼間の出仕など、ひと月ぶりのことだった。

「粟田のじいさんはいるか」

「はい、ただいま通詞に指示を出していらっしゃいますが、間もなく一段落つきましょう」

「ちょいと話がある。終わったらそう伝えろ」

「畏まりました。あの、お奉行」

用部屋脇の長廊下を歩くゴメスを、竹内が追いかけながら言いさした。

「なんだ」

「お指図通りの手配は済んでおりますが、あれはまだお使いにならないのですか」

白足袋をはいた座布団のような足が止まった。

「もう少し待ってくれ」

「はい……」

奥へ去って行くゴメスを、竹内が不思議そうに見送った。ぞんざいな命令調子でしか、ものを言わない奉行であった。ぶっきらぼうながら、頼むような言い方が気にかかった。

自分の座敷にゴメスを通した栗田は、相好を崩した。

「久しいのう、すずちゃん」

「じじい、その呼び方はやめろと言ってるだろうが」

「ほお、くそじじいからは昇格したようだ。けっこう、けっこう」

ゴメスを前に平然とこんな口がきけるのは、江戸広しと言えどこの栗田くらいのものだ。

「なんぞ用か」茶と菓子を運んできた小者が廊下を遠ざかると、栗田が問うた。

「いや、別にねえ。たまには老い先短い年寄の相手でもしようかと思ってな」

ゴメスの憎まれ口を意に介さず、栗田はうまそうに茶をすすり、菓子皿に手を延ばした。

「これは麴町の『巴や』が始めた明太きんつばでな、なかなかいける」

栗田は甘味が好物というわけではなく、とかく新しいもの、目先の変わったものが好きなのだった。この手の妙なとりあわせは、日本で流行って伝来したものが多いが、食にうるさいゴメスは際物は口にしない。もとよりゴメスは、酒は浴びるほど飲むが、甘いものはまったく受けつけなかった。

「まあ、ちょうど良かった。わしのほうにも聞きたいことがあってな」

ゴメスが粟田の顔に視線を走らせたが、飄々(ひょうひょう)とした風貌からは何も読み取れない。

「竹内らにそろえさせた薬のことだ。あれは、使わんのか」

いきなり核心を突かれ、ゴメスが小さく舌打をする。粟田は決して詰問調子ではなく、茶飲み話のついでに訊ねた、という風情だ。

「あれは、鬼赤痢に効くかどうか確たる証しがねえんだ。あくまでも万が一のための備えのつもりだった。病の症状と、何かを飲んで治ったという辰次郎の言、それを鍬之助が薬種問屋で用立てたという話から見当をつけたものに過ぎねえ」

「その万一が来てしまったということか」

粟田は竹の菓子切りで、きんつばを小さく切り分けていたが、口には運ばなかった。

「効果があるかどうかわからぬとも、相手は死病だ。使ってみても良いのじゃないか」

「あの薬は植物の根を粉末にしたもので、見当通りなら病の特効薬だが、毒も混じっていてな、副作用というやつだ。人によっては重い症状が出るかもしれねえ」

「なるほど、そういうことじゃったか」

粟田はまた茶をすすった。皿の上のきんつばは、結局少しも減っていない。

「病の正体も、何の薬かも、知っているのは鍬之助一人だけだ。奴を逃がしちまったことは、まったく悔んでも悔みきれねえ」ゴメスが歯噛みする。

「そうか、いままで鍬之助が出て来るのを待っていたというわけか」

「そうだ。もし薬が違っていたらとり返しがつかねえ。奴が今日出て来るか、明日出て来るかと考えちまうと、だらしのねえ話だが、どうしても踏み切れなかった。だがもう時がねえ。最初の患者はすでに五日経っている。これ以上は手遅れになるかもしれねえ……」

ゴメスは言葉を切り、自分の正座した膝元をじっと見つめた。座敷が静まりかえり、遠くから、廊下の軋みや同心たちの話し声が小さく聞こえる。もう夕方に近い刻限だったが、中庭に面した障子紙からさし込む陽射しは、まだ明るかった。

「なあ、すずちゃん」

茶碗を手にしてしばらく黙っていた粟田が口を開いた。

「結果の良し悪しは、それはやってみなければわからない。そこから先は神仏が決めることで、ほかの誰にもわからない。だがな、何かの行いを為す前に、ちょうどいまのように人のために心の底から真剣に考えることは、これはいちばん大事なことだ」

ゴメスは身じろぎもせずに粟田の言葉に聞き入った。

「それが間違いなく良いことだと、わしに言えるのはそれだけだ。人によっては判断の早さに何より重きを置く者もあろう。後になってみれば、それが正しいときもある。だがな、短い考慮は所詮、どこかに穴があるものだ。それが道理というものだ」

穏やかな、のんびりとした口調だった。

「……ったく、これだからこのじじいには、一生……」口の中で小さく呟き、最後は口に出さず、態度で示した。ゴメスは居住まいを正すと、粟田の正面にきっちりと正座した。

ゴメスの大きな体が、畳に静かに平伏した。

その夜、玄関脇の座敷にみながたむろしているところに、菰八が帰って来た。

「千代田の御城はえらい騒ぎだ。とり乱した連中が、江戸から出せと詰めかけている」

ゴメスの予想通り、最初の三日間で発生した八ヶ所以外、新たな場所での発生は見られなかった。しかし患者の増えようは凄まじく、発生場所から離れた町でぱらぱらと現れる飛び火組と呼ばれる患者も数多く見られるようになり、人心の混乱は日を追うごとに増していた。

「町方やら封鎖された江戸湊やらに詰めかけていたものが、埒があかなくて今度は御城というわけだ」

「急先鋒の開国論者が、それに乗じて徒党を組んだりもしてるっていうぜ」

「出島の役所なんざ、いちばん危ないだろう」

「ああ、夕方近くに大勢詰めかけたんだがよ、たまたまそこへ、珍しく出仕していた親分が出て来たもんで、騒ぎようがなかったらしい」

そんな話を脇で聞きながら、自分もその群集に加わって開国運動でもしてみようかと、辰次郎はつらつらと考えていた。

そこへ南町からの急使が来た。使いが帰って間もなく、昼間と同じに裃を着込んだゴメスが、廊下を踏み鳴らしてやってきた。後ろに十助を従えている。

「親分、こんな夜更けにどちらへ」菰八が声をかけた。

すでに夜五つにちかい刻限だった。

「南町だ。利吉が見つかった」

「本当ですか!」たちまち座敷中が色めき立った。

「ああ、町方に垂れ込みがあって、山奥の湯治場に隠れていた利吉を捕らえたんだ。親分が南のお奉行様に頼んであったから、急ぎ馬で送られてきた」

十助の顔に安堵の色が浮かんでいる。

「おめえら全員、出島で待機だ。今夜中にでも薬の手配ができるかもしれねえ」

「薬……」辰次郎の顔がぱっと輝いた。鍬之助ならきっと薬を知っている。十五年前の自分のように、奈美も助かるかもしれない。

「行くぞ」甚三や菰八に続いて、みながぞろぞろと座敷から出て行った。

「あれ、松吉は？」松吉が座敷にいないことに、辰次郎が気がついた。

「さっき出て行ったのは見たぞ。厠へでも行くのかと思っていたが、そういや遅えな」

良太がそう答えた。後で一緒に行くと伝え松吉を探したが、厠にも寝間にもいない。

誰もいない屋敷の中で、ひしひしと不安が高まった。裏庭から板場、表の飯屋にもいないことを確かめると、辰次郎の足は神田藤堂町に向かって勝手に動いていた。

南町に到着したゴメスは、すぐに奉行に会い、利吉のようすを聞いた。四半刻ほど後、詰所で待っていた十助を、同心が呼びに来た。

「馬込様が利吉をご詮議されることになった。そこもとも同席するようご指示があったゆえ、詮議所まで案内する」

同心の後に従って廊下を歩きながら、十助は訊ねてみた。

「何でも手代の居所について、密告があったそうにございますね」

「いや、密告というか、十手持ちの手下がどこぞのちんぴらから聞いたということだ。岩代屋の手代に相違ないと言うのでな、こちらから馬を飛ばしてみたら、話の通り江戸から九里ばかり入った山奥の湯治場にひそんでおったわ」

「こちらのお調べは、お済みになりましたか」

「仔細はこれからだが、岩代屋殺しはあっさり白状した」

さようですか、と十助が相槌を打った。

詮議所には、縄をかけられた利吉がうなだれていた。

ゴメスが罪人の前に陣取り、詮議の立ち会いを務める南町の吟味方与力と配下の同心が、脇に居並んだ。十助はそのさらに後ろの壁際に座した。

脇を固めた同心に促され、利吉が頭を上げた。湯治場にいたというのにげっそりとやつれ、目の下にまっ黒な隈ができている。この半月余りの利吉の焦燥が覗えた。

「ようやく出て来てくれたな、鍬之助」

「私は岩代屋手代利吉にございます」虚ろな目をしてそう言った。「そんな名前は存じません」

力なく首を横に振りながらも、頑にその名前を認めようとしなかった。

「おめえ、岩代屋多兵衛を殺したことを認めたそうだな」

「はい」

「鬼赤痢もおめえの仕業だな。いま江戸中を席巻している病は、おめえが病原を撒いたんだろう」

「いいえ、それは違います。私ではありません」

それまで力のない受け答えをしていた利吉が、そこだけはきっぱりと否定した。

「しらばくれんじゃねえ。あれは間違(まちげ)えなくおめえのやったもんだと調べがついた。多兵衛殺しの上に鬼赤痢の罪が加わりゃ、江戸始まって以来の大罪人だ」

「私はそんな大それたことはしておりません。旦那様を殺した罪は認めているのです。死罪は覚悟しております。ですが病とは何の関係もありません」

「おめえが何と言おうと無駄なことだ。このおれが鬼赤痢の咎で裁くと決めたからにはな」

「そんなご無体な！」

氷のように冷たい視線を浴びて、利吉の全身から汗が吹き出した。もとより長崎奉行の非道ぶりは聞き知っている。

利吉の脳裏におみよのあどけない顔が浮かんだ。おみよを歴史に残る大罪人の娘にすることだけは、何としても避けなければならない。利吉はごくりと唾を飲み込んだ。

「私が撒いたのではないという確たる証しがございます」

「ほう、そりゃ何だ」

「私はこの半月余のあいだ、ずっと山奥の湯治場におりました。どうして江戸に病原を撒くことなどできましょう」

「語るに落ちるだな、鍬之助。病の潜伏日数が半月に満たぬと、どうしてわかる」

後ろ手に縄をかけられた、利吉の体がかたまった。

「病原が撒かれたのは多兵衛が殺された前かもしれねえ。おめえが半月江戸を留守にしていたことが、なんで証しになるんだ」

利吉の両の目が大きく見開かれ、かくりと顎が落ちた。

「そのようすじゃ、誰かにうまくはめられたようだな。その誰かってのが、多兵衛を殺したんじゃあねえのか」

利吉の瞳が激しく動いた。しきりに瞬きをくり返す。

「病を広げて何百人も殺した罪より、主を殺した咎のほうがまだましだとでも言われたか。まったく間抜けな野郎だ。発症までの日数をよく承知していたからこそ、そんな口車に乗っちまったんだ。おめえは鬼赤痢と親しくなり過ぎて、自分以外の誰も知らねえことをあたりめえだと思ってたんだ」

利吉のこめかみから汗が一筋流れ、からだがたゆたうように左右に揺れた。ゴメスはこの機を逃さず、とどめの一矢を放った。

「おめえの娘のおみよがな、鬼赤痢に罹ったぞ」

利吉の目と口が、大きく広がった。

「嘘です！　私を騙そうとしてそんなことを！」ほつれのひどい髷の頭を振って叫んだ。

「嘘じゃねえよ。浅草で病を拾っちまったんだ」

「浅草ですって？　そんなはずは、そんなはずはありません！　おみよが……！」

「たしかに病の発生した場所とおめえの住まいは離れているがな、おめえが逃げてるあいだ、かみさんが身を寄せていたのが浅草だったんだ」むっつりとして、ゴメスが言った。

「馬込様の話は本当だ。おまえの娘おみよが病の症状ありと、差配から届けがあった。一昨日のことだ」脇にいた吟味方与力が重ねて言った。

利吉ががっくりとうなだれた。おみよ、おみよ、と口の中で呟いている。

「鍬之助、薬を教えろ、今夜中にでもおみよに飲ませてやる」

肩を震わせていた鍬之助が、ぐいと顔を上げた。

「吐根(とこん)です！　吐根を飲ませてください！　お願いします！　お願いします！」

「吐根末(とこんまつ)で間違いねえんだな」

「はい」

「あれはアメーバ赤痢なんだな」

「はい！」

ひたいを板間にこすりつけ、堰(せき)を切ったように、激しく泣き出した。

「それが、聞きたかった」ゴメスが大きく息を吐いた。

ゴメスは脇にいた南町の同心に、出島への使いを頼んだ。粟田は出島で報せを待っているはずだった。出島に集めた吐根末を、すぐに市中に配布するよう言付けた。

「馬込様、アメーバ赤痢とは？」南町の吟味方与力が訊ねた。

「赤痢には、ふた種類あるんだ。江戸でたまに起こる赤痢は、細菌が毒素を出して病の症状が現れるんだが、もう一つ赤痢アメーバってぇ寄生虫が起こす種類がある。どっちも水や食べ物を介して病が広がり症状もよく似ている。だがアメーバ赤痢は熱帯特有のもんで、外国で拾って来ねえ限り、日本や江戸では見られねえ病だ」

「それをこやつが持ち込んだのか」与力が利吉を見下ろして、苦々しげに言った。「先ほど申されていた薬……吐根とは、どのくらい鬼赤痢に効くのですか」

「吐根末はいちおう、アメーバ赤痢の特効薬だ。鬼赤痢はふつうのアメーバ赤痢と違うから確証はねえが、うまくいけばほとんどの者が助かると思う。副作用が心配だが、仕方あるめえ。心の臓の筋肉や神経に炎症を起こすことがあるんだ。外国では、害の少ない合成薬を使っているがな」

「特効薬ですか」訊ねた与力ばかりでなく、その場にいた同心たちにも安堵が広がる。

とり乱していた利吉が、ようやく落ち着いた。ゴメスが利吉に話しかけた。

「十五年前、おめえが吐根を飲ませた坊主が江戸入りしたことは知っているか」

「……はい」

「顔は見たか」利吉は首を横に振った。

「おめえのところで宴会の余興だと言って、苦い薬を買った若造を覚えてるか。あれがおめえのおかげで命を拾った坊主だ」

「あの方が……。そうでしたか。ちっとも気付きませんでした」

涙で汚れた顔で、小さく微笑した。

「さあ話してもらおうか。十五年前、いや、おめえが江戸入りする前からだ」

利吉がゆっくりと頷いた。その顔を、座敷の隅から十助が食い入るように見つめていた。

「私は大学を出てから四年のあいだ、日本の製薬会社のジャカルタ研究所でアメーバ赤痢を研究していました。病原となる数種の株を交配させ遺伝子を操作して、ワクチンとなり得る株を新たに作り出すことが目的でした」

話し始めた利吉が、ふと顔をあげた。自分の話す内容が相手に通じているだろうかと、不安になったのだ。

「いい、わかる。そのまま話せ。株ってのぁ、寄生虫の系統のことだろ」

利吉がはっとして、目の前の巨体を見上げた。「もしや、あなたは……」

「先を続けな」ゴメスが制した。利吉は俯いて、また話し出した。

「その作業を続けるうち、珍しい性質を持つ新種の株ができました。病を起こす種であったためワクチンとはなり得ませんが、その株は人から人へ伝染らないという特徴を持っていたのです」

ふつうの赤痢アメーバは、決まったすじみちを辿って増える、と利吉が説明した。人の体に入ると、嚢子（のうし）と呼ばれる形から、増殖に適した姿に変わる。そしてまた、外界の変化に強い嚢子となって糞便に排泄されて、新しい宿主へと感染をくり返す。

「鬼赤痢はふつうの疫痢とはちがって、人の糞便からは感染しないというわけか。どうりで流行る期間が短いわけだ」ふうむ、とゴメスが腕を組んだ。

「珍しい株ではありましたが、ワクチンとしては役にたちません。ですが研究所は、それを外国の別の薬品会社に売ると言い出しました。嫌な予感がしました。その会社には、黒い噂があったからです。そこが生物兵器の開発に関わっているという噂です」

その顔に、はっきりとした嫌悪の表情が浮かんでいた。

「まんざらなくもねえ話だな」ゴメスが請け合った。「生物兵器はミサイルや原水爆に比べりゃうんと安あがりだが、撒布した一帯が汚染され、長いこと使い物にならなくなるのが欠点だ」だからこそ兵器になぞされたくないと願ったものが、いま江戸で大勢の人を苦しめている。利吉はいまさらながら、我が身の皮肉を呪った。

「おめえのつくった病原は、生物兵器にはうってつけの素材になるな。人だけ殺して、ひと月ばかりで土も水も元通りというわけだ」

「いえその当時は、まさか罹った人の全てが死ぬなどとは思ってもみませんでした」

「つくったおめえが、知らなかったってのか」

「研究所にいた頃は気付きませんでした。特に吐血の症状は、十五年前の漉名村で初めて知りました」

「おれもそこにずっとだまされていた。死ぬ前の激烈な症状に目が行って、アメーバ赤痢だとは長いことわからなかった。おめえはあれをどう見る」

これは症状から見た推察ですが、と利吉がことわった。

「あの株には、腸での増殖を終えると、必ずしかも急激に胃の腑に転移する性質があるのではないかと思います。ふつうなら胃酸が邪魔をするので考えにくいことですが、転移した虫が胃の粘膜を食い破って大量の吐血を引き起こす。私はそう考えました。実験ではほかの株よりも若干、症状が重い程度でした。まさかあんなに凄まじいものとは……」利吉が身震いした。

「たぶん、おめえの新型アメーバは怒っていたんだろうよ」

利吉はぼんやりとゴメスの顔を眺めた。

「増殖できないように作り変えられて、生物としての本能をもぎとられたんだ。だからその腹いせに暴れたんだ」

「……そうかもしれません」利吉が瞑目して呟いた。

「で、おめえはどうすることにした」

ゴメスが先を急がせた。縛られた苦しい姿勢のせいか、利吉の疲れが目立ってきた。

「考えたあげく私は、全て処分しようと決めました。試作の株を処分し、記録も全て消去しました。会社の資産を勝手に廃棄すれば罪になります。だから……江戸へ逃げました」

相手に後ろ暗いところがあれば、訴えはされまいと考えたが、それでも法に触れる行為をしたことが恐ろしかった。入国すれば名を変えられると聞いて、江戸への逃亡を決めたのだった。

「で、その処分した筈の病原が、なんだって江戸にあるんだ」

ゴメスに凄まれて、利吉の体がぴくりと跳ねた。

「……いま思えば魔がさしました。私は惜しかったのです。あれは私の四年間の研究の集大成です。それを全て処分することがどうしてもできなかった。嚢子を少しだけ持ち出しました」

「そこで持ち出した嚢子が、なんで二十年近くも生きてる。嚢子の寿命は長くてひと月ちょっとだろう？　水がなければ数刻で死ぬ筈だ」

「新型株は、嚢子の凍結乾燥化に成功していました。水分が入らぬ限りは何十年も眠ったままで性質を保てるのです。湿気を吸わぬよう密閉式の容器に詰めて持ち出しました」

「そいつを瀧名村に撒いたのか！」

叫んだのは十助だった。それまで立場をわきまえて、黙って後ろで控えていた十助の堪忍袋の緒がぶつりと切れた。

「違います！　あれは犬が勝手に……」

その口を十助の一睨みが塞いだ。

目をそらすように下を向いた利吉が、虫のようにか細い声を出した。

「わかっています。たとえ過失でも、私が悪かったんです」

十助はもう、利吉の泣き言を聞いていなかった。


松吉を追って、神田まで突っ走るつもりでいた辰次郎は、日本橋本町まで来たところで、ふと思い立って岩代屋へ寄ってみた。表の大戸は固く閉ざされている。裏へまわってみたが、高い板塀の中は、人のいる気配がしなかった。主人の多兵衛を殺されて、まだ忌中にあるのかもしれないと、辰次郎は諦めた。そこから藤堂町に走ったが、竹矢来の外に立つ見張り番に訊ねると、誰も中に入った者はいないとの答えだった。

「松吉の奴、どこに行ったんだ」うろうろしているうちに、辰次郎は閃いた。

くるりと向きを変えると来た道を戻り、南茅場町へと走った。

芳仙堂に到着すると、やはり大戸は閉められていたが、こちらは中に人の気配があった。戸を叩いてみようかと、いったん上げた右手を下ろして、裏へまわった。以前、万丸の安蔵が入って行った潜戸に手をかけたが、中から閂がかけられている。近くにあった樽を板塀のそばまで引き摺ってゆき、その上にのぼった。板塀の上からちょうど頭が出た。

月夜なので辰次郎にも中のようすが窺えた。広い庭と濡れ縁が見え、庭に面した座敷は灯りが消えていたが、表の店のほうから人の話し声や笑い声がする。

なんとか中に入り込めないだろうか。板塀の上から枝の先が出ている木を見上げて、あれこれと思案した。行けそうだ、と践んだとき真後ろで声がした。

「何をしている」

辰次郎は髪の毛が逆立ったように感じた。驚きすぎてとっさには声も出ない。

「泥棒か」

「違います！」あわてて振り向いた。相手が提灯をさしのべて、辰次郎の顔を照らした。

「いつまで乗ってるんだ」

辰次郎はすごすごと樽から降りた。ばつが悪いことこの上ない。提灯を持った男の姿を眺めて、どうして灯りにも足音にも気付かなかったのかと、自分の迂闊(うかつ)さを責めた。

「ここで何をしていた」男が同じ問いを重ねる。

「仲間を探してました」正直に答えた。

「この中にいるのか」

「いや、いるかもしれないと思って……」声がどんどん尻窄みになる。

男は黙って辰次郎を眺めている。辰次郎は男が医者の風体であることに気が付いた。坊主頭に頭巾(ずきん)を被り、年は四十前といったところか。辰次郎より頭一つ低いが、肩幅の広いがっちりした体型だった。その輪郭に、見覚えがあるように思った。

「ここで待っていろ」男が言った。

どう答えていいものかまごついていると、男が顔を近付けて、「わかったな」と念を押した。眉の濃い目鼻立ちのはっきりした顔は、医者にしては精悍な面構えだった。

男の提灯が表通りへ曲がると、大戸を叩く音に続いて、男がおとないを告げる声が聞こえた。万丸の手下でも襲って来るのではないかと構えたが、男が中へ入ってからは何の物音もしなかった。

そのままかなりの時間待たされて、もう一度のぼってみようかと樽を見下ろしたとき、塀の向こうで小さな物音がした。潜戸の閂を外す気配がして、中から男が顔を出した。

「早く中に入れ、静かにな」

迷いながらも男に従って戸をくぐった。男の後ろに続いて、建物に沿うように庭をぐるりとまわると、中庭らしき場所に出、そこに白壁の小ぶりの蔵があった。正面にある鉄製の大きな扉には太い閂がさされていたが、錠前はなかった。

男は辰次郎に手伝わせ、静かに閂を外して囁いた。

「おまえの仲間はこの中だ。私がここで見張っているから早く連れ出せ」

素直に従って重い扉を開けると、入口から差す月明かりに蔵の柱にくくりつけられた松吉が見えた。

「松吉！」声を立てずに辰次郎が叫んだ。駈け寄ると、ふがふがとくぐもった声がした。嚙(か)まされていた手拭を取ると、「辰次郎」と意外と元気な声が返ってきた。殴られた跡が顔に二、三ヶ所残ってはいたが、ひどい怪我はしていないようだ。

「よくここがわかったな」

「まあ、おまえとおれの仲だからな」

「ここに来たってこたぁ、おめえやっぱりおれのこと気付いてたんだな……」

辰次郎はそれには答えず、黙って縄をほどくことに専念した。松吉が言葉を継いだ。

「奈美が病に立ち向かってんのに、おれだけいつまでも逃げてるわけにはいかねえと、そう思ったんだ」

「……松吉……」

「おめえが襲われたのも、岡っ引きの手下が大怪我したのも、それに……奈美が病になったのも、みんなおれのせいだ……」

「もういいよ、松吉。おまえの泣き言なら、後でたっぷり聞いてやる。いまはここを出るのが先だ」

「……けど、おれはもう……」

「松吉、裏金春へ帰ろう。あそこがおれたちの帰る場所だ。みんなが待ってる場所なんだ。おれたちはここを出て、一緒に裏金春へ帰るんだ」

かくん、と前のめりに首を折った松吉から、程なく鼻をすする音がした。

さっきの男が中を覗いた。早くしろ、と小声で急かされたが、固い結び目がなかなかほぐれない。焦っていると男が手を貸してくれた。ようやく縄がとけ、ほっとしたのもつかの間だった。蔵の中に差し込んでいた月の光が何かに遮られ、辰次郎の背中で声がした。

「困りますな慈斎先生、勝手なことをしてくれては」

芳仙堂重兵衛が、蔵の入り口に立っていた。

利吉は瀧名村での一件が不測の事態であったことを、涙ながらに語った。

一度怒りを爆発させた十助は、貝のように口を閉ざしたきり、あとは何を聞いても反応を示さなかった。

ゴメスは辰次郎に薬を飲ませた経緯を話すよう促した。利吉は岩代屋から吐根を買い、養生所でお利保に与えるまでの顚末を語った。

「果たして吐根が効くかどうか、自信はありませんでした」

湊の養生所の門外でひと晩明かし、早朝親子が姿を見せても、渡すきっかけは摑めなかった。養生所の前を行きつ戻りつしていたところ、出国の手続きのためか、父親の辰衛がひとりでお出入り役所へ向かった。

「その隙にと木戸の内に入ったところを、子供の母親に声をかけられたのです」

お利保はそこにいた鍬之助を、養生所の使用人だと思ったようだ。

『お水をいただきたいのですが』

この一言が、薬を渡す好機となった。砂糖水と偽ったのはおもよが話した通りであった。

「それでおめえは、罪悪感を少しは払拭できたか」

利吉は激しく首を振った。「とんでもありません。それから半年は地獄でした」

野田村へ帰ってからも、気の休まるときはなかった。

病原である虫が生存し続けるひと月ばかりは、自分を含めた新たな感染が心配で、飯も喉を通らない日々だった。幸いあれ以来、病の噂は聞かれなかった。

それがようやく過ぎた頃、あの子供はどうなったろうかと気にかかった。瀧名村へ行き、道ですれ違った者に訊ねると、よくはわからないが治ったらしいという答えが返ってきた。

「私はそのとき、以前にも同じ少年に病のことを訊ねたということに、気付いていませんでした。……それが矢三郎でした。三年前、慈斎先生のところへ薬を届けに行ったとき、たまたま施療に来ていた矢三郎と、出会ってしまいました」

利吉は悔しそうに唇を嚙みしめた。

「矢三郎にさえ、江戸であいつにさえ会わなければこんなことには！」

逃亡のさなか、くり返し呪った不運を思わず口にした。

たちまちゴメスが顔色を変えて怒鳴りつけた。

「履き違えるんじゃねえ！　瀧名村での一件はもちろん、江戸の騒ぎもてめえの仕業だ！」

「違います、江戸でのことは、私では……」

「馬鹿野郎！　てめえの作ったもんで百人以上が死んでるんだ！　いまもこの江戸で何百人が苦しんでると思ってる！　おめえ一人の命なんかじゃ、贖（あがな）いきれねえ罪を犯したんだ！」

その怒りに呼応するように、蠟燭の炎が大きく揺れて黒煙が立ちのぼった。

利吉が倒れるように床にひたいをこすりつけた。申し訳ありません、と何度もくり返し、やがて嗚咽（おえつ）に変わったが、ゴメスは容赦しなかった。

「何だって村を出るとき残りの虫を始末しなかった！　そいつを捨てきれなかったのが、てめえの業の深さだ！　そういう学者を、おれは外でごまんと見てきた」

利吉の嗚咽が、ふと止まった。

「あなたは……やっぱり……」涙で汚れた顔を上げた。

「私は、あなたを、上海の学会でお見受けしました。あの若さであれほどの研究は……」

「黙れ！　鍬之助！」

詮議所の板壁がびりびりと震えるほどの大声だった。十助を除くその場の全員が、驚いて跳び上がった。

「おめえはその世界から逃げて逃げ切れなかった哀れな野郎だ。そんな昔をいつまでも大事に引き摺っているから、こんなことになったんだ！」

利吉の口から再び嗚咽がこぼれ、それはいつまでもやまなかった。

辰次郎と松吉は、芳仙堂の蔵の隣あわせた柱に、一人ずつ括（くく）りつけられた。

それをすますと重兵衛は、さっき辰次郎に手を貸した医者とともに蔵を出て行ったが、見張りとして矢三郎を残していった。矢三郎は二人の前に陣取ってにやにやと笑った。

辰次郎が矢三郎の顔を正視したのはこれが初めてだった。肉の削げた頬と落ち窪んだ眼窩（がんか）の悪相で、手燭の明かりを映したその目の中に人品の卑しさが現れていた。

「こいつは関係ねえ、何も知らねんだ。こいつは帰してやってくれ」

松吉の頼みを、矢三郎は鼻で笑った。

「せっかくおめえを助けに来てくれたってのに、そりゃつれなかろう。待ってな、もうすぐ安蔵親分が来る。そしたら仲良くあの世行きだ」

舌舐めずりをするような嫌らしい物言いに、辰次郎は胸がむかついた。

「いいよ、おまえらにおとなしく殺されてやるよ。だから代わりに全部教えろ。おれだけ何も知らずに殺されるんじゃ割に合わねえ」

「おれからも頼む！　おれもこいつに言っちまわねえと、死んでも死にきれねえ」

「密偵は黙ってろ」松吉の哀願を、矢三郎が封じた。

「密偵って何だ」辰次郎が聞き咎めた。

「おれは多兵衛旦那に雇われて裏金春に潜入したんだ。もっともそのときの話では、交易に関わる情報を得るためという名目だったがな」

「交易の情報って、何だそれ」

「問屋にとって、交易に関わる御上の決め事は重要だ。入国の決まった新参者の略歴から、それをいち早く摑むことが、商売を左右する鍵だと旦那は言った。それをいち早く摑むことが、商売を左右する鍵だと旦那は言った。この役目を担えると践んで、おれを選んだとも言っていた」

「それでおまえは、その話を飲んだってのか？」

そんな話に松吉が乗るとは、とうてい信じ難かった。

「会社にいた頃、おれは調査部にいたんだ。財務省やら業界やらの情報を集める部署だ。おめえは学生だったから知らねえだろうがな、行政の方針を摑むのは、日本や海外の企業にとっても大事なことなんだ。いまの経済は情報が命だからな」

「偉そうな御託をならべやがって、結局だまされてたくせによ」

矢三郎の嘲り（あざけり）を、松吉は否定しなかった。

「ああそうだ。なまじっかそんな知識があったから、おれは旦那の依頼を聞いてもさほどおかしいとは思わなかったんだ。御上の御用を務める仕事をしたかったのも本当だしな。最初旦那はおれを出島へ入れるつもりだったようだ。でもおれが船で会ったおめえの話をしたもんで……」松吉が口ごもった。

「おれがいる裏金春のほうが潜入しやすいと考えたのか」

「その通りだ……おめえにはいくら謝っても足らねえ……。すまねえ、本当にすまねえ」

「おまえがやたらと物売りを冷やかしてたのはそのためか」

「物売りの全部がこいつだったわけじゃねえがな。繋ぎを感付かれないよう、マメに物売りの相手をすることは、旦那からの入れ智慧だ」

松吉はほっと息をつき、急に遠くを見つめる目になった。

「だけどおれにその仕事を頼んだのが岩代屋の旦那だってことは、ずっと知らなかった」

松吉は請け人の差配から、雇い主として多兵衛に引き合わされた。多兵衛のにせの肩書きを、差配もそのまま信じていたようだった。

「おめえに正体がばれたら、いつ長崎奉行に伝わるか知れねえからな。そんな間抜けなことを、あの用心深え多兵衛がするものか。おめえはあいつをすっかり信用して、いいように使われたんだ」矢三郎がせせら笑った。

「そうかもしれねえ。でもおれは多兵衛旦那が好きだった。穏やかで優しい人だった」

「それがあいつのやり口よ。誰も彼も丸め込まれて、その実身内を助けようともしない……おっとこれは重兵衛旦那の受け売りだ」

「そんなことはねえ。おれが岩代屋を見張ってて旦那の正体を知っちまったときも、旦那の態度は変わらなかった」

「それってひょっとして、岩代屋の旦那が殺される前の晩のことか」

辰次郎は御前会議の夜の、松吉のおかしなようすを思い出した。

「そうだ。おれはあんまりびっくりして、隠れていた物陰からふらふらと出てしまった。旦那もひどく驚いてたけどこう言ってくれたんだ。その日限りで旦那との関わりの一切を忘れて、裏金春でこれまで通り働けって。おれは何も悪くないから心配するなって」

松吉が密偵を引き受ける気になったのは、たぶんその旦那の人柄を信頼してのことだろう、と辰次郎は思った。

「それはおめえが使いものにならねえってわかったからだろうよ。おめえは途中から、おれが繋ぎをとりに行っても避けてたじゃねえか」

「ああ、裏金春に馴染むにつれて、自分のやってることに嫌気がさしてきたんだよ。何よりおれは、繋ぎをつけに来てたおめえが気に入らなかった」

松吉は人が変わったように、矢三郎を睨みつけた。

「なんだと、てめえ」

「人の弱みを漁るような、おめえのその目つきが気に入らなかったんだよ！」

啖呵を切った松吉の胸倉を矢三郎が摑み、頰を張った。それでも松吉は怯まない。

「おめえはおれと多兵衛旦那の繋ぎをしていたはずだ。いつからこっちに鞍替えしたんだ」

「まあ言ってみりゃ、最初からよ。おれは多兵衛の指示でおめえとの繋ぎをやっていたが、それを全部、こっちの旦那と安蔵親分にばらしてたってわけだ」

「汚ねえ」松吉が歯噛みした。

「多兵衛はうるさくてな。あれは駄目だのこれは人の道に外れるだの吐かしやがって、だいたいおれと直に会おうともしねえことがいちばん気に入らなかった」と吐き捨てた。

「じゃあ、あんたは誰に繋ぎをつけてたんだ」辰次郎が訊ねた。

「そりゃ、さっきのお医者先生よ」

「そうなのか！」そのとき辰次郎は、慈斎という名前を思い出した。岩代屋多兵衛の次男が師事していたという町医者だった。

「ついでに教えてやらあ。てめえを八丁堀で脅したのは、おれと先生だ」

「なんであの人が」と言ってから、塀の外で会ったとき、見覚えがあるように思ったのはそのためか、と辰次郎は思い至った。

「あんな子供だましなやり方は、おれはなっから気が乗らなかった。だから南鍋町ではぶっすりやってやったのに、事もあろうに相手を間違えるとはな。あとでこっちの旦那にずいぶん叱られたもんよ」

「……こっちの旦那ってこたぁ、やっぱりあれは、多兵衛の旦那じゃなく、重兵衛の差金か！」

松吉が唾を飛ばしながら声をあげると、矢三郎は蠅（はえ）を追うような表情で、面倒くさげにこれを肯定した。

へへ……と、松吉が小さく笑った。

「……やっぱり、多兵衛旦那じゃあなかったんだな……」

松吉は噛みしめるように言って、もう一度へへっと笑った。

白く大きな満月が、黒板塀を皓々（こうこう）と照らしていた。

塀に耳をあてた韋駄天は、眩しそうに月を仰いだ。いつもなら足元を照らしてくれる大事な灯であったが、人目を忍ぶ探索には厄介だ。目だけで辺りを窺ったとき、板塀が中から小さく叩かれた。短く四回、板が鳴ったことを確かめると、韋駄天は猛然と走り出した。

「土壇場じゃねえか」合図の意味を呟いて、足だけをぐいぐいと前に運んだ。

韋駄天は走ることが好きだった。体が前に出るときの、何かに持って行かれるような躍動感や、全身に感じる風の感触が心地よく、走ってさえすれば、ほかには何もいらないと思っていた。

裏金春に入ってから、それが少しずつ変わってきた。何かのために、誰かのために走るということが、自分でも意外なほどの自負を生み、それは足の運びにも影響した。

いまの韋駄天は、そうと気付かぬうちに、これまでにない疾さで走っていた。

——死ぬな！

韋駄天が念じていたのは、ただそれだけだった。

匕首を振りまわす、矢三郎の狂犬のような姿が脳裏に浮かんだ。奴の凶暴な性質を、韋駄天はよく承知していた。

ゴメスの命で、松吉にずっと張り付いていたのは韋駄天だった。羅宇屋に化けた矢三郎に松吉が詰め寄ったあの日、韋駄天は矢三郎の後を尾けていった。途中で気付いた矢三郎に襲われて、尾行を諦めやっとの思いで逃げ返ったのだった。奴の匕首が韋駄天の着物の袖を裂いたとき、矢三郎は確かに笑っていた。

走る道の先、遠くに出島の門前の灯が見えた。その灯のそばに、小山のような影を認めたとき、韋駄天の胸に希望がふくらんだ。

ゴメスは南町からの戻りであった。

真夜中だというのに、長崎奉行所は大戸を開き、明々と松明が焚かれていた。中では町方から駆けつけた応援とともに、総出で吐根末の配布の用意に追われていた。

「まじめにやってるらしいな」ゴメスが満足そうに呟いて、肩を落として後ろを歩く十助を振り向いた。利吉の話は、十助の慰めには少しもならなかった。

「なあ十助、とり返しのつかねえことばかりでも、とりあえずしなきゃいけねえことがあるってのは悪かねえ」

親分に慰められるほど、屈託のある顔をしていたかと、十助はようやく思い至った。過去に拘る自分の弱さを、十助は恥じた。

「はい、申し訳ございません」気をとり直して、顔を上げた。

そこへ韋駄天の声が飛んだ。

「親分、辰次郎と松吉が摑まった！　場所は芳仙堂だ！　急がねえと二人が死んじまう！」

「なんだと！」声をあげたのは十助だった。「あの二人から目を離すなと言ったろう。甚三と菰八はどうしたんだ！」

「すいません、おれの手落ちです。裏金春にみながそろっていると、今日に限って油断した。みなで出島に着いてすぐ、二人のいないことに気が付いて、方々探してやっと芳仙堂に辿り着いた。あいつら自分から芳仙堂に乗り込んだに違いない」

韋駄天の話が終わらぬうちに、ゴメスは松明に照らされた大門へ向かった。

戻りの報せを受け、与力と竹内が玄関へ飛び出して来た。

「出役する。何人か用意させろ」

与力が意を受けて、すぐに踵(きびす)を返した。

「竹内」

「はっ」

「黒鬼丸を出す」

竹内は弾かれたようにゴメスを見上げたが、すぐに頭を下げた。

「承知」

言うなり馬場へと走り去った。その背を心配そうに見送る十助に、韋駄天が言った。

「二人に万一のことがあっても、いっとき凌げるだけの武器は置いてきました」

「武器だと」

「うちでいちばん切れ味のいい刃物ですよ」

思いあたる顔になった十助に、韋駄天が深く頷いた。

蔵の門が、ごとりと音をたてて外された。

一目で絹物とわかる、光沢のある茶の羽織を着込んだ重兵衛が、口の端を吊り上げた。

「すっかり待たせてしまったな」

安蔵と、子分らしき三人の男を従えているが、落ち着いてどこか貫禄さえ漂う安蔵の前では、重兵衛はせいぜい番頭程度の小者に見える。その後ろに、慈斎の姿もあった。

「おまえたちの始末をどうつけるか思案したが、あたしは荒っぽいことが嫌いでねえ。蔵を血で汚すのも障りがある」

どうせ何もありはしない蔵だろうが、と辰次郎は蔑(さげす)むような目を向けた。隅に木箱や行李がいくつかあるだけで、数棹の棚はほとんどがからっぽだった。重兵衛の困窮ぶりが窺える。

「で、これを使うことにした」

重兵衛が、安蔵の子分の一人に目で合図した。男が持って来たのは、水を張った盥だった。一抱えほどの大きさがあり、床に降ろした拍子に、たぽん、と水音がした。

「水責めたあ、旦那も乙なことを」

「人聞きの悪い。溺死に見せて堀へ流せば、手間もかかるまい」

重兵衛が顔をしかめて矢三郎を制した。

「さて、どっちを先にするか」矢三郎が舌舐めずりをしながら辰次郎と松吉を見比べた。先刻から矢三郎のにやにや笑いが止まらない。人を殺すことを明らかに楽しんでいる顔だ。

こんな奴に殺されるのかと思うと、口惜しくて涙も出ない。腸が煮えくりかえって仕方がない。内から涌きあがって来るものは、死への恐怖ではなく、腹の底から笑い出したいような、やけくそな気持ちだった。

「松吉！」辰次郎は前を向いたまま叫んだ。

「おうよ！」応えた松吉の声にも、怯えがなかった。

「死ぬ前にはこれまでのことが走馬灯のように見えるんだよな」

「ああそうだ。おめえは見えたか。こちとらまるっきり見えやしねえ」

「おれもだ、見えねえ。おかげでさっきっからまるで死ぬ気がしねえんだ。ってより、こんなところで死ぬものか！」

「そうだ、こんな奴らのために、死んでたまるかよ！　ぜってえ生きてやるからな！」

口々に喚(わめ)きたてる二人に、矢三郎の笑いが止まり、重兵衛が閉口した。子分らも半ば呆れて見ている中で、安蔵だけが、顔の皺一本動かさなかった。

「うるせえ！　黙れ！　とっとと始末してやる！」矢三郎が怒鳴りつけた。

そのときだった。

「先に始末されるのは、てめえのほうだ」

蔵の戸口から声がして、大きな音とともに重い観音開きの扉が開き、長い影が踊り込んだ。角ばった太い六尺棒のようなものが振り回されて、たちまち安蔵の三人の子分と重兵衛が倒れた。角材の先はそのまま、辰次郎と松吉の前に屈み込んでいた矢三郎の胸倉にぶち当たり、ふっ飛んだ矢三郎が蔵の壁に叩きつけられ動かなくなった。

「よう、まだ生きてたな」

「兄い！」

二人の顔を見下ろしたのは、藍の唐桟を着流した甚三だった。床に放り投げたのは角材ではなく、鉄扉についていた長い閂だった。

「ったくてめえらは、威勢の良さだけは一人前だな」

甚三は懐からとり出した匕首で、辰次郎の縄を手早く切った。

倒れたままの重兵衛が、大声で安蔵をけしかけた。先刻の甚三の攻撃を免れたのは、扉脇に背を寄せていた慈斎を除けば、素早く身をかわした安蔵だけだった。ゆっくりとした動作で安蔵が帯に挟んだ匕首に手をかけ、子分らも頭を振りながら立ち上がり刃物を構える。

舌打ちした甚三は、辰次郎に匕首を渡した。

「おれが奴らを防ぐから、松吉の縄を切ったらこれを持って外に出ろ。切りかかられたら自分で防げ。いいか、もしもの場合はためらうんじゃねえぞ。命取りになる」

言うなり自分は素手で、安蔵の子分らに突っかかって行った。右の男の細身の攻撃をかわし、手首を摑んで捻りあげた。悲鳴をあげる男の首筋を肘で殴りつけ、落とした細身を拾いざま、切りかかってきた別の男の脛(すね)を裂いた。

辰次郎は柱に縛りつけられていた松吉の縄を切った。長いこと拘束されていた松吉が、ようやく息をついた。続いて松吉の足首を幾重にも巻いた太い麻縄を切ったとき、

「危ない！」松吉の声が飛んだ。

辰次郎が後ろを振り返ったのと、松吉がその体を突き飛ばしたのが同時だった。松吉の悲鳴があがった。気絶から覚めた矢三郎の匕首が、松吉の肩をざっくりと割っていた。

「松吉！」

甚三が声に振り向いた。すかさず辰次郎に襲いかかる矢三郎の匕首を、甚三の細身が辛うじて止めた。刃と刃のぶつかる高い音が響き、甚三はそのまま矢三郎の腹の真ん中を正面から蹴った。甚三の足がばねになり、矢三郎は背中から柱の角に激突し、その場にくずおれた。背後から襲いかかる三人目の腹を、甚三は振り向きざまに細身で払った。残るは安蔵だけだった。五尺ほどの間合をとって二人が睨み合う。安蔵の顔に初めて薄い笑いが浮いた。

「辰公、松吉を背負って外に出ろ！」

甚三が怒鳴ったが、辰次郎は半ば動転していた。松吉の薄紫地の着物の左肩が、見る間に真っ赤に染まってゆく。

それまで蔵の一隅で傍観していた慈斎が、松吉に歩み寄った。松吉の傷を調べ、懐からさらしを出して細く裂くと、心臓の上と肩口を手早く縛った。

「一刻も早く外科医の手当てを受けさせろ」慈斎が言って、松吉を辰次郎の背にのせた。

「松吉、しっかりしろよ」背中に叫んで出口へ向かう。二人を庇いでもするかのように、慈斎が脇に付き従う。松吉がうっすらと目をあけた。辰次郎の背から慈斎を見ている。

「……先生も……多兵衛の旦那を裏切って……こいつらの仲間になったのか」

かぼそい声で慈斎を責めた。

「私はあの人の意を汲んで動いているだけだ。裏切ってなぞいない」

慈斎は太い眉をきりりと上げて、昂然と言い放った。

そのとき、耳をつんざくような鋭い音が、蔵の中に響いた。振り向くと、安蔵と対峙していた甚三の体が、がくりと崩れた。微かな火薬のにおいが鼻をかすめた。

「兄い！」

蔵の奥の暗がりから、重兵衛が現れた。手に持った短筒は、甚三の頭に向いている。

「おまえたちもさっさと戻れ。こいつの頭を打ち抜かれたくなかったらな」

辰次郎は背に負った松吉をかばうように、ゆっくりと体を重兵衛に向けた。

「それでいい」重兵衛がほくそ笑む。

「ばか、早く行け！　おめえが戻ったとたん、こいつはおれの頭を打ち抜く気だ」

甚三にそう言われても、見捨てることなどできる筈がなかった。逃げたくない、と言った奈美の気持ちが、いまになってようやくわかった。

重兵衛が慈斎に鉄扉を締めさせ、蔵はふたたび閉ざされた。一本の燭台だけが、頼りない灯りをさしかけている。

「ここでばっさりやるか」

さっきの乱闘でひっくり返った盥をつまらなそうに眺めて、安蔵が言い出した。淡々とした口ぶりは、飯でも食うか、と言っているように聞こえる。

「これ以上蔵が汚れるのはかなわんな」重兵衛の関心はそれしかないようだ。

「なあに、急所を一突きすればたいした血も出ない」

重兵衛に比べ、落ちついた印象の安蔵は、それだけ冷酷に見える。

「おれたちを殺しても無駄だぞ」床に座り込んだままの甚三だった。「利吉は捕まった。てめえらの悪事も、今頃とうにしゃべっているはずだ」

甚三の脅しを、重兵衛の高笑いが撥ね返した。「利吉が捕まるよう仕向けたのは私たちだ。あいつは捕まっても何もしゃべらない。しゃべれば自分の首を絞めるだけだからな」

「奴が口を開かなくとも、同じことだ。もうすぐここに、金春屋ゴメスが来る。おれたちを殺しても、どのみちおめえたちは終わりだ」

抑揚のない低い声だったが、甚三の物言いは確信に満ちていた。

「てめえのはったりなぞ、恐くもなんともねえんだ」ゆっくりと近付いた安蔵が、左腿の弾傷のあたりを足で踏みつけた。低く呻いて、甚三の体が跳ね上がった。

「最初に死にてえのはおめえらしいな」安蔵が甚三に匕首を向けた。

「最初はおれだ！」

安蔵はにやりと笑い、叫んだ辰次郎に顔を向けた。

「元気な坊主だな。そんなに死にてえのか」

返事の代わりに辰次郎は、甚三が託した匕首を懐からとり出し鞘（さや）を払った。

血相を変えた重兵衛が、短筒を振りかざしたが、安蔵がこれを左手で制止した。

「てんで役不足だが、死にかけた野郎を殺るよりゃはるかにましだ。少しは楽しませてくれよ、小僧」安蔵が刃物を辰次郎に向け、ゆっくりと腰を落とした。笑っていない面長の顔が、不気味だった。

辰次郎は安蔵に向かって匕首が見えぬようからだをわずかに斜めに構え、やはり重心を低くした。からだの正面を刺されると痛手が大きい、また、自分の武器を相手から隠すことにより有効な攻撃が可能となる。どこかで聞き齧（かじ）った痴漢撃退法だったように思うから、どこまで本当かわからない。腰のあたりで右手に握った匕首の柄が汗ですべる。

「来たぞ」甚三が呟いた。

辰次郎には、痛みで口走ったうわ言のように聞こえた。だがすぐに、遠くで地鳴りのような音がした。蔵中の棚がいっせいに小刻みに震え、続いて床が縦に揺れ始めた。

「地震か」重兵衛が四つん這いになった。

外から、ばきばき、めりめり、と木の裂ける音が絶え間なく響き、瓦が落ちて砕ける派手な音も盛大に聞こえる。やがて、どおん、という大きな音とともに、重い地響きが地を揺るがし、蔵全体が大きく揺れた。

安蔵のそばにあった、どっしりとした鉄の燭台が大きく撥ねた。一瞬、安蔵の注意が燭台に逸れたのを、辰次郎は見逃さなかった。安蔵に向かってまっすぐ突っ込んで行き、匕首を握った右手を前に出した。だが安蔵の反応は早かった。素早く飛びすさり、辰次郎の攻撃をかわした。

「小僧、しゃらくせえ真似しやがって」

ふたたび構えの態勢に戻った安蔵の顔に、酷薄なものが浮かんだ。

さらに二度、三度、蔵が悲鳴をあげる。柱や剝き出しの長押（なげし）がぎしぎしと音をたて、天井から埃やら木片やらが降ってくる。揺れの激しさに、どちらも立っていられない。床に片手をついたまま、三尺ばかりの間合いを隔てて睨み合った。

辛うじてもち堪えていた燭台が倒れ、真っ暗になったとたん、安蔵が動いた。やられる、と思いながら、辰次郎は柄を両手で握り締めていた。その途端、蔵の柱がいっせいに斜めに傾き、辰次郎はつんのめるように安蔵の懐に飛び込む格好になった。安蔵の匕首の狙いが狂い、辰次郎の左袖をかすめ、代わりに辰次郎の握った柄に、手応えがあった。やみくもに前に出した匕首の刃は、安蔵の腰に突き刺さった。切っ先が骨を削る、ごりっとした嫌な感触が両手から伝わり、辰次郎は総毛だった。

安蔵の絶叫とともに、腰を抜かしていた重兵衛の後ろの壁が音をたてて崩れ落ちた。

突き破られた壁の大穴から、巨大な黒い影が現れた。

「よお芳仙堂、うちの若い者が世話ぁかけたな」

陣笠を被り黒鬼丸にまたがったゴメスが、重兵衛を見下ろした。右肩に担いでいるのは、昔話の鬼が持つような鉄針を植えた太い鉄棒（かなぼう）だった。黒鬼丸の頭にも、揃いの鉄の鉢金が被せられている。

「礼はきっちりさせてもらう。楽しみにしてろ」ゴメスの目が冷たく笑っている。

床にへばりついた重兵衛は、ぽっかりと口を開け、呆けたように巨大な馬を見上げている。

ゴメスが開けた穴から、皓々と月明かりがさしていた。揺れがおさまった蔵のあちこちで、安蔵の子分たちがへっぴり腰で逃げようとしたが、黒鬼丸が高く嘶き、前足の巨大な蹄で、床を二度、三度と蹴ると、震えあがって動きを止めた。

甚三が右足を踏ん張って立ち上がった。

「壁を崩さずとも、扉をぶち破ったほうが早かったんだがな」こそりと甚三が呟いた。

「遅かったか」甚三のぼやきを真にうけて、ゴメスが訊ねた。

「いや、さすがは黒鬼丸だ、ちゃんと間に合いやした」

甚三は足を引き摺って、辰次郎のそばへ寄った。甚三に肩を叩かれるまで、辰次郎は放心したままだった。握った匕首が、手に張り付いて離れない。

「急場には重宝だが、一度ご出馬されると、後の始末が大変だ」

辰次郎の指を、柄から一本一本はがしながら、甚三が苦笑した。

「なに、あとは連中がやってくれるだろ」

ようやく駆けつけた与力や同心が、瓦礫をかきわけて入って来た。黒鬼丸の通り道となった芳仙堂の母屋の、無残な姿だった。

「辰次郎」ゴメスが床に転がった安蔵と辰次郎を見比べた。

辰次郎は初めて馬上のゴメスに顔を向けた。

「ずいぶんと、いい顔になったじゃねえか」

崩れた壁の向こうに見える大きな月が、黒鬼丸とゴメスを浮かび上がらせた。辰次郎にはその姿が、まるで白い後光を背負っているかのように見えた。

慈姑頭の医者が出て行くと、辰次郎は松吉の枕元に寄った。

「松吉、しっかりしろよ」

汗びっしょりの松吉のひたいに、辰次郎が濡れ手拭をのせた。痛みと熱で苦しそうな息を吐きながら、それでも松吉は気丈に言った。

「いいんだ、これは、おれの罰だから」

「おれを庇ったくせに、そんなこと言うな。おまえだってだまされてたんだ」

「いや、おれは信用してた旦那さえ、裏切った。旦那が、殺されたって知ったとき、おれは、心のどこかで、安心してた。旦那がいなくなれば、このまま裏金春に、いれるかもしれねえって、そんな、虫のいいこと……」

「松吉、もういいよ。おれだって同なじだ。おれが江戸の記憶をなくしていたのは、きっとおれがそれを望んでいたからだ。みんなが病で死んだ原因は、クロにひき合わせた自分にあると、たぶん頭のどこかで気付いてたんだ」

ずっと胸の内にわだかまっていた思いを、辰次郎は口にした。

人というものは、そういう弱さや狡さを必ず隠し持っているものだ。

襖が開き、ゴメスが入って来た。

辰次郎の向かい側にどっかと胡座をかくと、松吉の顔を見下ろした。

「おめえの仕置が決まった」

「親分、こんなときに！」

辰次郎を無視して、ゴメスは続けた。

「おめえの左腕はもう使いものにならねえ。このままじゃ腐っていく一方だ。体に雑菌が混じる前に、付け根から切り落とすしかねえそうだ」

辰次郎の両の目が、大きく見開かれた。

「腕が惜しけりゃ、いますぐ江戸を出ろ。向こうの医術なら切らずに済むかもしれん」

松吉の顔には、何の表情も浮かばない。他人事のように、ゴメスの話を聞いていた。

「どちらにするかはおめえが決めろ。それが仕置だ」

それだけ言うと、腰を浮かせた。

「親分、切ってくれ」松吉がかぼそい声で言った。

「なに言ってんだ、松吉」

「日本の病院でも、治せるかどうかわからねえ」

「そんなの、行ってみなきゃわからないじゃないか。しっかりしろよ、これから一生片腕で生きてくつもりか。そんなに江戸がいいなら、人生百年だ、いつかきっと、また来ることができる」

根拠のない気休めでも、辰次郎は言わずにはおれなかった。

「いま帰ったら、二度と裏金春には戻れねえ」熱で潤んだ松吉の黒目が据わっていた。「親分、後生だ。おれをここに置いてくれ」

「ふん、岩代屋のまわし者のおめえを、このままここに置いとく筈がなかろう」

松吉の必死の願いを、ゴメスはあっさりと拒絶した。

「松吉は密偵なんかしていない」辰次郎が、両膝に拳を握った。「松吉が密偵だと、親分は最初からわかってた。わかっててわざと泳がせて囮（おとり）に使ったんだ。松吉には韋駄天が、おれには甚兄いが、二人で瀧名村へ行ったときから、ずっとついてたってことは聞いたんだ」

「いいんだ、辰次郎、おれがみなを裏切ってたのは本当だ」

「よくなんかねえ！　岩代屋と親分は、どっちも松吉を利用してた。松吉が罰を受ける理由なんてない！」

ゴメスは少しも動じずに、「仕置は必要だ」と譲らなかった。

「親分、頼む、どんな罰でも仕置でも受ける。だからおれをここに置いてくれ」

お経のようにそればかりを言い続ける、松吉の決意は揺るがない。

しばらく黙っていたゴメスが、にやりと笑った。いや、表情は変わっていないが、辰次郎にはそう見えた。

「そうまで言うなら、松吉、左腕のほかにもう一つ罰を受けろ。それに耐えたらこのままここに置いてやる」

「何でもします」

「たぶんおめえのほうから殺してくれって、わめくことになるぞ」

「構わねえ」

止めようとした辰次郎だが、窪んだ松吉の目に宿る何かに憑（つ）かれたような光を見て諦めた。病院で見た辰衛と、そっくり同じ目をしていた。

座敷を出た辰次郎は、ゴメスの指示で、医者と十助、それに菰八を呼びに行った。三人は半刻ほど、松吉の寝所を出たり入ったりしていたが、やがて静かになった。

辰次郎はみなと一緒に玄関脇の座敷にかたまり、息をひそめていた。

突然、屋敷中に松吉の絶叫が響き渡った。あいだをおかず、二度、三度、廊下を声が伝う度に、全員の体が、びくん、びくん、と反応した。

「ありゃ、まさに断末魔の叫びってやつだ」

「木兄い、縁起の悪いこと言わないでくれ」

「けどあれは人の声じゃねえぞ。黒鬼丸の断きだってかわいらしいくれえだ」

「女と違って、男は痛みで簡単に逝っちまうって言うからなあ」寛治も首を横に振る。「麻酔剤なしで手当てに耐えろたぁ、いかにも親分らしいえげつない仕置だ」

「おれ……ちょっと……表の飯屋にでも行ってます」

青い顔をした良太が、最初に腰を浮かせた。

「おれも、なんだか吐きそうだ」木亮が続く。

「てめえら、おれを置いてくつもりか！」甚三があわてて二人の着物の裾を摑んだ。

重兵衛に撃たれた傷は、幸い左太腿の肉をえぐっただけで弾も残っていなかったが、足を布でぐるぐる巻きにされて動けないのだった。

「あ、静かになった」寛治の一声に、全員が耳をすませた。

「死んじまったのかな」

「だから木兄い、冗談でもやめてくれ」

「ピーピーうるせえな。親分の腕を信用しろい。あれでも以前は本道の医者として小石川の養生所にいたんだからな」

「……本道って、内科のことじゃないすか！　手術なんてほんとにできるんすか！」

「なんか、昔一回あったような……、ああ、そういえば、役所で同心が倒れたときに、その場で親分が腹かっさばいたって聞いたな」と甚三が言い出した。

「で、うまく行ったんすか？」

「おお、そんときゃその同心助かってよ。半月もしねえうちに元気になった」

おおーっ、と一同からため息がもれる。

「で、その同心てのは、どちらの旦那すか？」良太が訊ねた。

「いや、いまはもういねえ。それから半年で死んじまったからよ。……いや、たしか老衰で死んだはずだ！　もうよぼよぼのジジイだったからよ」

じっとりとしたみなの視線に、甚三が言い訳じみたことを口にした。

「医者から長崎奉行って、無理がないですか？」

「親分は旗本だし、養生所医者はれっきとした公儀の役職だからな。いちおう異例の出世ということになってるが、親分が老中を威(おど)したってのが一番有力な説だな」

木亮の言葉に、みなが一様に大きく頷く。

「でも養生所にいたお医者先生なら、松吉をまかせても大丈夫っすよね」と辰次郎が、自分を納得させるように言った。

「腕が悪くて半年でお払い箱になったって話しだがな。親分がいるあいだ患者が何人も死……」

馬鹿正直に話す寛治の口を、木亮が慌てて塞いだが間に合わなかった。

「うそ……」辰次郎の顔面から血の気がひいた。「松吉が……死んじまう。兄い、松吉が死んじまうよお！」

「男が鼻水垂らして泣くな！　みっともない」

思い出したように、松吉の悲鳴がまた聞こえた。

「殺してくれって、言ってますよ……」良太の眉が、八の字に下がった。

松吉の悲鳴は、それから一刻近くもやまなかった。


三日続きの梅雨寒に、行き交う人々はみな肩を丸めていた。

その日、ゴメスと粟田は、二人がかりで井出慈斎の詮議を行った。

「江戸の鬼赤痢の絵図面をひいたのは、おめえと岩代屋多兵衛なんだってな」

開口一番、ゴメスが訊ねた。

「その通りにございます」数日の仮牢暮らしで、坊主頭にはまばらに毛が生え、無精髭も伸びていたが、やつれは目立たず、以前と変わらぬ落ち着いた目の色だった。

「江戸の騒ぎには、利吉は一切関わりございません。去年の騒ぎで利吉も企てに気付きましたが、企てのことは何も知らせずに、鬼赤痢の虫を多兵衛旦那が預りました。利吉は何も知らせずに、知らぬふりをしていればよいと、旦那と二人で説き伏せました」

大恩ある多兵衛の頼みに、利吉も従わざるを得なかった。

「利吉が虫を持っていることを、おめえたちが知ったのはいつだ」

「一昨年の一月です。矢三郎と出会って以来、利吉のようすがおかしかった。旦那と二人で事情を聞くと、利吉は漉名村での流行病が自分のせいだと、泣きながら話しました」

「その年の夏に、死んだ四人に試してみたな。どうやって飲ませた」

「四人とは顔見知り程度のつきあいはありました。虫を溶いた水を、茶や酒に混ぜて与えました。私と旦那と二人ずつです」

去年の発生は、菰八や寛治の調べ通り、濁り酒に混ぜて起こしたことを慈斎は認めた。岩代屋が酒に混ぜ、慈斎が売り歩いたという。

「なんでそんな面倒なことをした」

「女子供の患者をできるだけ出さぬため、それと必要以上に患者を増やさぬためです」

濁り酒を使った理由は、ゴメスの推測通り自分への感染を防ぐためだと慈斎は言った。

「結果を見届けるまでは、死ぬわけには参りませんから」

「今年は井戸に撒いたのか」

慈斎が初めて躊躇(ためら)いを見せた。「いいえ、井戸のまわりの湿った地面に撒きました」

「まわりに撒いても、結局井戸水は汚染される。おめえたちらしくねえ、歯切れの悪いやり方だな」

「今年は思いのほか、多くの邪魔が入りました。きちんと策を練る前に、行わざるを得なくなりました」

この男には、重兵衛のような欲深さも、利吉のような弱さも感じられなかった。しかしその落ち着き払った態度を見て、ゴメスはなぜか冷酷な安蔵の顔を思い出した。

「邪魔とはなんだ」

「まずはあなたさまがた長崎奉行所が、疫痢の正体を執拗に探っていた事にございます」

「そのために密偵を送り込んだというわけか。余計なことをしたな。ほかには」

「繋ぎに矢三郎なぞを使ったことです。矢三郎は、去年の鬼赤痢の流行で、漉名村の病と利吉の関わりに感付きました。気の弱い利吉は知らぬふりが通せず、多兵衛の旦那が金をやって黙らせました。それならいっそ、こちらに引き込んでしまったほうがと、これは私の浅はかな考えでした」

「そこから芳仙堂や安蔵が入り込み、おめえたちに便乗して金儲けを企んだというわけか。今年に限って病の発症が早かったのは、その予定外の結果なんだな」

慈斎が静かに頷いた。

慈斎も捕縛されるまで知らずにいた事実が、多兵衛殺しの経緯だった。

松吉に正体を知られてしまった多兵衛は、危ない橋を渡らずに、病原虫の撒布を断念しようと考えたのだ。これに納得のいかぬ重兵衛が、積年の兄への逆恨みも手伝って、口論の末多兵衛を刺した。居合わせた利吉に、多兵衛殺しと疫痢の罪を大秤にかけさせて、安蔵の手下が湯治場に利吉を隠したのだった。

南町の詮議所で利吉はそう申し述べた。

「重兵衛の話では、長崎奉行所に目を付けられ、捕縛を恐れた利吉と旦那が、虫を撒く撒かないで口論となり、利吉が旦那を刺したということでした。お役所の調べが入れば企みは頓挫する。虫を撒く時期を早めてくれと、重兵衛が言いました」

「おめえは重兵衛が多兵衛を殺したことを、薄々感付いていたはずだ。それをどうして重兵衛の言いなりになって虫を撒いた」

「言いなりではございません。私の考えでやりました。去年から今年にかけて、病が確かに広まっていると、世間に思わせる必要がありました。今年虫を撒かなければ、去年死んだ者たちが無駄死ににになります」

迷いのない慈斎の口調とは裏腹に、多兵衛の死がいちばんの番狂わせだったかと、ゴメスの胸に苦いものが込み上げた。多兵衛の慎重さと慈斎の胆力は、いわば車の両輪だった。その片側が外れて、ゴメスの描いていた犯人像とは結び付かない行動を起こした。

「目的を聞こう。今年がおめえらの大願成就の年だったはずだ」

「そのはずでした。ですが、多兵衛旦那と私の目論見はまるであてが外れました」

慈斎の目が、急に虚ろになった。

「目的は」ゴメスが重ねて訊ねた。

「諸外国への開国と、科学を用いた新たな医術や薬を、江戸に入れることでした」

一言も口をはさまずに端座する粟田が、ひたいに皺を寄せた。

「私は医者として、数えきれぬほどの悔しい思いをしてきました。外国の医術なららくに助かる命が、私の目の前で消えていくのです。せめて薬だけでも入れさせて欲しいと、御上に幾度も嘆願しましたが、聞き入れてはもらえませんでした」

慈斎は今年三十八歳。医者を志し十五のときに田舎から江戸へのぼり、九年の修行を経て、いまの日本橋岩倉町で診療を始めた。確かな腕と、貧富を問わない親身な施療で、近隣では評判の医者だった。独り者を通し、ひたすら医術に精進する慈斎にとって、江戸の遅れた医術はやがて大きな苦悩となった。

「多兵衛旦那も薬種屋として、同じ辛い思いを感じていました。ことに日本で医者になった次男坊が、新しい医術の素晴らしさを書き送って来るようになると、わたしたちの願いは焦りに変わりました。利吉から鬼赤痢の話を聞いたのは、ちょうどそんな頃でした」

慈斎の表情が動いた。ゴメスをはたと見つめて訴えた。

「鬼赤痢が広まれば、必ず市中から開国や不満の声が高まるはずでした。事実、たった五、六日で、御城にも役所へも人が詰めかけた。皆の願いは同じです。なぜ開国しない、なぜ科学を用いた医術が認められないのですか。私たちは確かにたくさんの人々を死なせました。ですが御上の政（まつりごと）は、もっと大勢の命を奪ってきたのではないのですか」

気を高ぶらせた慈斎が、いままでになく感情を露にした。

「おめえも多兵衛も、うちの若造どもと同じだな」

呟いたきり、ゴメスはふっつりと口を閉じた。記録していた書き役が、顔を上げた。奉行の指示で、ほかに立ち会う者はいなかった。格子のはまった明りとりから、音もなく降る細い雨と陰（いん）鬱（うつ）な空を、ゴメスは物憂げに眺めていた。

「慈斎、おまえは三十一年前、何をしていた」粟田が初めて口を開いた。

慈斎はいぶかしい表情を浮かべながらも、生まれ育った村にいたと答えた。

「多兵衛は確か二十五年前に江戸入りしたと聞いたから、やはり知らんだろうな」

昔話でもするような調子だった。

「江戸建国の前年、御府内に疫痢が流行ったんだ。ひどく足の早い病でな、当時は十万人ほどが住んでおったが、その四割が病に倒れた。だがその疫毒は薬が効かなくてな、当時の日本の医術でもどうすることもできなかった」

　菌を抑える科学薬剤、すなわち抗生物質は、乱用や誤使用で耐性菌ができることがある。三十一年前の疫痢は、その類のものだった。

「当時の日本の政府がとった方策は、江戸を丸ごと隔離することだった。江戸の領地は、山や森に囲まれている。海さえ封鎖してしまえば、隔離は難しいことではない。病が鎮まるまでの半年を、江戸市民はただ黙って耐えるしかなかった。幸いコロリなぞに比べれば死人の少ない疫痢ではあったが、それでも千人近くの者が亡くなった」

「……まったく、存じませんでした」慈斎が愕然となった。

「いまでは一部の役人と、建国前から御府内に住む古町町人くらいしか、知っている者はおらんからな」自分に向けられた慈斎のこわばった顔に、粟田は微かに笑いかけた。

「そのとき初代様は考えてのう。疫痢が治まれば、次に日本の政府は、科学の粋で作られた上水や下水、西洋医術なぞを江戸に入れようとするだろう。だがな、そうなればそこはもう、江戸ではなくなってしまう。どちらを選ぶかは民が決めることとして、選択肢の一つとして、昔のままの江戸を残しておこうと、初代様はお決めになったんじゃ」

　慈斎の瞳がうろうろとさ迷い始めた。

「無理を承知で独立なぞを言いたてたのもそのためだ。日本の側には隔離していた後ろめたさがあった。それ故、不測の事態においても構い無用のとり決めのもと、江戸の存続を許したんだ」

鎖国を敷いたのには、新たな病原から江戸を守る意味もあった、と粟田はつけ加えた。

「せめて、科学でこしらえた薬だけでも、入れることはできないのですか」

必死で訴える慈斎の顔が、大きく歪んでいた。ゴメスが大儀そうにこれに答えた。

「合成薬というものは、膨大な金と人手がかけられている。たかが一錠の薬でも、それは数百年かけて培った科学そのものだ。自然との共存を選んだおれたちがそれを贖えば、必ずどこかで歪みが生じる。その歪みは江戸を根底から揺るがせて、江戸そのものを簡単に潰しちまうことになる」

いまのゴメスには、利吉を怒鳴りつけたときの勢いはなかった。やりきれない思いが、その意気を削いでいた。

「おめえらと初代の差はな、初代は江戸に残るか否か、選ぶ自由を与えたということだ。疫痢さえ収まれば、江戸を出るのは勝手だからな。だがおめえらに殺された連中は、そんな自由さえ与えられなかった」

慈斎ががっくりと肩を落とした。理想の潰えたその体が、ひとまわり小さく見えた。

詮議所の中にまた静寂が訪れた。霧雨の音さえ聞こえてきそうな静けさだった。

最後に一つだけ、と慈斎が訊ねた。

「利吉の娘は、助かりそうですか」

「ああ、薬が効いてな、医者の話じゃもう心配ないそうだ」ゴメスが答えた。

「それは良かった。本当に、良かった」一介の町医者の顔になっていた。

あれはいい顔だった、と詮議の後で粟田がもらした。

鬼赤痢の騒ぎは、最初の発症が確認されてから、ひと月半で終息を迎えた。患者数、一千四百十五名、うち二十三名が亡くなった。そのほとんどが、乳幼児を含む五歳以下の子供か年寄りであったが、心臓に故障を持ち、吐根末の副作用で亡くなった者も含まれていた。命をとりとめた者の中には、同じ副作用により、心臓の炎症や神経炎を起こした者もおり、また完治した後も病気の恐怖が残り、吐き気や下痢が長く続く者も多かった。人々の表情にまだ不安は残るものの、七月になると、江戸はいちおうの落ち着きをとり戻した。

この騒ぎを起こした咎で、芳仙堂使用人と安蔵配下の手下を含め、総勢十三名が捕縛され、うち十一名の極刑は確かなものとなった。岩代屋と芳仙堂は闕所（けっしょ）となり、家屋敷と家財の全てが没収された。

刑の申し渡しが間近に迫った頃、辰次郎は良太からその話を知らされた。

「聞いたか辰公。騒ぎの張本人の五人には、すんごいお裁きが下るらしいぜ」

「市中引廻しの上、磔（はりつけ）、獄門（ごくもん）ですか？」

「そんな生易しいもんじゃねえよ。なんとよ」と良太は声をひそめた。「鬼赤痢の虫を飲ませて、死ぬまで小塚っ原に晒（さら）すんだとよ」

「ばかな！」辰次郎は畳に置かれた茶碗をひっくり返して、良太に詰め寄った。

「本当らしいぜ。さすがうちの親分の考えることだけあるぜ、容赦がねえ」

「あの、鍬之助が持ってた虫の、残り一つを使うんですか」

「ああ、慈斎が隠していたのをとりあげてあるからな、あれを使うんだろう」

「だめだ、そんなの絶対だめだ」

「おめえが言っても仕方な……、おい、どこ行くんだ！」

良太が止めるのも聞かず、辰次郎は奥座敷へ走り込んだ。

「辰次郎、いったい何だ！」十助が無作法を咎める。

「親分、連中の刑に鬼赤痢の虫を使うって、本当ですか」

「ああ、そうだ」ゴメスは手にした書物から目もあげない。

「それはやめてください。そんな刑は中止してください」

十助が立ち上がった。「辰次郎、お裁きに口を出すなど言語道断だ。下がりなさい」

辰次郎はその制止を聞き入れるどころか、逆にゴメスの間近に詰め寄った。

「そんな罰を与えても誰も救われません。誰のためにもなりません。病気のことを蒸し返されて、嫌な思いをするだけです。なによりそんな酷いこと、人が人にしちゃいけない」

「辰次郎、それはおまえの、日本の考え方だろう。江戸には江戸のやり方がある」

十助が言うように、江戸では公開処刑があたりまえだった。それはわかっていたが、病原虫を飲ませることが、人道に背く行為だという考えは変わらなかった。

「お裁きが下りてないならまだ間に合うはずだ。お願いだ親分、そんなことしないでくれ。この通りだ」ひたいを畳にこすりつけて懇願した。

ゴメスが読んでいた書物を閉じた。「辰次郎、頭を上げろ」

言われるままに頭を上げたとたん、横っ面を張られた。江戸入りした日と同じように、辰次郎は脇の襖に激突した。しかし今日はそれだけでは済まなかった。ゴメスはころがった辰次郎の着物の襟首を摑むと、そのまま濡れ縁まで引き摺って行き、片手一本で庭に放り投げた。決して小さくはない辰次郎の体が、おもしろいほどふっ飛んで、雑草が生い茂る庭の地面に叩きつけられた。

庭に降りた十助が助け起こすと、縁側に仁王立ちになったゴメスに向かい、辰次郎は雑草の中で再び土下座した。

「頼む、親分、やめてくれ。そんなことしないでくれ」

「いいかげんにしないか」十助が制しても、辰次郎は同じ頼みを言い続けた。

「くどい！」ゴメスは一声怒鳴りつけ、音立てて障子を閉めた。

十助が辰次郎の背に手を添えた。「もう立ちなさい、これ以上蚊にくわれてはかなわん」

それでも辰次郎は、顔や腕に蚊をくっつけながら、その場を動かなかった。

十助がため息をついた。

「あの刑罰はな、病で身内を亡くした者たちからの頼みなんだ」

辰次郎がようやく顔を上げた。「本当ですか」

「ああ、幼い子供を亡くした父親、母親、一緒になってふた月で亭主を奪われた女房、まだ幼いのに二親を失った子供、病のために家業が傾き全てをなくした者もいれば、世間から差別や迫害を受けた者もいる。そういう者たちからのたっての頼みで、類例のない刑が処されることになったんだ」

十助の話を聞いて、辰次郎はのろのろと立ち上がった。

本当は誰も、そんなことは望んでいない。ただ怒りと悲しみが大きすぎて、どこにも持って行き場がないだけだ。頭の中に、漉名村の嘉一郎の母、おさきの顔と悲鳴のような泣き声が思い浮かんだ。

「それでも、やっぱり、やめて欲しいんだ」

一言呟くと、辰次郎はしょんぼりしたまま庭を出て行った。

十助は座敷に戻ると、締めきられた襖を開け放した。ゴメスは先刻まで読んでいた書物を脇にどけ、不機嫌なようすで煙管をくわえていた。麦湯を茶碗に注いだ十助は、その反対に、どこかうれしそうだった。

「辰次郎は、あれは、親分に非道なことをさせたくないんだと思います」

茶托にのせた茶碗をゴメスの前に置いた。

「ったく、あの性分は誰に似てんだ。うっとうしい」

ぶつくさ文句を言いながら、茶碗を手にとった。

「気の優しいところは父親似ですが、それを素直に出す人好きのする性質は、母親のものでしょう」十助は自分の茶碗に麦湯を注ぎ、庭に目をあてた。辰次郎がうずくまっていた場所は雑草が倒れ、丸い隙間があいていた。十助の口許に笑みがこぼれた。

「私は、運が良かった。昔のことは頭から離れなかったが、からだだけは前を向いていることができた。みんな、親分のおかげです」

菩薩のような顔で語る十助を、薄っ気味悪そうにゴメスが眺めた。

「けれど辰つぁんのまわりにはいなかった。無理に引き摺ってでも前へ歩かせてくれる、そんなお人がいれば、あんな死病にとりつかれることもなかったでしょう」

脇に座していた十助が、ゴメスの正面にまわり畳に手をついた。

「私からも、折り入ってお願いしたいことがございます」

十助の顔に固い決意を読みとって、麦湯をすすったゴメスが嫌な顔をした。こういうときの十助の頼みは、面白い話ではないことをよく承知しているからだ。

ゴメスの嫌な予感はあたった。十助の申し出は、ゴメスには承伏しかねるものだった。

それから数日のうちに、疫痢騒ぎを起こした十三人への裁きが下った。流罪二名、死罪二名、磔、獄門四名、そして最も重い罪として、五名には、自らが広げた同じ病による刑が言い渡された。慈斎と利吉は従容として刑に臨んだが、芳仙堂重兵衛、万丸屋安蔵、矢三郎の三人は、最後までひどく暴れて役人を往生させた。

刑の公開は行われなかった。五名は刑場に設置された窓のない借小屋でこの刑に服し、死後、その遺体が晒された。


七月も残り少なくなった頃、奈美が裏金春に顔を出した。日本橋への使いのついでだと言う奈美の足元には、コロが尻尾を振っていた。

「松吉はお役所だけど、もうすぐ戻る刻限だからひとっ走り迎えに行ってくるよ」

辰次郎が言うと、奈美も一緒についてきた。

「でも良かったよね、左腕。切らなくて済んで」

「ああ、けどあのときは相当痛かったらしくて、いまでも夢でうなされるらしい」

松吉は左腕を切らずに済んだ。最初からはったりだったのか、ゴメスの腕が良かったのかは、辰次郎にはいまでもわからない。だが松吉の怪我がひどかったことだけは本当で、左腕は、最初はほとんど動かなかった。口より腕を動かせ、と兄いたちにどやされ、マメに訓練を続けるうちに少しずつ動かせるようになっていた。

「まだ遠出は無理だから、いまは出島で通詞の手伝いが多いんだ」

「それにしても、あれで四ヶ国語を使いこなせるとは恐れ入ったわね」

「江戸へ来てまで外語かよって、本人はぼやいてたけどな」

英語さえままならない辰次郎には、うらやましいの一言につきる。

「松吉は江戸に残るとして、辰次郎はどうするの？」

「おれもまだいるよ。もうすぐ父さんが江戸入りすることになったから、そうしたらしばらくは一緒に瀧名村で暮らそうと思うんだ」

細かいことにこだわらない奈美は、朗報として喜んでくれたが、親子二代で裏口入国とはさすがに後ろめたく、当の辰次郎は複雑な心境だった。

「奈美こそ、また次の国へ旅するんじゃないのか？」

「そのつもりだったけど、もうしばらくいることにした」

奈美は涼しげな夏の装いになっていた。白地に藍の絣模様の散った着物は、病が癒えた祝にと高田屋から贈られたものだった。旅行マニアの奈美が、三十ヶ国目を目指さずに江戸にとどまる理由を辰次郎が訊ねると、何だろうなあ、と少しのあいだ考えていた。

「どこの国に行ってもよく思うことがあったんだ、あたしはここで何をしてるんだろうって。でもここに来てからは一度もない」それが理由かな、と笑った。「機を織っていると、どんどん無心になっていくの。あれがいいのかもね」

「裏金春じゃばたばたしてるうちに日が暮れるけど、考える間がないのは一緒だな」

汐留橋にさしかかると、二人は足を止めた。河口の向こうに濱御殿の鮮やかな緑と海が見えた。

濱御殿を見ていると、江戸入りした日のことが思い出された。

「ここからならたいした距離じゃないのにな、あの竹芝埠頭まで」

竹芝埠頭は、東京の浜離宮庭園のすぐそばにあった。

「なんか江戸入りした日が、何年も前みたいだな」

「都会を懐かしむって、変な感じよね」奈美も同じようなことを考えていたらしい。

「そうだな、でもずっと育ったところだから、やっぱり懐かしいよ」

ここからは見えない林立する高層ビルの群れを、辰次郎は胸に描いていた。

奈美の言う通り、橋を渡った右の土手上で、松吉が派手な身なりの飴売りを冷やかしていた。

「あれって、松吉じゃない？」

辰次郎は大声で呼びかけてみたが、話に夢中なようすの松吉には届かない。

「あいつ、あの癖だけは抜けてないからなあ」辰次郎が頭をかいた。

「本名で呼んでみれば？」

「……え！」

奈美が大きく息を吸い込んだ。

「ぴえーるーっ！」

効果はてき面だった。松吉が真っ赤な顔で振り向き、一直線に二人のもとに走ってきた。

「辰次郎！　ひでえじゃねえか！　よりによって奈美にばらすなんてよ！」

「ち、違う、おれじゃない、おれは言ってない！」

松吉の剣幕に、辰次郎が必死で弁解する。

「あたしは船に乗ってたときから知ってたもの、比瑛瑠（ぴえーる）って。あんたたちが船酔いしてるあいだに竹内様に聞いたの」しれっとして奈美が種を明かす。

「それにしても……」奈美が喉の奥で、くくっと笑いをもらした。

「もういいよ、笑いたきゃ笑え。この名前で恥をかくのはもう慣れてら」

奈美がたまらず吹き出した。「違う、名前じゃない！　頭！　似合わなーい、すっごいへん！」

いきなり背負い投げでもくらったかのように、松吉は目をぱちくりさせた。

松吉は月代（さかやき）を剃って髷を結ったのだった。辰次郎にはその勇気がまだない。

「いいだろう、これをやらなきゃ江戸人じゃねえんだよ」

渋面をつくりながらも、どこか嬉しそうな松吉の横で、道行く人が振り返るほど奈美が笑いころげる。腹の底から笑うようすには、病の影は微塵もなかった。風に乗って流れる奈美の笑い声を聞いて、鬼赤痢は本当に去ったのだ、と辰次郎は思った。

八月半ば、辰衛は千石船で江戸湊に着いた。病の進んだ体にはここまでの道中がこたえたのか、辰衛は想像以上に衰弱していた。辰次郎を認めても、わずかに口の端を持ち上げただけで、話すのも辛そうだった。

水夫たちに戸板で運ばれる父を見送って、辰次郎は十助に言った。

「あのようすじゃ、瀧名村に着くまでだって……」もたないかもしれない、という言葉は飲み込んだ。「だから江戸を離れること、考え直してもらえませんか」

十助は静かに首を横に振った。辰衛の江戸入りを願い出たのは十助だった。無理を通す代償に、十助は裏金春から暇をもらい江戸を出ることを申し出た。

「辰次郎、これをやろう」十助は懐からとり出した袱紗包みを開いた。

「これは……刀鍔ですか?」

刀身を通す中子穴を囲むように座した狐の透かしが入り、まわりに精緻な秋草が彫り込まれている。裏を返すと狐の透かしは着物を着込んだ女の姿にかわり、春の草花が配されていた。洒落た絵柄と緻密な技に、辰次郎は感心した。これなら海外で高い値がつくはずだ、と辰次郎は江戸入りした日のことを思い出した。蠟燭屋の妾宅に入った賊が、海外に持ち出そうとしていたのが刀鍔だった。

目をかけてくれていた出島の役人が、役目を辞すときにくれたものだと十助は言った。

「見事な細工だろう。これほどのものは今ではもう江戸でしか作れないということだ。しかもこれは、その道の名人でも何でもない一介の町の職人の手によるものなんだ」

十助の顔にも声にも、江戸への愛情が溢れていた。

「そんなに江戸がいいなら、ここにいればいいじゃないか。父さんの身代わりなんてやめてくれ。おれだってみんなだって、いままで通り十さんにいてほしいんだ。十さんがいなくなったら、誰があの親分の面倒をみるっていうんだ」

「おまえたちがいるだろう。親分の傍で、自分たちにできることをすればいい」

「いまんとこ、殴られることしかできませんけどね」辰次郎がふてくされる。

その顔を見て、十助が笑った。こだわりのないその笑顔が、辰次郎には辛かった。

「どうしても、行くんですか」

十助は、辰次郎の目をまっすぐにとらえた。

「それが、理というものだ」

あらゆるものを削ぎ落としたような、凜とした姿だった。

十助はその日一日、辰衛の枕元にいて、時折昔語りなどをして過ごした。

翌日、川舟に乗せた辰衛とともに、辰次郎は漉名村へ向かった。上流の舟着場では、清造と長男が大八車を用意して待っていてくれた。

「今日は少し、暑過ぎるかもしれないな」清造が病人を気遣った。

残暑はだいぶやわらいでいたが、日中はまだかなりの暑さになった。日除け(ひよけ)のために、荷台の前半分四ヶ所に、角材で短い柱を立て、筵(むしろ)の屋根をのせてあった。このまま途中で駄目になってしまうのではないかと、辰次郎は時折筵の下を確かめながら、大八車を横から押した。

半日ほど歩いた頃、筵の下を覗いた辰次郎は、辰衛の変化に気が付いた。表情のなかった顔に、赤味がさしたように見えたのだった。見間違いかとも思ったが、そうではなかった。力のなかった目の中にわずかだが明るい光が見え、口許に微笑が浮かんでいた。

日本の病院では、あとひと月ももたないだろうとの診断だった。

——もしかしたら、もっと長く生きられるかもしれない。

乾いた道の埃っぽい土の匂い。青い空に浮かぶ羽を広げた鳶の姿。近くの林から聞こえる鳥の囀り。すれ違う馬の、むれたような暖かなにおい。黄色い穂を垂らした、稲のあいだを渡る風。

辰衛は、そういうものを体中で吸い込んでいる。この自然が、辰衛のか細い命を繋ぎ止めてくれるかもしれない。

辰次郎は懐から、母の形見の木鷽をとり出して辰衛の手に握らせた。

「来年の正月、一緒に鷽替えに行こう」半分本気でそう言った。

辰衛の顔に、初めて確かな笑顔が浮かんだ。

辰次郎は大八車を押す腕に力をこめた。

この作品は第17回日本ファンタジーノベル大賞（主催　読売新聞社・清水建設）の大賞受賞作品を大幅に加筆したものです。

著者略歴

1964年北海道池田町生まれ。

東京英語専門学校卒業。

金春屋ゴメス

二〇〇五年一一月二〇日　発行

著　者　西條奈加

発行者　佐藤隆信

発行所　株式会社新潮社

東京都新宿区矢来町七一

郵便番号一六二―八七一一

電話　編集部（03）三二六六―五四一一

読者係（03）三二六六―五一一一

http://www.shinchosha.co.jp

印刷所　二光印刷株式会社

製本所　加藤製本株式会社

乱丁・落丁本は、ご面倒ですが小社読者係宛お送り下さい。送料小社負担にてお取替えいたします。

定価はカバーに表示してあります。

ISBN4-10-300311-1　C0093